나당탐정사무소
사건일지

나당 탐정사무소 사건일지

초판 1쇄 인쇄일 2019년 05월 21일
초판 1쇄 발행일 2019년 05월 28일

지은이 윤자영
펴낸이 양옥매
기획 한국추리작가협회 출판부
디자인 송다희 임홍순

펴낸곳 도서출판 책과나무
출판등록 제2012-000376
주소 서울특별시 마포구 방울내로 79 이노빌딩 302호
대표전화 02.372.1537 **팩스** 02.372.1538
이메일 booknamu2007@naver.com
홈페이지 www.booknamu.com
ISBN 979-11-5776-737-3 (03800)

이 도서의 국립중앙도서관 출판예정도서목록(CIP)은
서지정보유통지원시스템 홈페이지(http://seoji.nl.go.kr)와
국가자료종합목록시스템(http://www.nl.go.kr/kolisnet)에서 이용하실 수
있습니다. (CIP제어번호: CIP2019019540)

나당탐정사무소
사건일지

윤 자 영

연작소설

한국추리문학선

5

책과나무

사건일지
A Case Log

1

시체고치 – 도르래 살인사건

1

이번이 두 번째 살인이다. 남자는 자신의 눈앞에 누워 있는 가냘픈 여성을 그윽한 눈빛으로 바라보았다. 이 여자는 자는 것이 아니라 에테르라는 마취제로 마취한 상태이다.

남자는 여성의 아름다운 외모에 성욕이 꿈틀댔지만, 증거를 남기는 어설픈 짓을 해서는 안 되는 것을 안다. 남자는 자신의 뺨을 한 대 찰싹 때리더니 누워 있는 여자를 향해 말했다.

"당신은 곧 죽겠지만 살아봤자 힘든 세상, 대신 보내주는 것이니 원망은 마오. 따지고 보면 당신에게 나쁜 일만은 아닐 거요."

남자는 가방을 열어 주사기를 꺼내고 에테르가 든 약병에 꽂아 3cc를 빨아들였다. 그리고 다시 여자의 오른팔에 주입하였다. 이제 이 여자는 영원히 깨어나지 못할 것이다. 영원히.

'어떤 음식이든 정해진 레시피처럼 해야지 최고의 맛을 내는 법, 나는 나만의 레시피대로 오늘 살인을 해야겠다.'

남자는 가져온 가방의 지퍼를 열었다. 레시피 목록을 확인하듯 가방에서 필요한 물건을 하나하나 꺼냈다.

줄을 고정할 특수 제작한 도르래, 주황색 빨랫줄, 10㎏ 바벨 3개, 보라색 유성 매직… 가방 안에는 콘크리트 못과 망치도 있다.

"오늘은 이런 묵직한 물건들은 사용할 필요가 없을 것 같군."

남자는 입맛을 다시며 이미 끼고 있던 검은색 가죽장갑을 단단히 고쳐 끼고 말려 있던 주황색 빨랫줄을 서서히 풀었다.

남자는 희생자가 될 여성의 무릎을 가슴으로 당겨 촘촘히 감으며 묶기 시작했다. 웅크린 자세로 어깨와 등까지 묶인 여자를 누가 봤다면 추위에 웅크리고 있다고 생각할지도 모르겠다. 남자가 여자를 앉히자 묶이지 않은 팔이 힘없이 늘어뜨려졌다. 자궁 속의 태아처럼 웅크렸지만 편안한 듯 보이기도 하고 마치 나비가 날개를 펴서 날기 전 동글게 굳어가는 주황색 고치 같아 보이기도 했다.

아직 추운 계절이었지만 남자의 이마에 땀이 송골송골 맺혔다. 남자는 뒷주머니에서 손수건을 꺼내 이마의 땀을 꾹 꾹 눌러 닦았다. 땀 속에 있을지도 모를 DNA라는 증거를 남기지 않기 위한 신중한 행동이었다.

다음은 한쪽 벽면으로 걸어가 걸려 있는 시계를 내렸다. 시계를 걸고 있던 두꺼운 콘크리트 못이 드러나자 장갑을 낀 채 두 손가락을 걸어 아래쪽으로 있는 힘껏 당겼다. 남자는 못이 튼튼히 박혀 있음을 확인하였다.

식탁 의자를 하나 가져다 못 아래 벽에 두고 태아처럼 웅크리고 있는 여자를 힘겹게 들어 의자에 올려 앉혔다.

다음은 직접 제작한 특수한 도르래에 주황색 빨랫줄을 걸고 잘 작동하는지 이쪽저쪽 당겨 봤다. 잘 작동되는 도르래를 보며 남자는 만족스러운 듯 미소 지었다.

"이 도르래는 내가 만들었지만 참 잘 만들었어. 범행도구만 아니라면 특허를 내도 될 텐데." 남자는 까치발을 들고 도르래를 벽에 있는 못에 걸었다. 도르래 아래쪽으로 나온 빨랫줄로 올가미를 만들어 여자의 목에 걸고 여자의 얼굴을 빤히 보았다.

'죽이기 아까운 외모야…….'

남자는 고개를 절레절레 흔들고 반대쪽 줄을 팽팽하게 당겼다. 10kg짜리 바벨 세 개를 쌓고 가운데 구멍에 빨랫줄을 꿴 다음 세게 묶어 고정하였다.

그것으로 준비가 다 끝났는지, 남자는 손수건을 꺼내 다시 땀을 닦고 한숨을 크게 내쉬었다. 다른 물건들을 가방에 넣고 보라색 매직을 가져다가 여자의 이마에 'NO.2'라고 적었다.

"자, 이제 의자를 발로 차서 교수형만 마무리하면 된다."

남자는 여자의 모습을 찬찬히 보며 과정을 처음부터 다시 점검했다.

"에테르로 마취했고, 팔은 자유롭게 움직이도록 묶지 않고 고치 모양으로 만든다. 이마에 보라색으로 넘버링을 하고 10kg 바벨 세 개로 고정한다. 레시피대로 완벽하군."

첫 번째 살인과 한 치의 오차도 없이 똑같게 준비된 것을 확인하고 잠시 눈을 감고 기도하였다.

'일이 잘되게 해 주세요. 저 여자에게도 이 길이 가장 좋은 길임을 깨닫게……'

스스로도 아이러니한 행동이라고 생각됐는지 쓴웃음이 지어졌다. 이제 의자만 치우면 여자는 목이 졸려 죽을 것이다. 범인은 마음속으로 하나, 둘, 셋을 외치고 의자를 힘껏 찼다.

고치처럼 빨랫줄에 매달린 여자의 얼굴이 점점 보라색으로 변해 갔다.

2

두 번째 도르래 살인사건이 일어나자, 영등포경찰서에 정식 수사본부가 설치되었다. 수사본부 회의실에는 '도르래 살인사건 수사본부'라고 인쇄한 종이가 붙었다. 여러 특이한 점이 많은 사건이지만 이 같은 이름이 붙은 것은 아마 살인에 직접 제작한 듯한 도르래를 사용했기 때문일 것이다. 또한, 고치 모양을 만드는 것이나 바벨을 사용한 것이 엽기적이고 이마의 넘버링을 보건대 연쇄살인이 예상되는 바 서울경찰청에서는 발 빠르게 수사본부를 꾸린 것이다. 서울경찰청 강력계 이세민 팀장도 허언강 경사와 짝을 이뤄 회의에 참석했다.

회의실 한쪽 상석으로 보이는 곳에는 영등포경찰서장, 서울경찰청 형사과장, 강력계장이 앉아 있었고, 수십 명의 형사들은 앞쪽 화면을 보고 있었다. 사건의 설명은 본청 윤성현 경감이 파워포인트 화면을 조작하며 설명하였다.

"도르래 살인사건이라 부르는 이 사건의 피해자 신원부터 설명하도록 하겠습니다. 첫 번째 피해자의 이름은 우광석, 45세 남성으로 키 164㎝, 몸무게는 55㎏입니다. 그리고 오늘 발견된 두 번째 피해자의 이름은 이지현, 33세 여성으로 키 158㎝, 몸무게는 45㎏입니다. 두 피해자는 동일한 방법으로 살해되었는데 그 방법이 매우 특이합니다. 여기 화면을 보십시오."

윤성현 경감은 레이저포인터로 화면에 나온 도르래를 가리켰다.

"화면으로 보시는 바와 같이 살인에는 특수한 도르래가 사용되었는데 시중에서 볼 수 없는 도르래로 용접자국을 보면 살인을 위하여 범인이 직접 개조한 것임을 알 수 있습니다.

범인은 벽에 콘크리트 못을 박고 이 도르래를 걸었습니다. 그리고 시중에서 흔하게 구할 수 있는 주황색 빨랫줄을 사용하여 피해자를 질식사하게 하였습니다. 여기까지 질문 있습니까?"

아무도 질문이 없자 윤성현 경감은 손에 들고 있는 프레젠터를 눌러 화면을 전환하였다.

"여기 피해자 발견 당시의 사진을 보겠습니다."

화면에는 기묘한 모습의 시체 사진이 나왔다.

"피해자 우광석과 이지현 시신은 발견 당시 이런 특이한 자세로 발견되었습니다. 마치 고치 모양 같죠? 보시는 것과 같이 빨랫줄로 촘촘히 묶어 태아처럼 웅크린 모습을 만들었습니다."

윤성현 경감은 A4용지를 들어 흔들어 보였다.

"나누어 드린 유인물 2페이지를 봐 주십시오."

경찰들은 유인물을 넘겼다.

"국과수 결과입니다. 첫 번째 시체 부검 결과 혈액에서 디에틸에테르라는 마취제 성분이 검출되었고, 시체의 팔에 주삿바늘로 찌른 자국이 있는 것으로 보아 정맥주사로 피해자를 마취시켰습니다. 다음, 몸을 묶어 고치 또는 태아처럼 만든 뒤 도르래에 걸린 빨랫줄에 목을 매달아 교살한 것입니다."

윤성현 경감은 다시 프레젠터를 눌러 화면을 돌렸다. 화면에는 헬스장에서 볼 수 있는 운동용 바벨이 보였다.

"헬스장에서 근육 키울 때 봉에 꽂아 쓰는 바벨입니다. 이 바벨과 특수 제작한 도르래를 사용한 것인데요. 과학적 원리를 사용했기 때문에 여기서부터는 좀 더 전문적인 지식을 가진 과학수사팀의 김범희 팀장님께서 이야기해 주시겠습니다."

맨 앞줄의 김범희 팀장이 앞으로 나와 인사를 하였다.

"안녕하십니까? 김범희입니다. 과학수사의 자문위원을 맡고 있습니다. 살인사건에 재미라는 단어를 써도 될지 모르겠지만 이 살인에는 참 재미있는 방법을 사용하였습니다."

김범희 팀장은 레이저포인터로 바벨부분을 가리켰다.

"특이한 점이 있는데 여기 사진에서 보는 것과 같이 도르래를 통과한 줄을 못이나 기둥에 묶어서 고정한 것이 아니라 10kg짜리 바벨 세 개, 즉 총 무게 30kg의 바벨에 묶어 시체의 무게를 버텼다는 것입니다. 당연히 질문이 있겠죠?"

그때 영등포경찰서의 한 형사가 손을 들고 질문하였다.

"얼핏 이해가 되지 않는데요. 아까 피해자의 몸무게가 55kg이라고 하셨지요? 한데 어떻게 30kg 바벨로 시체 무게를 지탱할 수 있었죠?"

김범희 팀장은 당연히 나올 질문으로 예상했는지 자신감 있는 목소리로 설명을 이었다.

"좋은 질문입니다. 여기서 도르래의 원리를 이해해야 합니다. 도르래는 범인이 직접 개조한 것으로 이 도르래는 움직도르래 1개와 고정도르래 2개를 이용하여 제작되었습니다."

이세민 팀장은 무슨 말인지 이해할 수 없어 옆자리의 허언강 경사를 보았다. 허언강 경사도 어깨를 올리는 제스처를 취하며 자신도 모른다는 뜻을 내비쳤다. 할 수 없이 다시 고개를 앞으로 돌려 설명을 계속 들었다.

"두 시체 모두 총 무게 30kg의 바벨로 지탱하였는데 이보다 더 무거운 몸무게를 지탱할 수 있었던 이유는 움직도르래의 원리 때문입니다. 여러분! 정약용이 개발한 거중기라고 들어보셨죠? 수원성을 쌓을 때 무거운 돌을 들기 위해서 개발한 것입니다. 거중기에도 움직도르래가 여러 개 사용되었는데요. 요약하자면 움직도르래 하나면 두 배의 무게를 들 수 있습니다. 즉, 30㎏의 바벨은 몸무게 60㎏까지 매달 수 있다는 것이죠."

이세민 팀장은 언뜻 이해가 되지 않아 손을 들고 질문했다.

"글쎄 뭔가 잘 이해가 되지 않네요. 뭐, 에너지 면에서라고 해야 할까? 수지타산이 맞지 않는다고나 할까요?"

김범희 팀장은 질문의 뜻이 무엇인지 이해가 된다는 듯이 미소를 지으며 고개를 끄덕였다.

"맞습니다. 뭔가 힘에 대해서 이득만 있는 것 같죠? 하지만 여기서 줄 양쪽의 일의 양은 같다는 것입니다. 분명히 무게에서는 이득을 보았지만, 줄을 더 당겨야 합니다. 즉, 움직도르래로 물건을 1m 들어 올리려면 줄을 2m 당겨야 한다는 겁니다. 일의 양은 무게와 거리의 곱이므로, 두 경우 양쪽의 총 일의 양은 같습니다. 움직도르래는 단지 힘이 덜 들게 하는 역할을 하는 거지요. 비탈길의 경사가 완만하면 힘은 덜 들지만 올라가야 할 거리는 멀어지는 것과 같은 원리입니다."

이세민 팀장은 그래도 무슨 소리인지 알아들을 수 없었지만, 김범희 팀장의 설명이 이어져 회의가 끝나고 물어보기로 하였다. 김범희 팀장은 사건 현장의 여러 사진들을 넘기며 말했다.

"이렇게 직접 제작한 특수한 도르래를 사용한 점, 시체를 지탱하는 데 동일한 무게의 바벨을 사용한 점, 줄을 이용하여 태아처럼 만든 점 등을 들어 동일범의 소행이 확실하다고 생각됩니다. 그리고……"

김범희 팀장이 윤성현 경감을 바라보자 윤 경감이 다시 앞으로 나왔다.

"여기서부터는 제가 설명을 하겠습니다."

윤성현 경감은 사진을 이리저리 돌리더니 피해자의 얼굴이 확대되어 나온 사진에서 멈췄다.

"범인은 첫 번째 피해자 우광석의 이마에 보라색 유성 매직으로 NO.1이라고 적었고, 두 번째 피해자 이지현의 이마에는 동일한 매직으로 NO.2라고 적었습니다. 이 넘버링으로 보아 앞으로 추가 살인이 예상되는 바입니다. 질문 받도록 하겠습니다."

무뚝뚝해 보이는 형사가 손을 들고 질문하였다.

"피해자들은 모두 자기 집, 즉, 거주하는 곳에서 당했는데 같이 사는 가족은 없었습니까?"

"사건 발생지에 동거인은 없었습니다. 다음 질문이요?"

"용의자나 용의자를 예상할 수 있는 증거는 나오지 않았나요?"

"과학수사계의 정확한 조사 결과가 나오지 않았지만 현재로서는 방에서 피해자들의 신원을 알 수 있는 물건들만 나왔을 뿐 범인을 알려 주는 단서는 없었습니다. 교활한 범인이 증거를 하나도 남기지 않은 것이죠. 결정적인 단서가 될 수 있는 정액이나 CCTV 영상 등은 현재로선 없습니다."

윤성현 경감은 차분해진 장내를 둘러보았다. 질문은 더 이상 없는 것 같았다.

"질문이 더 없으시면 저는 물러나도록 하겠습니다. 지금부터는 1팀부터 탐문수사 결과를 발표해 주십시오."

1팀 이세민 팀장은 앞으로 나가 조사한 내용이 적힌 수첩을 펼쳤다.

"첫 번째 피해자 우광석은 발견이 조금 늦어졌습니다. 살해된 지 약 5일 정도 지나서 발견되었는데요. 집주인이 월세 납부가 늦어지고 연락이 되지 않아 빌라로 찾아왔다고 합니다. 보증금 300만 원에 월세 25만 원인데 집주인 말로는 월세도 다 까먹었다고 합니다. 우광석은 102호에 살고 있었는데 101호에 사는 주부는 오며 가며 얼굴만 봤지 한 번도 대화를 해 본 적이 없다고 합니다. 위층에 사는 사람들도 마찬가지였고 사건이 일어났던 날 별로 특별한 낌새는 없었다고 합니다."

다음 팀들의 보고도 이세민 팀장과 별로 다를 바가 없었다. 범인은 신중히 행동해 증거를 남기지 않았다. 다른 팀의 의미 없는 발표가 이어졌다. 마지막으로 범죄행동과학계

소속 여성 프로파일러가 마이크를 잡았다. 회의 참가자들이 계속 웅성거리자 여성 프로파일러는 크게 말했다.

"퍼피티어."

일순간 시선이 앞에 있는 프로파일러에게 집중되었다.

"퍼피티어, 꼭두각시 연출가라는 뜻입니다. 시체의 모습이 굉장히 특이하다는 것에 주목할 필요가 있습니다. 연쇄 살인마의 특징은 시체 절단이나 피를 즐기는 사람 또는 죽는 모습을 즐기는 양상이 있어요. 하지만 이 사람은 조금은 특수하다고 할 수 있습니다. 빨랫줄로 고치 모양을 만들었습니다. 피해자의 손이 자유로운 점으로 미루어 보아 단지 움직이지 못하게 하는 용도가 아닌 무슨 이유가 있는 것 같습니다. 여자는 방바닥에서 8㎝ 정도, 남자는 11㎝ 정도 떠 있었습니다. 여기 사진을 보면 역겹기도 하면서 대롱대롱 매달린 것이 어떤 열매처럼 보이기도 합니다. 범인은 이런 모습을 경찰에게 보여주기라도 하는 것 같습니다."

형사들이 손을 들어 질문했다.

"경찰에게 보여준다고 했는데 그것을 왜 보여주는 것입니까?"

"연쇄살인임을 알리는 것 같습니다만 다른 이유가 있을지도 모릅니다."

"피해자의 팔을 자유롭게 한 이유가 무엇입니까? 고치 모양으로 보이려면 팔까지 묶었어야 할 텐데요?”

“혹시 나비를 표현했을까요? 아무튼 무슨 이유가 있는 것은 확실합니다.”

“그래서 범인은 뭐 사이코패스라는 겁니까? 아니라는 겁니까?”

“그건 범인과 대화를 해 보지 않아서 모르겠습니다만 충분한 가능성이 있습니다.”

“도대체 뭘 알아냈습니까?”

여성 프로파일러의 메마른 눈빛이 보였다.

“군이 이마의 넘버링을 보지 않아도, 반드시 동일한 사건이 일어날 것이라는 겁니다.”

또다시 회의장 내부는 웅성거리는 소음으로 가득 찼다. 이때 회의 총책임자인 형사과장이 앞으로 나왔다.

“이번 사건은 총장님께서도 관심을 가진 사항이다. 경찰서 기자들도 냄새를 맡았어. 지금은 정식 발표를 미루고 있는데 동일수법 범죄가 다시 발생하면 더 이상 기자들을 막을 수 없어. 그러면 경찰의 위신은 또 바닥에 떨어진다. 하루빨리 범인을 검거할 수 있도록 각 팀은 맡은 바 임무를 충실히 수행하고, 특히 원활한 수사를 위해서 절대로 언론에 노출하는 일이 없도록 주의하길. 이상!”

3

당승표와 나승만은 서로 툭탁거리며 탐정사무소로 들어오고 있었다. 둘은 희대의 악마 구요동을 처리하고 조이규 회장에게 받은 5억 원으로 '나당 탐정사무소'를 차린 것이다. 당승표의 희망대로 특별하고 특이한 사건들만 맡고 싶었지만 현실은 바람난 남편의 뒤를 캐 달라는 의뢰만 들어오고 있었다. 당승표가 나승만에게 불만을 토로했다.

"우리는 탐정이지 심부름센터가 아니에요. 바람난 남편의 뒤나 캐는 일은 할 수 없어요."

나승만도 불만이 가득한 얼굴을 하고 말했다.

"그럼 사무소 임대료는 뭐로 낼 텐가? 그래서 내가 서울 근교에 사무실을 얻자고 한 거야. 이렇게 월세가 비싼 강남대로에 사무실을 내면 어쩌자는 건가?"

"그래도 아직 남은 돈이 많이 있을 것 아니에요?"

"보증금이 4억이었네. 사무실 집기를 사고 월세를 내니 이제 남은 돈이 거의 없어."

"사건 의뢰를 기다려 보자고요."

"자네는 날 꾀어서 탐정사무소를 내자고 하고는 아무 일도 안 할 건가? 이건 이래서 안 되고, 저건 저래서 안 되고……."

당승표는 못 들은 척 자신의 책상에 앉으며 읽던 추리소설을 펼쳤다. 원래 추리작가였던 당승표의 뒤쪽 벽면책장에는 추리소설이 가득 꽂혀 있었다.

　"추리소설만 읽으려면 탐정이 되지 말고 작가나 계속할 것이지……."

　"경감님도 사무소에 헬스장 차렸잖아요. 추리소설 읽기는 제 취미란 말입니다."

　나승만은 사무소 방 하나에 러닝머신, 벤치프레스 등의 기구로 작은 헬스장을 만들어 놓고 꾸준히 운동하던 참이다.

　"탐정 하려면 체력이 필요하단 걸 모르나? 자넨 두 번이나 죽을 뻔하고도 운동을 안 하니 걱정이야."

　"제 몸을 보세요. 제가 근력운동을 한들 누굴 이긴단 말입니까? 싸움은 경감님이 맡으세요. 전 추리를 하겠습니다."

　나승만은 고개를 절레절레 흔들며 냉장고 문을 열고 고개를 돌려 당승표를 보고 말했다.

　"맥주 마실 텐가?"

　"하나 주세요."

　둘은 맥주캔을 하나씩 들고 사무실 가운데 손님을 접대하는 소파로 와서 앉았다. 둘 다 갈증이 많이 났는지 목이 따끔거릴 때까지 캔을 내려놓지 않았다.

　"캬~ 맥주는 계절에 상관없이 시원하단 말이야."

그때 사무실 문을 열고 험상궂게 생긴 남자 두 명이 들어왔다. 나승만은 남자들의 얼굴을 확인하고 환한 미소를 지었다.

"어이, 이세민이? 웬일인가?"

"선배님이 탐정사무소 차렸다는 소식 듣고 왔죠."

나승만은 이세민 팀장과 악수했다.

"앉게나. 자네들 시원한 맥주 한잔 할 텐가?"

이세민은 사무소를 한 번 둘러보고 자리에 앉았다.

"지금 근무 중인데 술을 절대 마시면 안 되죠. 하지만요, 맥주 하나 주세요. 하하하…… . 그리고 이 친구는 운전해야 하니 음료수로 부탁합니다."

나승만은 냉장고에서 맥주를 꺼내 이세민에게 던졌다. 이세민은 능숙한 손놀림으로 맥주캔을 잡았다.

"근무 중에 술 마시는 것은 여전하구먼."

"선배님한테 배운 것이 술밖에 없어서요."

"허허, 그렇지."

나승만은 오렌지 주스를 가져와 허언강 경사 테이블 앞에 놓고 당승표에게 남자를 소개했다.

"여기는 서울경찰청 이세민 형사야. 나랑은 한 팀이었던 적이 있어. 그때 계급이 경장이었는데 지금은 뭔가?"

"아이고 그게 언제 적 이야기입니까? 지금 경위예요. 팀장이죠."

"뺀질이가 용케 승진했구먼. 그런데 옆은 누구?"

나승만이 옆의 일행을 보자 이세민 팀장이 정식으로 소개했다.

"다시 소개하겠습니다. 저는 서울경찰청 강력계 팀장 경위 이세민이고 여기는 제 짝꿍 허언강 경사입니다."

허언강은 고개를 살짝 숙여 인사했다.

"그래 자네도 이제 부하를 데리고 다닐 때가 되었지. 난 나승만, 경감으로 퇴임했고 여기 이 젊은이의 이름은 당승표. 여기 나당 탐정사무소 소장이네."

당승표는 고개를 숙여 인사했다. 이세민 팀장은 당승표를 보고 말했다.

"선배님께 전화로 얘기 많이 들었습니다. 그 떠들썩했던 '교동회관 살인사건'의 생존자이면서 구요동을 보내 버린 장본인이라면서요?"

당승표는 아무 대답을 하지 않고 고개를 살짝 끄덕이고는 자리에서 일어서며 말했다.

"나 경감님 만나러 오신 거면 저는 일어나겠습니다. 말씀 나누세요."

"잠시만 앉아 계세요. 조언을 얻고 싶어서 왔습니다."

이세민은 캔맥주를 따서 한 모금 마셨다. 당승표는 그가 근무시간에 술을 마시는데다 나승만의 동료였으니 분명 타락한 경찰일 거라고 예상했다. 당승표는 다시 소파에 앉으며 말했다.

"저는 경찰에게 조언해 줄 수 있는 능력이 없습니다."

"일단 들어나 보시고 생각나는 대로 말씀해 주세요."

그때 젊은 형사인 허언강 경사가 이세민 팀장에게 말했다.

"팀장님 설마 도르래 살인사건 이야기를 하려는 건 아니죠?"

"괜찮아 인마. 살짝 조언을 듣는 거야."

"조언은 무슨 조언입니까? 과장님 말씀 못 들으셨어요? 언론에 특히 조심하라고 했잖아요. 근데 이런 불법 심부름센터에서 무슨 조언을 듣는다는 말입니까?"

허언강 경사의 말에 불쾌해진 당승표는 자리에서 일어섰다.

"불쾌하군요. 심부름센터라뇨? 여기는 그런 데가 아닙니다."

"아니긴 뭐가 아니야? 더러운 일 받아다가 하는 주제에."

이세민 팀장도 후배 형사의 막말에 민망한지 허언강 경사의 뒤통수를 한 대 치며 일어섰다.

"야! 너 대선배 앞에서 뭐하는 거야?"

허언강은 하고 싶은 말이 더 있는 것 같았지만, 입술만 씰

룩거릴 뿐 밖으로 소리가 되어 나오지 않았다.

"선배님, 후배 대신 제가 사과하겠습니다. 넌 차에 가 있어!"

"저는……"

"그냥 가 있어. 걱정하지 말고."

허언강 경사는 뒤돌아 사무소 밖으로 나갔다. 당승표도 자신의 사무 책상으로 돌아가 읽던 소설책을 다시 펼쳤다.

나승만과 이세민 팀장은 다시 소파에 앉아 이야기를 시작했다.

"허허, 요즘 젊은이들 에너지가 넘쳐난단 말이야."

"죄송합니다. 후배 교육을 제대로 못했어요. 이번 사건이 너무 심각하다 보니 저 녀석도 흥분했나 보네요."

"괜찮네. 그리고 걱정하지 말게. 우리 당 탐정은 심각한 사건에 관심이 많아. 특이한 사건이라면 하지 말라고 해도 조사에 뛰어들 거야."

이세민 팀장은 책상에 앉아 소설을 읽는 당승표를 한 번 쳐다보고 사건 설명을 시작했다.

"특이한 사건이긴 하죠. 현재 두 명이 살해되었어요. 빨랫줄로 목을 매달아 죽였는데, 발견 당시 두 명 모두 기이한 모양을 하고 있었답니다. 빨랫줄로 몸을 묶어서 태아처럼 웅크린 모양으로 만들었어요. 시체가 매달린 모습이 마치 고치가 매달려 있는 모습이라고 해야 할까요?"

나승만도 흥미가 생겨 맞장구쳤다.

"오, 사이코패스의 소행이구먼."

"아직 놀라기는 일러요. 이 살인범은 도르래를 직접 제작해서 이용했는데요. 피해자들의 몸무게보다 작은 30kg 바벨에 시체 반대쪽의 줄을 고정했다 이겁니다."

소파와 책상과의 거리가 가까운지라 당승표의 귀에는 듣기 싫어도 계속 사건 이야기가 들렸다. 당승표의 눈은 소설책의 글자를 보고 있었지만 특이한 사건 설명에 관심이 가는지 동공의 크기가 커졌다 작아졌다를 반복했다.

"피해자들의 이마에 NO.1, NO.2로 넘버링도 되어 있습니다. 경찰과 프로파일러 분석으로는 곧 세 번째 사건이 일어날 거라 합니다. 그래서 급하게 여길 찾은 거예요."

나승만은 당승표를 보고 말했다.

"당 탐정, 어떤가? 사이코패스 소행인 것 같은데 이 정도면 조사해 볼 만하지 않은가?"

당승표는 읽지도 않은 책장을 한 장 넘기며 말했다.

"동일한 사건이 한 번 더 일어난다면 재밌어지겠네요."

나승만은 당승표의 흔들리는 눈빛을 보고 앞에 앉은 이세민에게 말했다.

"우리는 탐정사무소를 운영하고 있네. 그러니까 의뢰를 하면 의뢰비를 받아야 하는데……."

"아니 섭섭하게 우리 사이에 돈 얘기를 하십니까?"

"아니, 돈 얘기가 아니라 우리도 뭔가 얻는 것이 있어야 하지 않겠나? 앞으로 우리 탐정사무소에서 사건 조사할 때, 경찰의 정보 좀 넘겨 달라 이거야."

당승표는 나승만의 거래 능력에 감탄했다. 앞으로 사무실 운영 및 사건 해결에 경찰의 조사 정보는 꼭 필요한 일이기 때문이었다. 이세민의 눈이 가늘어졌다.

"제가 얻을 수 있는 수준의 정보라면 괜찮을 것 같습니다. 단, 제가 이번 '도르래 살인사건' 해결의 주인공이 돼야 해요."

"그야 당연한 것 아닌가? 그럼 이제 자세한 사건 브리핑 좀 해 봐."

"네, 첫 번째 사건은······"

이세민 팀장이 사건에 대해 설명할 찰나, 밖에 나가 있던 허언강 경사가 뛰어 들어왔다.

"팀장님!"

다급하게 부르는 허언강의 목소리에 일동은 그쪽을 보았다.

"또 일어났어요. 도르래 살인사건이 또 일어났습니다!"

4

첫 번째 도르래 살인사건 후 다섯 번째 수사 회의가 진행되고 있었다. 앞선 회의와 다르게 회의실의 분위기는 무거웠다. 세 번째, 네 번째 도르래 살인사건이 연속으로 일어났지만, 아직 유력한 용의자를 가려내지도 못했고 사건이 언론에 새어 나가 국민들이 무능한 경찰을 질타했기 때문이었다.

윤성현 경감이 시체가 매달린 화면을 띄우고 브리핑을 시작하였다.

"그럼 먼저 세 번째, 네 번째 사건의 브리핑을 시작하겠습니다. 어제 세 번째 피해자가 발견된 후 하루 만인 오늘 아침에 네 번째 피해자가 발견되었습니다. 앞선 사건들과 마찬가지로 두 피해자 모두 자신이 거주하는 방에서 당했고 같이 살고 있는 동거인은 없었습니다. 특수도르래를 사용한 것이며 몸을 태아처럼 묶은 것이며 30㎏ 바벨을 사용한 것이 동일범의 소행이 확실합니다."

그때 한 형사가 손을 들었다.

"사건이 기사화되었던데, 모방범죄 가능성은 없습니까? 어떻게 동일범으로 확신할 수 있습니까?"

"지금은 범행 일체가 노출되었지만, 네 번째 사건이 일어날 때까지는 보라색 유성 매직으로 피해자의 이마에 넘버링한 사실은 공표하지 않았습니다."

윤 경감은 이마에 땀을 닦고 설명을 이었다.

"세 번째 사건의 피해자는 60세 남성 김성식 씨로 키 173㎝, 몸무게 58㎏으로 다소 마른 체형입니다. 수원에 사는 딸이 발견하고 신고했는데, 딸은 사건이 일어난 전날 밤, 뜬금없이 일 년 가까이 연락하지 않고 살던 아버지가 전화해 자신을 용서해 달라고 말했답니다. 불길한 마음에 다음 날 아버지가 살던 집을 찾아왔더니 그 지경이 되어 있었다고 합니다."

이세민이 손을 들고 질문했다.

"딸은 왜 김성식 씨와 일 년 동안 연락을 하지 않았다고 합니까?"

"아버지가 교육공무원이었는데 퇴직 후 이런저런 일로 돈을 많이 말아먹었다고 합니다. 자신은 결혼해서 아버지와 떨어져 수원에 살고 있었는데 어느 날부터인가 사채업자들이 찾아와 아버지의 빚을 대신 갚으라고 괴롭혔다고 합니다. 그것 때문에 남편과 이혼하고 지금은 혼자 살고 있었다고 합니다. 김성식의 딸은 다 돈 때문이라고 말하며 오열하였습니다. 그럼 다음 네 번째 피해자에 대해 말씀드리겠습니다. 47세 남성 조남인 씨로 170㎝, 53㎏로 김성식과 마찬가지로 마른 체형입니다. 사채업자가 돈을 받기 위해 집을 방문하였다가 발견했다고 합니다. 혹시나 해서 알아봤는데 세 번째와 네 번째 피해자들과 연결된 사채업자는 다른 업체라는 것이 밝혀졌습니다만 계속 조사하여 사채와 관련된 공통점이 있는지 알아볼 필요가 있습니다."

윤 경감은 화면을 바꾸었다.

"그럼 계속 발표하겠습니다. 이번에도 시체가 발견된 방에는 증거물이라고 할 만한 것이 전혀 발견되지 않았습니다. 방에는 장갑, 마스크 등 생활용품이 있었지만 그 물건은 모두 피해자의 것으로 예상되는 것들이었습니다."

윤성현은 시체가 매달린 사진을 화면에 띄웠다.

"한데, 이번 사건들이 전 사건들과 다른 점이 발견되었는데 이는 시체가 매달린 높이입니다. 전 피해자들은 바닥에서 각각 11㎝, 8㎝ 떨어져 있었는데 이번 피해자들은 방바닥에서 50㎝가량 올라가 있었습니다."

"무슨 특별한 이유가 있습니까?"

"과학수사계의 조사 결과 바벨이 놓인 방바닥 부분 장판이 충격을 받아 훼손된 상태로, 첫 번째, 두 번째 사건에서는 바벨을 방바닥에 놓은 후 의자를 뺏기 때문에 시체의 높이가 낮게 위치했고, 세 번째, 네 번째는 바벨을 높은 곳에 위치시켰다가 시체의 목에 줄을 건 후 바벨을 떨어뜨려 시체의 위치가 다소 높아진 것으로 결론을 내렸습니다."

윤 경감은 목이 마른지 물을 한 모금 마시고 말을 이었다.

"참고로 바벨 옆에는 냉장고가 있었고 냉장고 위쪽 먼지가 쓸린 흔적이 있었습니다. 냉장고의 높이가 2m 정도 되니 시체가 높이 올라간 것입니다. 여기까지 질문 있습니까?"

"범인이 방법을 바꾼 특별한 이유가 있습니까?"

"아직 이유는 모릅니다. 다만 의자를 빼는 방법은 시체가 매달리는 높이가 낮았습니다. 범인은 실패할 확률이 있다고 판단해 다른 확실한 방법을 쓴 것으로 추정하고 있습니다."

윤 경감은 화면을 계속 넘겼다. 화면에는 시체의 확대된 모습, 이마에 쓰여 있는 넘버, 도르래 모양, 바벨 등이 지나갔다. 이때 영등포서의 눈매가 매서운 형사가 손을 들었다.

"잠깐! 이마에 쓰여 있는 넘버 모습을 다시 보여주시겠습니까? 아니, 한 화면에 네 번호가 보이도록 부탁합니다."

윤 경감이 노트북 앞쪽에 앉은 젊은 형사에게 지시하자 형사는 컴퓨터를 조작해 화면에 NO.1부터 NO.4까지 확대된 사진을 함께 띄웠다.

"거기 보세요. NO.3는 다른 것들에 비해 글자 모양이 조금 다르지 않습니까?"

"맞습니다. 그것도 이상하게 여겨 과학수사계에 조사를 부탁드렸는데요. 잉크 성분 분석 결과 네 가지 모두 같은 펜에서 나온 것으로 추정되고 N자를 꺾어 쓰는 모양이 특이해 동일한 사람이 썼을 확률이 높다고 합니다."

질문한 형사는 고개를 끄덕이더니 수첩을 보며 다시 말했다.

"NO.3의 얼굴 확대 사진을 보여주세요."

화면에 얼굴 사진이 뜨자 계속 질문했다.

"오른쪽 볼에 까만 것은 뭡니까? 나뭇잎 모양으로 보이는데, 점입니까?"

"아! 이것은 딱지입니다. 상처가 났을 때 피딱지 아시죠? 아마 어떤 이유에서 상처가 났겠죠."

경청하던 형사들은 경감의 말을 수첩에 적었다.

"그럼 다음은 CCTV 조사팀부터 조사한 내용을 말씀해 주세요."

CCTV 조사팀의 젊은 형사가 앞으로 나왔다.

"다들 가난한 동네에 살아서 집 근처에는 CCTV가 없었습니다. 조금 멀리 떨어진 영상을 확보해서 분석하고 있습니다. NO.1, NO.2 사건 근처를 지나간 사람들과 NO.3, NO.4 사건의 공통되는 사람을 분석 중에 있습니다. 하지만 계절이 아직 겨울인지라 많은 사람이 마스크와 목도리를 하고 있어 CCTV 영상에서 용의자를 찾는 것은 힘들 것으로 판단됩니다."

다음은 탐문 조사팀의 순서라서 이세민이 수첩을 들고 나가 발표하였다.

"일단 저희는 첫 번째, 두 번째 피해자를 조사하였습니다. 이 둘의 공통점은 가족과 떨어져 산다는 것입니다. 보통 떨어져 살더라도 연락은 유지하기 마련인데 두 피해자 모두 최소 6개월 이상 연락이 없었다는 겁니다. 심지어 NO. 2의 여자는 고등학교 때 가출해서 현재까지 가족과 연락이 없었던 상태였다고 합니다. 그리고 가족과의 사이가 좋지 못했습니다. 아마 이들의 빚 때문에 사채업자들이 가족을 괴롭혔기 때문인 것 같습니다. 피해자 모두 빚이 많은 것으로 보아 채권자들을 조사해 봄이 좋겠습니다."

굳은 표정으로 듣던 형사과장이 묵직하게 말했다.

"그래서, 조사한 채권자들이 용의자가 될 거란 건가?"

"채권자들의 알리바이를 조사해 보았는데 특별한 이상은 없었습니다."

형사과장의 인상이 구겨졌다. 아마 피해자가 늘어날수록 위에서 주는 압박이 커서 그럴 것이다.

"쯧쯧, 다음 팀!"

형사과장은 말을 하고 지그시 눈을 감았는데, 분명 화를 참고 있는 모습이었다. 2팀의 팀장이 나와 발표하였다.

"전체 발표에서 윤성현 경감님께서 발표했듯이 세 번째,

네 번째 피해자 모두 거주하는 곳의 동거인은 없습니다."

이세민은 발표를 듣는 둥 마는 둥 하며 책상 밑으로 핸드폰을 만지고 있었다. 회의 시작 때부터 나승만에게 카톡으로 회의 내용을 요약해 보내고 있었다. 당승표가 세 번째 도르래 살인사건이 일어난 후 사건에 적극적인 태도를 보였기 때문이다.

그때 계속 읽기만 하던 나승만에게서 메시지가 왔다.

[이 팀장! 모두 빚이 있는 것이 이상함.]

[우리나라에 사채 빚 있는 사람은 많아요. 그리고 네 명은 모두 다른 사채업자의 돈을 갖다 썼다고요.]

[가해자가 무분별하게 살인하지 않는다면 분명히 피해자들의 공통점이 있을 텐데.]

[우리도 그걸 찾고 있습니다.]

10분쯤 지나 나승만에게서 메시지가 왔다.

[우리 당 탐정이 피해자 네 명의 생명보험 가입 여부를 조사해 보라는데?]

[그건 왜죠?]

[그냥 감이라네.]

이세민은 손을 들고 크게 말했다.

"피해자들이 빚이 많은 것으로 보아 돈과 관련된 것이 틀림없습니다. 피해자들의 생명보험 가입 여부를 조사할 필요가 있다고 생각합니다."

이세민의 말을 듣고 형사과장은 지푸라기라도 잡듯 빠르게 지시했다.

"2팀, 지금 당장 알아 와."

말이 끝나기가 무섭게 2팀의 젊은 형사가 회의실 밖으로 뛰어나갔다. 아마 무거운 분위기를 탈출하고 싶었던 것 같았다. 이어 발표한 프로파일러도 무작위 살인이 아닌 무언가 목적이 있어 보인다는 등, 반사회적 성향이 보인다는 등의 말만 할 뿐이었다.

별다른 조사 결과 없이 회의가 지지부진하자 드디어 형사과장이 폭발했다.

"용의자 없어? 유력한 용의자 말이야!"

다들 꿀 먹은 벙어리였다. 아마 형사과장도 위쪽에서 스트레스를 많이 받았을 것이다.

"경찰의 위신이 바닥에 떨어졌어. 더 이상 피해자가 발생해서는 안 돼! 이번 사건 해결의 1등 공신은 일계급 특진을 약속한다. 다들 발바닥에 땀 나도록 뛰란 말이야. 아무튼 각 팀에서는 내일까지 용의자 한 명씩 만들어. 알았나?"

일동이 우렁차게 대답했다.

"넵!"

이때 피해자들의 보험 가입 여부를 알아보러 나간 형사가 들어오며 소리쳤다.

"보험이 들려 있어요. 모두 A화재 생명보험에 가입되어 있습니다!"

5

당승표는 이세민 팀장이 가져온 사건 내용을 찬찬히 살펴보는 중이었다. 이세민의 옆자리에 앉은 허언강 경사는 못마땅한 듯 찡그린 인상을 하고 있었다. 아직도 당승표가 심부름센터 직원이라고 생각했기 때문이었지만 범인에 대한 단서가 하나도 없어 반쯤 포기한 심정으로 따라왔는지 모르겠다.

당승표가 피해자 모두가 생명보험에 들려 있다는 것을 알아냈지만, 아직 용의자를 추려내기에는 무리가 있다는 생각이 들었다. 이세민은 형사과장이 공개적으로 특진을 약속한 터라 당승표에게 거는 기대가 컸다.

"일단 감사의 말씀을 드립니다. 네 피해자 모두 같은 생명보험을 들고 있었어요. 그것 때문에 위에서는 제게 기대를 많이 하더군요. 당승표 씨는 어떻게 알았습니까?"

당승표는 사진을 계속 훑어보며 말했다.

"엽기적인 방법을 동원한 연쇄살인이에요. 피해자들도 가난하고 혼자 살며, 사채 빚까지 있었죠. 동일한 범인이 저질렀다면 뭔가 이유가 있다고 생각했어요. 피해자들이 빚이 많으니 혹시나 돈에 관련되지 않았을까? 하는 생각이 들었을 뿐입니다. 근데, 피해자들이 사망 보험금을 얼마씩 수령하게 됩니까?"

"A화재에서는 살인이 확실하다면 각각 3억 원 정도 지급한다고 하더군요. 피해자들은 보험에 가입한 시기도 비슷한데 약 8개월 정도 전부터 2개월 사이로 들어 놓았습니다. 월세도 못 내서 거지같이 살던 사람들이 용케 보험료는 밀리지 않고 냈더군요. 의심이 많이 가서 경찰에서는 그쪽으로 수사를 집중하고 있습니다."

여기까지 말하고 비밀을 말하듯 이세민의 목소리가 작아졌다.

"세 번째 피해자 말이에요. 보험을 두 개 더 들고 있었어요."

당승표도 관심이 가는지 고개를 들었다. 당승표 옆의 나승만이 물었다.

"어이쿠, 그럼 보험금 얼마를 수령하게 되는 건가?"

이세민은 이를 보이며 말했다.

"무려 10억 원이에요. 10억!"

나승만은 큰돈이 부러운지 표정이 변했다.

"아이고, 난 언제 그런 돈 만져 보냐?"

이세민은 웃는 얼굴로 당승표를 보며 말했다.

"어때요? 뭐 특별한 사항이 보이십니까?"

당승표는 이세민의 말을 못 들었는지 못 들은 척하는지 피해자들의 이마 넘버 사진을 유심히 보고 있었다.

"이 세 번째 피해자의 이마에 쓰인 NO.3 글자가 다른 것들과 차이가 있네요."

이세민은 회의 내용을 말해 주었다.

"국과수 조사에 따르면 잉크의 성분이 같아 동일 펜에서 나온 것으로 추정하고, N자를 꺾어 쓴 것으로 미루어 동일인일 확률이 높다고 합니다. 혹시 세 번째 살인의 범인을 다른 사람으로 생각하시는 겁니까? 절대 그럴 리 없어요. 특수 도르래를 사용한 점 등이 아직 언론에 보도된 적이 없을 때 일어난 사건입니다. 네 사건 모두 동일인에 의해 일어난 살인이 틀림없어요."

당승표는 그래도 미련이 남는지 한참 동안 NO.3가 확대된 사진을 보았다. 한참 후에야 다음 사진으로 넘기며 입을 열었다. 다음 사진은 고치 모양으로 보이는 시체의 전체 모습이었다.

"누가 뭐라나요? 다른 가능성을 생각해 봤습니다."

"뭔데요? 그 가능성?"

"쓸데없는 겁니다. 한데 첫 번째, 두 번째 시체와 세 번째, 네 번째 시체의 매달린 위치가 다른데 이것에 대한 설명은 어떻습니까?"

"과학수사계에서는 그것을 범인이 살해 방법을 바꿔서 그렇다고 합니다. 전자는 의자 위에 피해자를 올리고 반대쪽 줄을 바닥의 바벨에 고정한 후 의자를 치우며 매달리게 하여 바닥과 가까웠는데, 후자는 바벨을 2m 높이의 냉장고에 올린 후 피해자의 목에 줄을 걸어 바벨을 떨어뜨리는 식으로 살인하여 후자의 시체들이 더 높이 올라간 것입니다. 혹시 움직도르래 원리를 아십니까?"

당승표는 고개를 끄덕였다. 이세민은 그것이 시체 높이가 다른 이유를 알았다는 것인지 움직도르래의 원리를 알았다는 것인지 알 수 없었다.

"범인은 왜 집행 방법을 바꿨을까요?"

"과학수사계에서는 의자를 치우는 방법이 시체가 바닥에 닿을 수도 있어 방법을 바꾸지 않았나 생각하고 있습니다."

당승표는 고개를 끄덕이더니 계속 사진을 뒤지다가 하나 내보이며 말했다.

"이 사진이요. 네 번째 피해자의 방 사진인데 이거 뭔지 아시겠어요?"

당승표가 보인 사진은 방 안에 여러 가지 물품이 어지럽게 놓인 모습이었다. 당승표가 손가락으로 가리킨 물건은 냉스카프였다.

"그거 냉스카프라고 여름에 목에 두르는 거잖아요. 그게 무슨 중요한 증거가 됩니까?"

"아니요. 그냥 어울리지 않다는 생각이 들어서요. 겨울에 냉스카프라……"

당승표는 다시 여러 장의 사진을 넘겨 보다가 세 번째 피해자 얼굴 사진을 유심히 보았다.

"이 형사님, 이 얼굴에 피딱지 말이에요. 어떤 모양으로 보이세요?"

이세민은 다시 사진을 들여다봤지만 유심히 본다면 나뭇잎 같다고 할까, 별다른 모양이 아니었다.

"뭐 나뭇잎이라고 할 수 있을까요?"

당승표는 다시 사진을 여러 장 넘겨 두 번째 피해자인 이지현의 엉덩이 사진을 보였다. 엉덩이의 가장 높은 곳에는 빨간색으로 문신이 되어 있었는데 한쪽에는 알파벳 'Q'가, 다른 쪽에는 '♥' 모양이 새겨져 있었다.

"이것은 뭐로 보입니까?"

"그거야 빨간색 잉크로 문신을 한 것이지요. 알파벳 Q와 하트 모양 아닙니까?"

"이 Q자 말이에요. 어디서 많이 본 것 같지 않나요?"

이세민 팀장과 허언강 경사는 고개를 갸웃했지만 나승만의 눈동자가 순간 커졌다.

"알았네. 이건 트럼프의 퀸이네."

당승표는 손뼉을 치고 스마트폰으로 트럼프의 하트 Q 모양을 검색해 앞으로 보이며 말했다.

"맞습니다. 여기 보세요. 빨간색 하트는 많이 있다고 쳐도 이 Q자 모양 동그라미에 아래쪽 물결이 특이하죠? 이 여자는 엉덩이에 하트 Q를 문신한 겁니다."

이세민이 고개를 끄덕이며 물었다.

"이 문신이 사건과 무슨 관련 있을까요?"

"만약 이 형사님이 문신을 새긴다면 어떤 문신을 하겠어요?"

이세민은 예전 영화에서 멋있다고 느꼈던 주인공의 문신이 생각났다.

"이두박근에 철조망 가시 문신이 멋있더라고요. 문신을 한다면 그것을 해 보고 싶었어요."

"맞습니다. 누구든 문신을 할 때에는 보통 자신이 좋아하는 것을 하게 마련이죠. 그렇게 생각한다면 트럼프의 하트 퀸을 새긴 이 여자는 도박을 좋아할 확률이 높습니다. 자, 그럼 다시 세 번째 피해자의 피딱지 모양을 보시죠. 어떤 모양으로 보일까요?"

나승만은 자신이 사건을 해결한 것마냥 신나서 말했다.

"이건 스페이드구만."

"맞아요. 나뭇잎이지만 비약하자면 '♠' 모양으로 생각할 수 있죠."

당승표의 말을 들으면서 보니 얼굴의 상처 모양이 스페이드로 보였다. 당승표는 자신 있게, 하지만 신중하게 자신의 이론을 설명하기 시작했다.

"이건 모두 저의 이론일 뿐입니다. 피해자들은 모두 빚이 있고, 생명보험을 들었어요. 혹시 피해자 모두 도박과 관련이 있다면, 거기서 무슨 일이 꾸며진 것이 아닐까요?"

이세민의 눈동자가 빛났다.

"조사해 볼 필요가 있겠어……"

당승표는 계속 자신의 이론을 피력했다.

"일반인이 도박장에서 돈을 딸 수 있는 확률이 어떻게 될까요? 이런 가설을 세워 보죠. 이 피해자들은 어떤 도박장에서 빚을 많이 졌습니다. 사기도박이든 뭐든 일반인은 거의 딸 확률이 없기 때문에 빚을 많이 진 거죠. 돈을 모두 탕

진한 피해자들은 다시 도박장의 돈을 씁니다."

당승표는 목이 마르지 앞의 생수를 한 모금 마셨다.

"외상으로는 소도 잡아먹는다고 하잖아요. 피해자들은 이 도박장의 우두머리에게 빚을 진 겁니다. 이 우두머리는 빚을 지는 대신 생명보험을 들어 둔 거예요. 너희들 빚을 갚지 못하면 죽여서라도 받겠다. 이런 식으로 협박을 했을지도 모르죠."

당승표는 한 템포 쉬었다.

"이 세 번째 피해자는 보험금으로 10억을 받게 됩니다. 경찰 조사에 의하면 피해자의 빚 때문에 딸이 이혼까지 하고 많은 고통을 받았다고 했지요? 어쩌면 우두머리가 자신을 곧 죽일 줄 알고 딸에게 더 많은 돈을 남기기 위해 보험을 2개 더 들어 둔 것일 수도 있겠군요."

당승표의 눈이 슬퍼졌다.

"죽기 전날 딸에게 용서해 달라고 전화를 걸었다면서요? 세 번째 피해자는 죽기 직전 손톱으로 자신의 볼에 스페이드 모양을 만든 것입니다. 자신의 죽음은 도박과 관련 있다고 알리기 위해서죠."

이세민은 당승표의 의견을 듣고 깊은 생각에 빠졌다. 심부름센터라고 무시했던 허언강도 당승표의 발산적 사고에 조금은 존경심이 생기고 있었다. 이세민은 궁금한 내용을 말했다.

"억지라고 하기에는 좀…… 생각해 볼 여지가 있겠군요. 한데 세 번째 피해자는 왜 하필 스페이드를 만들었을까요?"

"하트는 일상생활에서 많이 보잖아요. 다이아몬드는 그냥 마름모일 뿐이고요. 그리고 클로버도 토끼풀이 먼저 생각나죠. 그래서 스페이드를 생각한 것이 아닐까요?"

이세민 팀장은 고개를 끄덕였다.

"빨리 피해자들이 도박장을 다녔는지 조사해 보세요. 그리고 같은 시기에 A화재 생명보험을 들었던 사람 중에서 이 피해자들처럼 사채업자에게 빚이 많은 사람을 더 알아볼 필요가 있습니다. 다음 피해자가 될지도 모르니까요."

이세민 팀장은 자리에서 벌떡 일어났다.

"그러네요. 빨리 위에 보고해야겠습니다. 아무튼 감사합니다. 허 형사, 뭐해? 빨리 나가자고."

"추가로 알아낸 정보는 빠른 시간 안에 저나 나 경감님께 연락해 주시고요. 경감님, 우리도 나갈 준비를 하죠?"

"어디 가려고 그러나?"

"우리는 수원으로 가 보죠."

이세민이 물었다.

"수원은 왜요?"

"세 번째 피해자 딸을 만나러요. 몇 가지 알아볼 것이 있

습니다. 이 형사님께서 딸에게 미리 전화 좀 넣어 주시겠어
요? 그래야 딸하고 순조롭게 만날 수 있으니까요."

*

나승만과 당승표는 신도림에서 수원행 급행 전철을 타고
수원역에서 내렸다. 한낮이라 한산한 역 앞에는 빈 택시 줄
이 길게 늘어서 있었다. 둘은 맨 앞의 택시를 탔다. 세 번
째 피해자의 딸이 일하고 있다는 수원의 한 왕갈비집 상호
를 말하자 유명한 집인지 택시기사는 금방 알아챘다. 수원
역 앞은 한낮에도 차가 많았지만 택시는 요령 있게 잘도 빠
져나갔다. 나승만은 전부터 궁금했던 것을 당승표에게 물어
보았다.

"자네, 사건 해결에 별로 중요하지 않은 여자를 왜 만나려
하나?"

"그냥, 만나봐야 할 것 같아서요. 느낌이 들어요. 도르래
살인사건의 핵심은 세 번째 피해자입니다. 범인을 알 수 있
는 사건의 핵심이에요."

"사건 해결을 위해서는 사건 현장을 가거나 도르래 등을
살펴봐야지. 경찰 조사에서도 딸은 아버지와 일 년 동안 연
락이 없었다고 하지 않았나?"

당승표는 창밖을 보며 느리게 대꾸했다.

"다른 건 천천히 조사해 보자고요. 저기 보세요. 수원화성이에요."

아이러니하게도 정약용이 거중기를 만들어 축조했다는 수원화성이 눈앞에 있었다. 당승표는 범인이 사용했다던 도르래를 생각했다.

'범인은 도르래를 직접 제작하여 시체보다 가벼운 바벨로 고정했어. 아무리 엽기적인 연쇄살인범이라도 특수 도르래를 제작해 사용한다는 것은 상당히 귀찮은 일일 텐데……'

범인이 도르래를 사용해야만 했던 이유가 분명히 있을 텐데 지금은 알 수 없었다.

택시를 타고 2분 정도 더 가자 김성식의 딸이 일한다는 왕갈비 가게에 도착하였다. 일단 가게 규모에 놀랐고, 평일이고 아직 점심 시간이라기에는 이른 것 같았는데 좌석이 70% 정도 차 있어 다시 놀랐다. 나승만은 당승표의 옆구리를 툭 치며 농담했다.

"5억으로 탐정사무소보다 이런 가게를 하나 차렸어야 하는데……"

둘이 안으로 들어가니 매니저인 듯한 여자가 다가왔다.

"어서 오세요. 두 분이십니까?"

이런 일은 소싯적에 많이 해 본 솜씨로 나승만이 나섰다.

"우리는 식사를 하러 온 것이 아니라 사람을 좀 만나러 왔소. 여기 직원 중에 김은애 씨라고 있을 텐데……."

그때 멀리서 유니폼을 입은 한 젊은 여자가 뛰어왔다. 이세민 팀장 말로는 31세라고 했는데 갈비집 유니폼을 입고 있어서 그런지 나이보다 젊은 직장여성처럼 보였다.

"매니저님, 제가 아까 말씀드린 손님입니다."

"아, 그래요? 여긴 손님이 많으니 잠시 나갔다 오세요. 12시부터 제일 바쁜 거 알죠? 그때까지는 돌아오세요."

당승표는 가게 맞은편 커피숍으로 김은애를 데리고 갔다. 어디서 온 사람들이 이렇게 많은지 넓은 커피숍은 사람들로 북적거렸다. 다행히 구석에 빈 테이블이 있어 자리에 앉았다.

"난 카페라떼 더블샷으로."

나승만의 커피 입맛이 어느새 다방커피에서 카페라떼 더블샷으로 변해 있었다. 당승표가 맞은편의 김은애를 보자 작은 소리로 '아메리카노요'라고 말했다.

커피가 나오자 당승표가 받아다 테이블에 내려놨다. 김은애는 창밖을 보고 있었는데 하나로 묶은 머리와 드러난 밝은 이마, 그리고 과도하다 싶을 정도의 오똑한 코, 당승표는 김은애가 대단한 미인이라는 생각이 들었다. 나승만이 스틱형 설탕 두 개를 넣고 커피스틱으로 저으며 말했다.

"먼저 삼가 고인의 명복을 빕니다."

김은애가 자신의 커피를 들어 한 모금 마셨다.

"경찰에는 다 말한 것 같은데 뭐가 더 알고 싶은가요?"

당승표는 그 반응에 이세민이 경찰이 찾아간다고 전화했다는 것을 알았다. 당승표는 김은애의 오똑한 코를 힐끔거리며 말했다.

"사실 저희는 경찰이 아닙니다."

김은애는 경찰이 아니라는 말에 깜짝 놀라 커피잔을 내려놨다. 그녀의 눈빛이 점점 불안하게 변해 갔다.

"돈은 없어요……." 들릴 듯 말 듯한 소리였다. 김은애도 빚에 쪼들려 사는 것이 분명했다.

"걱정하지 말아요. 저희는 그런 사람들이 아닙니다. 저희는 탐정이에요. 경찰의 일을 돕고 있습니다. 돈 때문에 사람들이 자주 찾아오나요?"

당승표가 묻자 김은애는 다시 창밖을 보았다. 그의 옆모습을 볼 때 당승표의 심장이 살짝 뛰기 시작했다. 곧게 뻗은 코에 자꾸 눈이 갔다.

"경찰에 이미 말씀드렸다시피 일 년 정도는 연락 없이 지냈어요. 긴병에 효자 없다고 아버지 때문에 찾아오는 빚쟁이들 때문에 저도 지칠 대로 지쳤습니다. 아버지는 무엇을 하다가 퇴직금 다 까먹고 빚까지 졌는지 언제부터인가 저희 집으로도 빚쟁이들이 찾아왔어요. 그 때문에 남편이랑도 이혼하고 애랑도 잘 못 만나고 이렇게 살고 있습니다. 아버지 돈 해 줄 대로 해 주고 저도 빚이 사천만 원이나 됩니다. 그래서 애를 위해서도 이혼에 합의할 수밖에 없었어요."

김은애는 자신의 이야기를 마치며 창문을 통해 지나다니는 사람들을 봤다. 당연히 당승표의 눈은 김은애의 코로 향했다. 직각 삼각형의 빗변처럼 매끈하고 시원한 콧날이었다. 당승표는 멍하니 여자의 코를 보고 있다가 나승만의 중저음에 정신을 차릴 수 있었다.

"아버지 때문에 자식도 만나지 못하고 아버지가 밉겠소."

"오랜 병을 앓은 부모를 보낸 심정입니다. 빚쟁이들 찾아와서 그렇게 괴롭혀도 아버지는 정신 못 차린 것 같아서 차라리 빨리 죽으면 좋겠다고 생각했는데, 막상 돌아가시고, 그것도 안 좋게…… 살해당하셨다고 하니 눈물이 쏟아지더라고요."

여자는 다시 눈물이 나는지 손으로 눈을 훔쳤다. 나승만은 여자가 울어도 질문을 계속했다. 이런 피도 눈물도 없는 냉혈한 같으니라고.

"아버지 혼자 사시는 것 같던데 어머니는 안 계십니까?"

"어머니는 제가 중학교 때 병으로……"

울먹이던 김은애는 갑자기 엉엉 울기 시작했다. 주변에서 힐끔거리기는 했지만 젊은 사람들은 다시 노트북이나 핸드폰으로 시선을 돌렸다.

당승표는 나승만의 팔을 잡고 눈빛으로 자기가 질문하겠다는 신호를 보냈다. 나승만은 아직 경찰 시절 습성을 가지고 있어, 진심 어린 이야기를 이끌어내지 못할 것 같아서였다. 당승표가 커피숍에서 사용하는 종이냅킨을 몇 장 가져다 김은애의 앞에 두자 김은애는 그것으로 눈물을 찍어냈다. 울음이 어느 정도 그치자 당승표는 조심히 물었다.

"어머니 생각에 눈물이 나셨나요?"

"그것도 그렇고, 아버지가 불쌍해서요. 일 년 동안 얼마나 고생하셨는지…….."

김은애는 냅킨을 다시 눈으로 가져갔다.

"아버지가 원래 몸이 좋으셨어요. 80㎏에 가까웠는데 돈 때문에 얼마나 시달리셨는지 살이 쫙 빠져 있으셨어요. 경찰들 말로는 58㎏이었다고 하더라고요."

당승표는 수첩에 그 내용을 적었다. 그리고 원래부터 궁금했던 것을 물었다.

"아버지가 공무원이셨다고 하던데, 어떤 공무원이셨나요?"

"교사였어요. 교감으로 근무하다가 명퇴하셨어요. 명퇴 교원은 특별승진으로 형식상 승진을 하기 때문에 마지막 정년은 교장이었어요."

"혹시 평교사 때 어떤 과목을 가르치셨나요?"

"과학이에요. 평생을 중학교에서 과학을 가르치셨어요."

당승표의 눈이 예리하게 빛나며 그 내용을 수첩에 기록했다.

"아버님 연세가 60세라고 나와 있는데 명퇴라는 것이 '명예퇴직'을 말씀하시는 거지요? 교사는 정년이 보장되었다고들 하는데 왜 명퇴를 하셨습니까?"

김은애는 다시 창밖으로 고개를 돌렸다. 매력적인 옆모습이지만 말하기 힘든 무언가가 있음이 느껴졌다.

"살인범을 찾으려면 작은 단서도 필요합니다. 말씀해 주세요."

김은애는 머뭇거리며 말했다.

"안 좋은 일이 있으셨어요. 그래서 명퇴하신 거예요."

"그 안 좋은 일이 구체적으로 무엇입니까?"

"학교에서 도…… 도박을 했어요."

나승만과 당승표 모두 허리가 쭉 펴졌다.

"뭐라고요? 도박을 했다고요?"

"한 5년쯤 되었네요. 아버지가 학교에서 여러 선생들이랑 도박을 하다가 판이 점점 커져 판돈이 수천만 원까지 갔었나 봐요. 한 선생 부인이 남편의 빚을 알고 학교에 와서 난리 치고 경찰에 고발하고 난리였죠. 경찰에서는 별 문제 없이 넘어갔는데 교육청에서 압박이 내려왔어요. 교사의 품위를 손상시켰다나, 그래서 명퇴를 한 겁니다."

품위 손상으로 명퇴를 종용당하다니 교사도 못 해먹을 짓이라고 생각했다.

"아버지는 명퇴하시고 무얼 하셨나요?"

"저도 그때쯤 결혼해서 분가했어요. 아버지는 혼자서 이것저것 하셨습니다. 당구장도 하고, 호프집도 하고 아무튼 잘 된 것은 없었어요."

"그럼 김은애 씨는 아버지가 왜 빚을 졌는지는 모르시겠네요?"

김은애는 '네' 하고 다시 고개를 창밖으로 돌렸다. 이제 마무리해야 할 시간이 온 것 같다. 당승표는 나승만을 돌아보며 말했다.

"경감님, 뭐 궁금한 것 있습니까?"

당승표는 나승만을 보며 말했지만, 김은애가 돌아보며 질문했다.

"장례는 언제 치를 수 있는 거예요?"

"글쎄요. 사건 수사가 길어질 것도 같고, 그건 경찰에서 연락을 줄 겁니다."

"알겠어요. 아버지가 돌아가셨는데 식당에서 일하고 있어서 놀라셨죠? 배운 건 없고 빚은 갚아야 하고, 그래도 저 갈비집이 얼마나 손님이 많은지 일은 고되지만 일당이 꽤 좋아요. 아버지 장례 치르려면 돈이 들어갈 텐데 그때까지 붙어 있어야 할 거 같아서요."

김은애의 눈이 다시 붉어졌다. 당승표는 마음이 약해져서 경찰 수사 내용을 말하고 말았다.

"아버님이 생명보험에 들었어요. 아마 사건이 정리되면 보험금을 받을 수 있을 겁니다. 그러니 아버님 빚 같은 게 더 있어도 상속 포기하지 말고 조금만 기다려 보세요."

여자의 눈이 커졌다.

"네? 얼마나요?"

깜짝 놀란 나승만이 당승표의 팔을 붙잡고 대신 대답했다.

"빚 갚고 조금은 남을 겁니다. 때가 되면 보험사에서 알려 주겠죠. 그리고 아직 수사가 진행 중이니 이런 이야기 딴 데다 하시면 안 됩니다. 큰일 나요."

"알겠어요."

커피숍을 나와서 김은애는 다시 북적거리는 식당으로 들어갔다. 나승만이 당승표를 돌아보며 말했다.

"당 탐정! 저 여자에게 반했나? 여자를 보는 눈빛이 장난 아니던데? 수사상 비밀도 말해 주고."

당승표는 아니라고 말하려다가 그만뒀다.

"그나저나 경감님, 도박중독자들 손 잘려도 입으로 도박을 한다고 하잖아요. 김성식은 퇴직금을 도박으로 다 날리고 빚까지 졌을 거예요."

"아까 여자가 당구장도 했다고 했잖아. 아마 거기서 도박을 했을 거야. 원래 당구장에서 당구로도 그렇고 현금이 왔다 갔다 하잖아."

당승표는 왠지 힘이 솟아 보였다.

"여기까지 온 보람이 있네요. 좋은 단서를 찾았어요. 이제 경찰 쪽에서 용의자들을 찾으면 우리가 나서자고요. 서울 가서 오랜만에 소주 한잔할까요?"

"좋지. 안주는 막창이야!"

6

도르래 살인사건 수사본부에서 이세민 팀장이 발표용 컴퓨터를 조작하고 있었다. 당승표에게 들었던 가설을 발표하기 위해서였다. 스크린에는 이지현의 엉덩이 문신 사진이 보였다.

"자 형사님들, 여기 두 번째 피해자인 이지현의 엉덩이 문신입니다. 이지현은 한쪽에는 Q를, 다른 쪽에는 하트 모양을 빨간색으로 문신했습니다. 근데 이 문신 어디서 많이 보지 않았습니까?"

형사들은 아무도 모르는 듯했다. 이세민 형사는 트럼프의 하트 퀸을 화면에 띄웠다.

"이것은 트럼프의 하트 Q입니다. 모양이 엉덩이 문신과 똑같죠? 특히 알파벳 Q를 보세요."

사람들은 저마다 의견을 말하며 웅성대기 시작했다. 이때 형사과장이 크게 말했다.

"이세민이, 그게 무슨 의미인가?"

형사과장의 말에 이세민은 애완용 강아지처럼 발발거렸다.

"네 과장님, 과장님은 문신한다면 어떤 문신을 하고 싶습니까?"

"쓸데없는 말 그만 하고 핵심만 말해 봐."

"네 과장님. 모든 사람이 마찬가지겠지만 문신은 자신이 좋아하는 것을 한다는 것이죠. 즉, 이 여자는 도박을 좋아했을 것으로 추측됩니다. 다음 사진을 보시죠."

이세민은 세 번째 피해자의 얼굴 딱지 모양을 보였다.

"이 피딱지는 어떤 모양으로 보이십니까?"

한 형사가 소리쳤다.

"스페이드!"

짝!

이세민은 손뼉을 크게 쳐 극적인 효과를 높였다.

"맞아요. 세 번째 피해자는 생명보험을 2개 더 들어 놓아서 10억을 받게 되었죠."

형사과장을 비롯한 모든 형사들의 눈빛이 빛났다.

"이런 가설을 세울 수 있습니다. 이들은 도박을 좋아하는데 도박장에서 빚을 지고 강제로 생명보험을 들게 됩니다. 처음에는 신체포기각서처럼 협박용이었지만 돈 회수를 위해 정말로 죽여 버립니다. 이 세 번째 피해자는 어쩌면 자신이 죽을지 알고 있었는지 모릅니다. 자신의 도박 빚 때문에 괴롭힌 딸을 위하여 보험을 더 들어 놓은 것이고, 자신을 죽인 범인의 힌트를 주기 위해 얼굴에 스페이드 모양의 상처를 낸 겁니다."

회의장은 조용했다. 형사과장은 옆의 영등포서 서장과 잠시 속삭이더니 말했다.

"이 팀장, 앞으로의 수사방향을 어떻게 하면 좋겠나?"

"네 과장님. 피해자들의 주변을 조사해서 도박과 관련 있는지 알아보고, 이들과 비슷한 시기에 같은 생명보험을 든 사람들 중 사채 빚이 있는 사람들을 추려야 합니다. 다음 피해자는 이들 중에서 나올 수 있기 때문입니다."

형사과장은 손뼉 치며 앞으로 나왔다.

"모두 들었지? 이렇다 할 용의자도 없는 마당에 수사의 방향을 이세민 팀장의 말대로 전환한다. 각 팀은 업무를 분장하고 맡은 바 임무를 수행한다. 시작!"

각 팀에서 피해자 주변인을 조사하였다. 조사 결과 피해자들은 한때 도박에 중독되어 도박장에서 살았었고, 돈이 없는 지금은 막노동이나 일용직으로 연명하다가 가끔 돈이 생길 때면 어김없이 도박장으로 향했다고 했다. 또한, 피해자들과 비슷한 시기에 같은 보험을 들었던 사람을 면밀히 검토한 결과 피해자들과 비슷한 처지인 사람을 네 명으로 추릴 수 있었다. 이들은 사채 빚이 꽤 있었고, 생명보험을 들어 둔 것이 피해자들과 상황이 비슷했다.

이세민의 의견대로 이들을 조사해 보기로 하였다.

경찰에서는 먼저 임의동행 식으로 네 명을 영등포경찰서로 데리고 왔다. 윗선에서는 그동안의 공로를 인정해서 이들의 신문을 이세민 팀으로 지정해 줬다. 이세민은 범인을 잡은 양 기세가 등등하였다.

먼저 첫 번째로 뚱뚱한 아줌마였다. 처음 경찰서에 왔는지 긴장한 표정이 역력했다. 책상을 마주 보고 허언강 경사가 앉아 노트북으로 서류작업을 했고, 이세민은 여자의 옆에 서 있었다. 여자는 불안한지 자꾸 옆의 이세민을 곁눈질했다. 이세민은 분위기가 무르익은 것을 확인하고 목소리를 한껏 깔았다.

"이름과 나이, 주소를 말씀하세요."

여자는 더듬거리며 말했다.

"이… 이은자, 52세, 서… 서울 개… 개봉동."

"좋아요. 떨지 말고 말하세요. 이은자 씨, A화재에서 생명보험을 들었던데, 그거에 대해 할 말이 없나요?"

"보… 보험 든 사람이 하… 한두 명인가요? 그… 근데 제… 제가 왜 조사를 받아요?"

쾅! 쾅!

허언강 형사가 책상을 주먹으로 치자 이은자는 깜짝 놀랐는지 어깨가 웅크려졌다. 미리 약속된 행동이었다. 이세민은 이은자의 곁으로 한 발 가까이 다가왔다. 이세민은 협조를 잘 해 달라고 은근히 압박을 넣어 말했다.

"이건 이은자 씨의 조사가 아니에요. 물론 이은자 씨는 여러 가지 문제가 있지만 오늘은 그냥 어떤 사건에 대한 조사에 협조를 해 달라는 겁니다. 물론 협조가 잘되면 오늘 밤 나갈 수 있습니다."

이세민 팀장은 피해자 네 명의 사진을 테이블에 하나하나 놓으며 말했다. 물론 증명사진처럼 얼굴이 나온 사진이었다.

"우광석, 이지현, 김성식, 조남인. 여기서 아는 사람 있나요?"

이은자는 눈치를 보며 손가락으로 이지현과 김성식을 가리켰다.

"그래요. 어떻게 아는 사이죠?"

이은자는 망설였다.

"도… 도박도 죄가 되겠죠?"

"지금 도박이라고 하셨나요? 이은자 씨도 이 사람들이랑 도박을 했습니까?"

"네. 하지만 크게 하지는 않았어요."

이세민은 미리 조사해 둔 서류를 보며 말했다.

"글쎄요. 크게 하지도 않았는데 이은자 씨 앞으로 된 합법적으로 조사되는 빚이 4천 8백만 원이 되었을까요?"

이은자는 고개를 깊이 숙였다. 빚이 이 여자에게 많은 괴로움을 주었을 것이다. 이세민은 이은자에게 담배를 권했다. 잠시 머뭇거리다가 이은자는 담배를 받아 물었다.

"자, 이지현과 김성식을 도박장에서 만났습니까?"

이은자는 포기했는지 담배를 깊이 빨아들이고 코로 내뿜었다. 니코틴이 공급되어 그런지 이은자의 말은 한결 편해졌다.

"네. 이지현은 도박장의 얼굴마담이에요. 보시다시피 예쁜 얼굴로 도박장에 온 사람들의 정신을 빼놓죠. 하우스에서 고용했다는 소문도 있어요. 아무튼 같은 여자들은 싫어해요."

이세민 팀장은 이은자의 반응을 보기 위해 기습적으로 말했다.

"죽었습니다. 살해당했죠."

"네?! 사…… 살해돼요?"

이은자는 분명히 놀랐다. 처음 알았다는 표정을 숨길 수 없는 이은자는 순진했다. 오늘은 왠지 수사에 대한 중용한 단서를 얻을 것 같았다. 이제 배후를 캘 때가 되었다.

"김성식 씨도 살해되었어요."

김성식이 살해되었다는 말에 이은자의 눈이 초점 없이 흔들렸다.

"두 사람도 이은자 씨와 같은 A화재 생명보험을 들고 있었습니다. 이은자 씨와 마찬가지로 두 사람도 도박으로 빚이 많을 텐데 무슨 돈으로 보험을 들었을까요?"

이은자는 계속 머뭇거렸다. 이세민 팀장은 이은자의 귀에 대고 작게 속삭였다.

"다음 발견될 시체는 이은자 씨일지도 몰라요."

이은자는 겁에 질렸는지 몸을 부르르 떨며 대답했다.

"도박장 왕사장이에요."

"왕 사장? 이름은요?"

"정확한 이름은 몰라요. 그냥 '왕사장님'이라고 부르는데 나이는 40대 후반일 거예요. 수완이 좋아서 도박장 세 개 정도 운영해요."

"좋아요. 좋습니다. 왕사장이 보험을 들게 했다는 것이죠?"

"맞아요. 도박장에서 왕사장이 돈도 빌려 줘요. 아시다시피 도박장에만 들어가면 눈이 돌아가잖아요. 돈을 빌릴 수밖에 없어요. 왕사장은 자신이 신세대라고 하면서 돈을 빌려 줄 때 '신체포기각서' 같은 것을 쓰지 않아요. 대신에 '생명보험'을 들게 하지요. 왕사장은 만에 하나라고 말했지만 돈 못 갚으면 죽여서라도 받겠다는 것 아니겠어요? 근데 정말 이지현과 김성식이 살해당했나요? 이를 어쩜. 형사님, 왕사장이 그런 거죠? 생명보험으로 빚을 받으려고 그런 거죠?"

처음에는 의리를 지키려고 하더니 잘도 나불댄다. 이세민의 눈에 만족스러운 웃음기가 가득했다.

"좋아요. 좋아. 이은자 씨는 왕사장에게 빚이 얼마쯤 되나요?"

"도박장에서는 워낙 정신이 없어 놔서 아마 3천쯤 될 겁니다. 나쁜 놈, 진짜 죽일 줄이야."

이세민은 완전히 넘어온 이 여자를 왕사장 검거에 이용해야겠다고 생각했다.

"왕사장이 검거된다면 그 빚은 안 갚아도 돼요. 검거에 도움을 주실 거죠?"

돈을 안 갚아도 된다는 말에 이은자의 혈색이 좋아졌다.

"당연히 도와야죠. 살인자를 잡는데 당연히 도와야죠."

"도박장은 어딥니까?"

"매번 달라져요. 김포 근교 비닐하우스인데 몇 군데 돌아가면서 쓰는 것 같아요. 우리가 '아리'라는 사람에게 메시지를 남기면 잠시 후 전화가 와요."

"잠깐! 아리는 이름인가요?"

"아니에요. 사람들 말로는 별명인데 얼굴이 항아리 모양을 닮았다고 해서 '아리'라고 한다고 했어요. 계속할까요?"

이은자는 방언이 터졌다. 자신의 목숨을 지키기 위해서보다 아마 빚을 안 갚아도 된다고 해서 그럴 것이다. 이세민은 손을 들어 계속하라는 제스처를 보냈다.

"도박을 하고 싶다는 메시지를 보내면 어디서 몇 시에 기다리라는 답이 와요. 거기 가서 기다리고 있으면 봉고차를 타고 와서 도박장으로 데리고 갑니다. 한적한 시골인데 정확히 어디인지는 몰라요."

이세민 팀장은 허언강 경사가 잘 타이핑하는지 잠시 확인하였다.

"왕사장 일당은 몇 명인가요?"

"왕사장과 아리, 그리고 왕사장 옆을 따라다니는 보디가드 같은 사람이 한 명 있고, 삼촌이라고 부르는 사람이 2명 있어요. 큰 삼촌, 작은 삼촌이라고 부르죠. 이 사람들은 가끔 게임에 참여하곤 합니다. 그리고 자질구레한 심부름을 하는 꼬막이 있어요."

"그러니까 총 여섯 명이네요."

"네, 맞아요."

"알겠습니다. 이따 검거 작전에 중요한 역할을 해야 하니 일단 쉬고 계세요."

이은자 외 세 명을 조사해 봐도 비슷한 결과가 나왔다.

지휘부와 몇몇 팀장이 소회의실에서 모였다. 매직거울로 상황을 지켜보던 형사과장이 말했다.

"왕사장 이 새끼가 범인이구먼."

이세민은 들떠서 맞장구쳤다.

"이 나쁜 놈의 새끼, 도박장 운영하는 놈들 머리가 어쩜 이리 좋나요? 생명보험을 들게 하고 살인하여 돈을 회수하다니요."

영등포서 한 팀장이 말했다.

"정황 증거는 충분합니다. 하지만 제가 왕사장이라도 직접 살인하지는 않았을 겁니다. 킬러를 두고 시켰겠죠."

이세민은 부정적 의견이 나오자 그를 째려보았다.

"킬러가 있다고 해도 왕사장이 잡히면 더 이상 도르래 살인사건이 일어나지 않을 거 아닙니까?"

"그래도 살인자를 잡아야 국민이 안심할 텐데."

이세민이 대꾸하려고 했는데 형사과장이 먼저 말을 꺼냈다.

"좋아, 왕사장 패거리를 일단 잡아들이자고. 죄목은 불법 도박장 운영과 불법 대부업, 조직폭력단체 구성·활동. 어때 좋지? 그 다음 추궁해서 도르래 사건 자백을 받거나 킬러가 있다면 잡으면 되잖아."

서열이 가장 높은 형사과장의 말에 토를 다는 사람은 없었다.

해가 서쪽으로 이미 넘어갔지만 도박장은 늦은 밤 가장 활기를 띠고 있어 바로 검거작전을 실행하기로 하였다.

수사에 열정적 태도를 보인 이은자와 도박장에 가장 최근에 갔던 50세 남성 강현안을 이용하기로 하였다. 강현안이 아리에게 메시지를 보냈다.

[강현안입니다. 이은자 씨와 같이 있고, 오늘 게임을 하고 싶습니다.]

메시지를 보내고 5분 후에 답이 왔다.

[1시간 후 오후 8시 대방역 앞 버스정류장]

형사들은 미행을 위해 회의를 했다. 도박한 사람들의 말로는 도박장은 시골 같은 논밭 사이의 비닐하우스를 개조한 곳이라고 했다. 미행하기도 쉽지 않고 급습하기도 쉽지 않아 다른 작전을 냈다.

이은자와 강현안은 대방역 버스정류장에 서 있었다. 잠시 후 봉고차가 다가가자 이은자는 먹던 커피캔을 뒤로 버렸다. 그 봉고차가 맞는다는 신호였다.

봉고차가 버스정류장에 정차하자 택시기사로 변장한 형사가 내려 봉고차로 갔다. 창문을 두드리자 창문이 스르르 내려갔다. 얼굴이 험악하게 생긴 남자가 있었다.

"차 빨리 빼세요. 여기는 대중교통만 정차할 수 있는 곳입니다."

"잠시면 됩니다."

"빨리 나가요. 차 밀리잖아."

"아이 씨발, 주둥아리를 그냥 확!"

봉고차 운전자의 정신을 빼놓고 있을 때 대기 중이던 형사가 조용히 봉고차로 다가갔다. 형사는 빠른 손놀림으로 소형 위치추적기를 봉고차 바닥에 붙였다.

이은자와 강현안이 봉고차에 타자 운전자는 욕설을 뱉고 차를 출발시켰다. 봉고차는 김포로 갔다. 형사들은 위치추적기를 보며 천천히 따라갔다. 둘을 태운 봉고차는 논길을 가다가 한적한 농지에 주차하였다. 주변에는 비닐하우스가 많았다.

경찰 20명이 양동작전을 펼쳤다. 정면 길과 뒤쪽 퇴로를 이용하여 빠르게 도박장에 다가갔고 기습에 성공했다. 검거 작전은 대성공이었다. 왕사장, 보디가드, 큰 삼촌, 작은 삼촌, 아리, 꼬막 등 여섯 명을 한꺼번에 검거할 수 있었다.

이세민은 기쁜 마음으로 당승표에게 전화하였다.

"당 탐정님, 덕분에 범인을 일제히 검거할 수 있게 되었습니다. 감사합니다."

[벌써 도르래 사건의 범인이 밝혀졌나요?]

"탐정님 말씀대로 비슷한 시기에 A화재에서 생명보험을 들고 사채를 쓴 사람들을 찾았어요. 네 명을 데리고 와서 조사했는데 이들은 피해자들과 안면이 있었고 네 명 모두 도박장에서 빚을 졌다고 했어요. 도박장을 운영하는 왕사장이란 사람이 돈을 빌려 주면서 생명보험을 들게 했답니다."

[그렇지만 범행을 입증하기 쉽지 않을 텐데요.]

"일단 이런저런 이유로 검거했습니다. 도르래 살인사건은 그 다음 추궁해야겠죠."

[혹시 조사한 참고인 네 명 중에서 세 번째 피해자인 김성식 씨를 알고 있는 사람이 있었나요?]

"네, 두 명이 있었어요."

[누군지 알려 주세요. 이름과 주소, 동거인 정도면 될 것 같은데요.]

"이제 범인을 잡았는데 무슨 이유에서 그럽니까?"

[아무것도 아닙니다. 궁금한 것이 있는데 조금 더 알아보려고요.]

"알겠습니다. 잠시 후 메시지로 보내겠습니다."

[그 참고인들은 언제 풀려나죠?]

"왕사장 일행 검거가 끝났으니 영등포서에 들어가면 바로 풀려날 겁니다. 오늘 밤에는 집에 들어갈 겁니다."

[네, 그럼 수고하십시오.]

7

당승표는 탐정사무소에서 도르래 살인사건의 사진을 계속 보고 있었다. 이를 본 나승만이 당승표에게 말했다.

"당 탐정, 범인을 검거했다는데 뭐 그렇게 사건 사진을 보고 있나?"

"범행의 증거가 있어야죠. 검거했어도 살인을 증명할 수 없을 겁니다. 도박장에서 돈을 빌려 주고 생명보험을 가입하게 하여 살인하여 죽인다. 가족에게 보험금이 지급되면 빚을 받는다. 정황 증거는 충분하지만 현재로선 물증이 전혀 없어요."

"그래서 계속 사건 사진을 보는 건가?"

"그렇습니다."

"자네는 증거를 찾았나?"

"현재로서는 사건의 전체적인 윤곽은 보이는데…… 결정적인 증거가 없네요. 경감님, 오늘 밤 저랑 갈 곳이 있어요."

"아까 이세민에게 메시지로 받은 참고인한테 말인가?"

"네 맞아요. 우리가 증거를 찾으러 가자고요."

"우리 둘만 간다면 불법적으로 하는 일이겠지?"

"그렇겠죠. 건달 연기 좀 해 주세요."

*

이세민에게서 참고인 조사를 받았던 사람들이 귀가했다고 연락이 왔다. 당승표는 먼저 이은자라는 여자를 만나보기로 하였다. 둘은 이은자가 살고 있는 빌라 근처에 몸을 숨겼다.

"경감님, 어떻게 해야 사람들이 진실을 말하게 할 수 있을까요?"

"생명을 위협하는 거지. 조폭 영화 봐 봐. 땅을 파고 목만 내놓고 묻으면 죄다 불게 되어 있어."

"하지만 우리는 조폭이 아니잖아요. 어떻게 겁을 줘야 할까요?"

"글쎄, 합법적으로는 모르겠는데."

"아무튼 경감님의 중저음을 적절히 사용해 주세요. 아마 위협이 될 거예요."

"알겠네. 그런데 무얼 알아내려고 하나?"

"그야 증거죠."

그때 작달만한 여자가 언덕을 올라오고 있었다.

"저 여자 아닐까요?"

"외모는 비슷한 것 같긴 한데."

"지하층 2호에 살고 있어요. 문을 여는 순간 빨리 내려가서 집안으로 들어가 주세요."

"내 나이는 60세란 말이야. 그런 몸 쓰는 일은 젊은 자네가 해야 하지 않겠나?"

"제 신체나이는 50대고, 경감님은 40대잖아요."

빼빼 마른 당승표를 보니 헛웃음이 나왔다.

"허허, 맞는 말이구먼. 알겠네."

여자는 빌라 입구로 들어가 지하로 내려갔다. 이세민 형사에게 받은 이은자의 주소 OO빌라 B02호. 여자는 그 문 앞에 서서 열쇠를 꺼내들었다. 여자가 이은자라고 확인되자, 나승만은 재빨리 계단을 내려가 문을 여는 이은자를 집안으로 밀고 들어갔다. 당승표도 서둘러 뒤를 따랐다. 집안으로 들어가자 식탁 위에는 빈 술병들과 빈 컵라면 껍데

기만 있어 저절로 눈이 찡그려졌다.

나승만은 안방으로 이은자를 밀고 들어가 바닥에 있던 이불로 얼굴을 가렸다. 두려움에 떨고 있는지 이불이 파르르 떨렸다. 나승만이 당승표를 보며 윙크하고 중저음으로 말했다.

"자네, 저기 부엌에 가서 식칼 좀 가져와. 허튼짓하면 그냥 죽여 버리자고."

당승표는 식칼을 가져오는 척했다.

"여기 있습니다. 형님!"

나승만은 불룩한 이불을 손으로 한 번 쳤다.

철썩!

"어이고!"

"엄살 그만 떨고 이제 묻는 말에 똑바로 대답해야 할 거야."

이불 속에서는 떨리는 목소리가 들려왔다.

"네…… 네. 아, 알겠어요."

나승만은 당승표에게 턱짓했다. 질문을 하라는 표시였다.

"이름 이은자, 52세. 맞나요?"

"네…… 마, 맞아요."

"우리가 누군지 생각하지 않는 것이 좋을 겁니다. 우리는 왕사장 편일 수도 있고, 경찰 편일 수도 있어요. 당신 오늘

경찰서에 가서 왕사장 잡는 데 도움을 줬더군요."

이은자는 경찰의 작전을 알고 있는 남자들에게 적잖이 놀랐을 것이다.

"자, 대답만 사실대로 해 주면 아무런 문제가 없을 겁니다. 알겠나요?"

대답이 없자 나승만은 솥뚜껑 같은 손으로 이불을 눌렀다. 속에서는 서둘러 대답이 들렸다.

"네! 사…… 살려만 주세요."

"이은자 씨, 김성식과 이지현을 알고 있다고 하던데 어떻게 아는지 자세하게 말해 봐요."

"이지현은 도박장의 얼굴마담 같은 존재……"

"그만!" 당승표는 소리쳐 말을 끊었다.

"경찰에게 말한 그런 것 말고. 김성식은 비교적 나중에 도박판에 들어갔을 텐데 혹시 이지현이 김성식에게 잘못한 것 없었나요?"

"자…… 잘은 모르겠지만……"

당승표는 나승만에게 손바닥으로 한 대 치라고 몸짓했다. 나승만은 머리로 예상되는 볼록한 부분을 퍽 소리가 나게 치며 중저음으로 말했다.

"아는 것을 말하라고!"

"네! 말할게요. 이지현도 빚이 많아서 왕사장이 시킨 일을 했을 거예요. 김성식이 돈을 잃고 도박판에서 벗어나려고 하자 이지현이 접근했어요. 몸으로 김성식을 꼬셔서 다시 도박장으로 데리고 왔죠. 그런 사람이 김성식 말고도 한둘이 아닐 거예요."

당승표는 당근과 채찍을 사용하듯이 다시 온화한 목소리로 말했다.

"이은자 씨, 김성식을 처음 본 것이 언제지요?"

"아마 2년 정도 됐을 거예요. 물론 도박판에서 처음 봤어요."

"그때는 김성식의 몸이 좋았다고 하던데 정말인가요?"

"네, 그랬어요. 살이 빠진 건 6개월 정도 되었어요. 왜 이렇게 살이 빠지냐고 병원을 가 보랬더니 다이어트를 한다고 하더라고요. 그 나이에 무슨 다이어트냐 했더니 그럴 일이 있다고 했어요. 그야 빚 때문에 고통을 받으니 살 빠지는 것이 당연하지 않겠어요?"

당승표는 허공을 보며 고개를 끄덕였다.

"그 도박장에서 누구 죽어 나갔다는 소리 없었나요?"

"……자살했다는 사람이 하나 있었다고 했어요. 돈 때문에 자살했다고 했어요. 그때 우리는 자신이 죽지 않아 다행이라고 했지만, 저도 요즘 같아선 죽고 싶은 마음이 들어요. 여기저기 사채 빚이 1억이 가까워요. 제가 갚을 가능성은 죽음밖에 없어요. 근데 자살해도 보험금이 지급되나요?"

여자는 뜬금없는 질문을 하였다. 나승만은 다시 머리를 한 대 때리며 말했다.

"허튼 소리 하지 말고! 내가 진짜 죽여줄까?"

"아니, 아니에요."

당승표는 평소에 궁금했던 것을 물었다.

"이해할 수 없는 것이 있어요. 목숨을 걸고서라도 도박하는 것이 그렇게 좋나요?"

"그러니 중독이라고 하잖아요. 저도 끊고 싶어요. 그런데 트럼프만 보면 가슴이 뛰고 행복해지니 어쩌겠어요."

"자살은 일정 기간이 지나야 보험금을 받을 수 있어요. 가족을 위해 자살하려면 정확한 기간을 잘 알아보고 하세요."

당승표는 더 이상 얻을 정보가 없을 것 같아 나승만에게 눈짓으로 나가자고 했다. 나승만은 이은자에게 말했다.

"지금부터 일부터 천까지 숫자를 세고 밖으로 나온다. 알았나?"

"네……."

"그럼 시작!"

"하나, 둘……"

"더 크게! 다시!"

"하나, 둘, 셋, 넷……"

둘은 조용히 밖으로 나왔다. 나승만이 궁금한지 당승표에게 물었다.

"당 탐정, 도대체 무얼 알아내려고 여기 온 건가? 알아낸 것은 있나?"

당승표는 하늘에 떠 있는 알파벳 D자 모양의 달을 바라보았다.

"네, 아주 중요한 사실을 알았어요."

"그게 뭔가?"

"아직은 말해 줄 수 없어요. 생각이 더 정리되야 해요."

"나중에는 알려 줄 건가?"

"우리는 한 팀이니 당연히 말해 줘야죠."

한 팀이란 소리에 나승만은 기분이 좋아졌다.

"그래, 그럼 다음 사람을 만나러 갈까?"

"아니요. 더 이상 만나도 의미가 없어요. 그냥 술 한잔하러 가실래요? 오늘은 진탕 마시고 싶네요."

술이란 말에 나승만은 입맛을 다셨다.

"어디로 갈까? 막창 먹으러 갈까?"

"아니요. 오늘은 독한 술이 필요해요. 룸살롱으로 가시죠?"

"자네가 웬일인가? 나야 땡큐지!"

둘은 강남의 룸살롱으로 가서 양주를 두 병이나 마셨다. 당승표는 뭐가 그리 심란한지 독한 양주를 들이부었고 술에 취해 노래를 불러 댔다.

즐거운 시간이 끝나고 나승만은 취한 당승표를 부축하고 사무실을 향해 걸어갔다. 당승표가 혀 꼬부라진 소리를 했다.

"경감님은 무엇에 중독되었나요?"

"뭔 소리야? 중독이라니?"

"아까 이은자 씨가 그랬잖아요. 중독되어 도박을 끊을 수 없다고요."

"글쎄, 술을 좋아하지만 중독까지는 아닌 것 같고. 나는 특별히 그렇게 중독된 것은 없는 것 같은데. 아, 근육운동에 중독되었나?"

당승표는 풀린 눈으로 나승만을 보더니 말했다.

"저는 추리에 중독되었어요."

"자네는 원래 추리 마니아 아닌가?"

"저번에 교동회관에 갔을 때요. 거기서 권성철이란 사람이 저보고 눈빛이 피도 눈물도 없는 조폭과 다를 바 없다고 했어요. 시체를 보고 즐거워했다나요? 그러고 보니 그런 사건 추리를 할 때 얼마나 흥분되고 재미있던지. 이번 사건도 말이에요. 일반인이 고치모양으로 매달린 시체를 보면 얼마나 잔인하다고 느끼겠어요. 하지만 전 '왜 범인은 시체를 고치 모양으로 만들었을까?' '왜 직접 제작한 특수도르래를 사용 했을까?' 이런 것만 궁금하더라고요. 범인이 살인이라는 중죄를 지은 것은 알겠는데 미운 마음이 들거나 하지는 않아요."

"뭐 그런 것 가지고 걱정하나? 그건 죄도 아니잖아. 한데 시체 모양을 고치로 만든 것과 도르래를 사용한 이유를 알아냈나?"

"뭐, 가장 논리적인 설명을 찾아내긴 했어요."

"그래? 그게 뭔가?"

당승표는 제자리에 멈춰 서며 하늘의 별을 바라보았다.

"좀만 기다리세요. 아직 저도 확실한 증거를 찾지는 못했으니까요. 증거를 찾기 위해 그 왕사장인가 킹사장인가를 만나봐야겠어요. 아마 경찰도 증거가 없어 왕사장의 범행을 입증하지 못할 거예요. 며칠 안으로 이세민 팀장이 우리를 찾아올 겁니다. 두고 보세요."

"알겠네. 일단 사무실에 다 왔으니 얼른 들어가 잠이나 자세나. 나도 피곤해서 쓰러져야겠네."

사무소의 취침용으로 만들어 놓은 방에 들어가 둘은 기절했다. 눈을 뜬 것은 낮 12시였다. 술도 진탕 마셨고, 잠을 자기 시작한 시간도 늦었기 때문이었다.

먼저 일어나 기지개를 켠 나승만이 아직 누워 있는 당승표를 향해 말했다.

"당 탐정, 해장하는 겸해서 우리 짬뽕이나 시켜 먹을까?"

나승만의 말에 당승표가 꿈틀거리면서 눈을 떴다.

"좋아요. 전 삼선짬뽕이에요."

"오케이, 삼선짬뽕."

두 사람이 짬뽕으로 해장하던 중에 사무실로 이세민 팀장과 허언강 경사가 씩씩거리며 들어왔다.

"이 왕사장이란 놈이 시인을 안 해요. 자신은 절대 그런 일을 저지른 적이 없답니다. 맥주 하나 마셔도 되죠?"

나승만이 힐끗 보며 대답했다.

"냉장고에 있네. 앉게. 점심식사는 했나?"

이세민은 맥주를 따서 벌컥벌컥 마셨다.

"입맛도 없어요. 당 탐정님 추가로 뭐 알아낸 거 없어요?"

당승표는 그릇을 양손으로 들고 국물을 한 번 쭉 마시더니 '크아' 하고 소리 냈다.

"일단 왕사장인가를 만나보고 싶네요. 정황도 그렇고 아마 그가 범인일 확률이 높을 겁니다."

"확률이라면 100%여야지. 높은 정도로는 안 됩니다."

당승표는 냉장고에서 물통을 꺼내 컵에 따라 마셨다. 이제 속이 풀리는 것이 정신이 드는 것 같았다.

"경찰에서는 용의자를 정할 때 이 사건으로 누가 가장 이익을 보나 한다면서요? 그럼 당연히 가장 이익을 보는 사람은 보험을 들게 한 왕사장입니다. 왕사장은 도박과 대부업으로 떼돈을 벌고 있을 거예요."

이세민이 소파에 깊숙이 파묻히며 말했다.

"한데 왕사장이 시인을 안 해요. 보험은 자신이 들게 했다고 인정했어요. 하지만 살인은 안 했다고 합니다. 더욱이 왕사장이 도르래 살인을 저질렀다는 직접적인 증거도 없고요. 왕사장이 그러더라고요. 자신이라면 그냥 죽이지 그렇게 복잡한 방법을 쓰지 않는다고요."

당승표는 벽에 붙은 거울에 자신의 이를 비춰 보았다. 짬뽕 고춧가루가 이 사이에 꼈는지 확인함에서였다.

"복잡한 방법을 쓴 것은 보험금 지급 때문에 그럴 겁니다. 보험 조사관들이 무슨 이유를 붙여 보험금 지급을 늦출 수 있거든요. 그러니 도르래 살인사건처럼 엽기적인 방법으로 연쇄살인하여 미친 사이코패스 짓을 전 국민이 보도록 하였으니 보험사에서는 어쩔 수 없이 가족에게 돈을 지급해야 할 겁니다."

이세민은 당승표의 말에도 크게 한숨을 내쉬었다.

"그래도 전 걱정입니다. 진범이 따로 있어서 또 동일한 범죄가 다시 일어날까 봐요. 얼마나 노이로제가 되었는지 어젯밤 꿈에서 다섯 번째 도르래 살인사건이 일어나는 꿈을 꿨다니까요."

당승표는 이세민이 이렇게 안달복달 하는 것이 승진을 눈앞에 두고 미끄러질 가능성이 있기 때문일 거라 생각했다. 당승표는 소파로 다가와 부드러운 미소를 지으며 말했다.

"제가 장담하죠. 동일한 범죄는 절대로 일어나지 않을 겁니다. 일단 도박장 개설, 불법 사채업, 일당이 여섯 명이니 폭력조직 구성 이런 걸로 넣으세요. 그리고 몇 년이 지나도 도르래 살인사건의 범인이 나오지 않으면 그놈이 범인인 것이잖아요."

"뭐 그래도……."

이세민 형사는 찝찝한지 인상이 계속 구겨져 있었다.

"어젯밤에 이은자 씨를 만났었어요. 같은 도박 멤버 중에 자살했다는 사람이 있다더군요. 형사님은 그쪽을 한 번 캐 보세요. 가족에게 보험금이 지급되었을 때, 왕사장이란 놈이 나타나서 빚을 받아 갔다면 왕사장이 자살로 몰아붙인 증거가 되지 않을까요? 아마 모르긴 해도 보험금을 받아 낸 사건이 더 있을 겁니다."

조금의 가능성이 비치자 이세민의 혈색이 좋아졌다.

"오, 그쪽을 조사해 보면 되겠네요. 왕사장 이 새끼, 내가 증거를 반드시 찾아 주겠어."

"그리고 형사님, 일당 여섯 명 중에서 왕사장 다음 서열은 누굽니까?"

"아리란 놈입니다. 얼굴이 항아리를 닮았다고 아리라고 하더군요. 도박장 운영에서 경찰을 피하기 위한 두뇌 역할을 합니다. 조심성이 많아서 도박하는 사람들도 얼마나 조심히 데려가는지, 그래서 여태 잡히지 않고 있었나 봐요."

당승표는 천진난만한 미소를 보이며 말했다.

"그럼 그 사람을 풀어 주세요."

"뭐라고요? 아니 다 잡은 범인을 풀어 주면 어떡합니까?"

"제가 만나보겠습니다. 왕사장이 '도르래 살인사건'의 진범임을 자백하도록 하겠습니다. 아리만 불구속, 이렇게 처리해 주세요."

이세민은 소파에 기대 팔짱을 끼었다.

"자신 있는 거지요?"

"물론입니다."

"당 탐정님은 언제나 기대를 저버리지 않았으니 위쪽에 말씀 넣어 보겠습니다."

이세민이 끄응 소리를 내며 일어서더니 허언강 경사에게 말했다.

"자, 그럼 우리들은 요 근래 자살자들 찾아보자고."

8

당승표와 나승만은 사우나에서 숙취를 푼 뒤 오후 3시쯤 왕사장이 잡혀 있는 구치소로 찾아갔다. 접견신청을 하자 20분 뒤 죄수복을 입은 왕사장이 나타났다. 왕사장은 아는 똘마니들이 찾아올 줄 알았는지 처음 보는 사람들 얼굴에 놀라 눈이 커졌다.

"당신들 누구야?"

나승만이 특유의 중저음으로 대꾸했다.

"아직 콩밥을 덜 쳐드셨나, 처음 보는 놈이 반말지거리야?"

왕사장은 밖에서 진짜 왕처럼 살았는지 아직 기세가 죽지 않았다.

"누군지 먼저 밝혀? 안 그러면 다시 들어갈 거야."

나승만은 당승표를 보았다. 당승표는 왕사장의 눈을 한참이나 바라보더니 말했다.

"당신은 못 미쳐요. 그릇이 작아."

왕사장이 매서운 눈으로 당승표를 째려보았다.

"뭐야 넌?"

"탐정입니다."

"심부름센터? 누가 보냈어?"

당승표는 언제쯤 이 나라에서 탐정이란 말이 자연스럽게

받아들여질까 잠시 생각했다.

"구요동이라는 사이코패스가 있어요. 구요동의 눈을 마주하고 있을 때는 정말이지 이상한 살기 때문에 그 눈빛을 계속 보고 있을 수 없었죠. 그에 비해 당신은 사이코패스라고도 할 수 없어요."

"뭔 소리야? 사이코패스라니."

"당연히 네 명을 엽기적인 방법으로 죽였으니 사이코패스죠."

왕사장은 화가 나는지 주먹 쥔 손이 부르르 떨렸다.

"몇 번을 말해? 난 안 죽였어. 이건 음모야."

"그럼 왜 채무자들에게 생명보험을 들게 했어요?"

"그건 신체포기각서보다 더 강력한 경고가 된단 말이야. 그래서 그런 거야."

"그리고 빚을 갚지 못하면 죽여서 돈을 받고요."

당승표의 말에 왕사장은 얼굴이 벌겋게 달아올랐다. 당승표는 아랑곳하지 않고 계속 도발하였다.

"도대체 왜 없는 사람을 그렇게 괴롭힙니까? 돈 있는 부자들에게 사기를 치지, 왜 벼룩의 간까지 빼먹으려 하는 거예요?"

"다른 이유는 없어. 부자들은 도박을 안 하거든. 없는 것들이 일확천금을 노리고 로또를 사고 도박을 하는 거야. 난 그 심리를 이용했을 뿐이라고."

"당신은 정말 구제불능이군요. 그릇이 작은 종지도 아니고 중국집에서 독한 술을 먹는 엄지손가락 한 마디만 한 술잔에도 못 미쳐요."

왕사장은 손바닥으로 투명 벽을 힘껏 치면서 일어났다.

"네가 뭔데 나를 판단해? 어! 너, 죽여 버린다."

"잠깐만요. 전 아직 생명보험을 들지 않았거든요. 보험 들거든 죽여 주세요."

옆에서 나승만이 껄껄 웃는다.

"허허허, 내 나이에도 보험을 들어 줄라나?"

왕사장은 더 날뛰었다.

"진짜 죽여 버리겠어. 너 이름 뭐야?"

상황이 심각해지자 뒤의 교도관이 와서 왕사장의 팔을 양쪽에서 잡았다. 당승표는 핸드폰 녹음기를 꺼내 보였다.

"이걸 재판정에서 틀면 많은 사람들이 당신의 폭력성을 알 겁니다."

"너! 진짜 죽여 버린다!"

왕사장은 소리를 고래고래 지르면서 끌려갔다. 당승표도 소리쳤다.

"그리고 당신 편은 아무도 없어요. 똘마니들은 벌써 당신을 배신했을 거예요."

당승표는 도박장의 2인자 아리를 조사하기로 하였다. 천냥백화점에서 케이블타이, 빨랫줄, 눈가림용 안대, 청테이프, 바늘 없는 빈 주사기, 작은 빨대를 구입하였다. 나승만은 당승표가 도대체 무슨 생각을 하는지 궁금했다.

"당 탐정, 나에게는 조금 알려 줘도 되지 않을까?"

"아리를 심문하기 위한 준비물입니다. 왕사장의 범행을 자백받기 위해서입니다."

"아니, 범인 말이야. 나도 느낌이라는 것이 있네. 왕사장은 '도르래 살인사건'의 범인이 아니지?"

당승표는 나승만의 얼굴을 보았다.

"왜 그렇게 생각하세요?"

"나도 형사 생활을 꽤 했다네. 아까 본 왕사장은 범인이 아니야. 그리고 자네는 계속 왕사장을 범인으로 몰아세우려 했고."

"왕사장은 나쁜 놈이잖아요. 없는 사람들 심리를 이용해서 고혈을 빨아먹고, 죽음에 이르게 하여 가정을 파탄 냈어요."

"그럼 왕사장이 진범이라는 거야? 아니라는 거야?"

"논리적으로는 조금 모자라죠."

"그럼 더 논리적인 결론이 있단 말이야?"

그때 이세민 팀장에게서 당승표에게 전화가 걸려 왔다.

"네, 형사님."

[아리를 놓아주기로 결정되었어요.]

"아 그래요? 잘 됐네요. 시간을 30분만 늦춰 주세요. 우리가 도착하면 놓아주세요. 미행을 해야 하니까요."

[네 그러죠. 조사해 보니 자살한 사람이 있었어요. 그런데 그건 명백한 자살이었어요. 돈 때문에 자살한다는 유서도 발견되고 다행이랄지 보험을 가입한 지가 오래 되어 2억 정도 지급되었더라고요.]

"왕사장이 돈을 받아 갔겠죠?"

[가족에게 물어보니 이곳저곳에서 돈을 받아 가고 5천 정도 남았다고 합니다. 실제로 왕사장이 몰아붙이고 협박을 해서 자살에 이르렀겠지만 이것도 증명을 할 수가 없어요.]

"더 찾아보세요. 그런 사람이 또 있을 겁니다. 그리고 제가 오늘 아리를 회유해서 왕사장이 다 꾸몄다고 자백을 받을 테니 아리를 비롯한 도박장 나머지 사람들의 정상 참작에 도움을 주세요. 이 형사님은 '도르래 살인사건'의 범인만 잡으면 되잖아요."

[알겠습니다. 오시면 문자 주세요. 그때 풀어 주겠습니다.]

"네, 근데 형사님, 아리가 어디로 갈 것 같아요?"

[뭐 그놈이 갈 곳이 어디 있겠어요? 도박장으로 다시 가겠지요.]

*

아리가 타고 있는 택시를 당승표의 오래된 승용차가 따라가고 있었다. 택시가 김포의 한적한 길로 접어드는 것으로 보아 이세민 팀장의 말대로 아리는 다시 도박장으로 가는 것 같았다. 당승표는 이제 '도르래 살인사건'도 마무리를 해야 할 시기임을 직감했다. 나승만은 당승표의 결의에 찬 눈빛을 보고 걱정스러운 표정을 지었다.

"아리란 저런 놈들은 그 아줌마처럼 쉽지는 않을 거야."

"경감님께서 그랬잖아요. 사람은 목숨이 위태로울 때 진실을 이야기한다면서요?"

"그래도 저렇게 거친 사람은 폭력도 잘 통하지 않아. 자칫 약하게 나가면 우리가 당할 수도 있어."

"경감님께서는 완력으로 제압해서 의자에만 꽁꽁 묶어만 주세요. 다음은 제가 해결하겠습니다."

"알겠네. 그럼 일단 경찰 행세로 반항을 못 하도록 접근하세나."

택시에서 내린 아리는 논밭 사이를 걸어가 한 비닐하우스

안으로 들어갔다. 만약을 위해서 100미터쯤 떨어진 곳에 차를 주차한 다음 비닐하우스까지 걸어갔다.

문을 열고 들어가자 아리는 난로를 피우고 있었다. 아리는 나승만의 건장한 몸을 보고 움찔했다.

"자네, 다시 도박장 운영하려고 이곳으로 돌아왔나?"

"제…… 제가 갈 데가 어디 있습니까? 경찰서에도 이곳으로 간다고 얘기하고 나왔잖아요."

당승표도 뒤에서 아리를 관찰했다. 아리라는 별명은 항아리에서 왔다고 했다. 전에 들었을 때는 사람 얼굴이 어떻게 무생물인 항아리를 닮을까 생각했었는데 실제로 본 아리의 얼굴은 항아리 그 자체였다. 볼 부분이 통통하며 귀가 동그랗고 귓바퀴가 앞쪽으로 많이 쏠려 진짜 항아리 같았다. 당승표는 웃음이 나오는 것을 억지로 참았다.

나승만은 식탁 의자를 하나 빼서 놓고 말했다.

"이리 와서 앉아 봐."

"왜…… 왜 그…… 러시는데요? 조사는 다…… 다 했잖아요."

"안에서 조사할 게 있고 밖에서 조사할 것이 있는 거야. 너는 생각하지 말고 말만 잘 들으면 돼."

아리가 슬금슬금 다가올 때, 나승만은 기습적으로 아리의 복부를 강하게 쳤다. 배를 움켜쥐고 쓰러지는 아리에게 다가가 케이블타이로 손을 묶은 다음 의자에 앉혀 케이블타이와 청테이프를 이용하여 강하게 결박하였다.

"경찰이 사람을 쳐도 되나요?"

"누가 경찰이야? 우리가 언제 경찰이라고 했나?"

"아까 그런 투로 왔잖아요. 경찰이 아니라면 누굽니까?"

"널 잡으러 온 저승사자다."

당승표가 아리에게 안대를 씌우고 그 위에 청테이프를 두 바퀴 둘러 아무것도 못 보게 만들었다. 아무것도 보지 못할 때 사람의 공포심은 더욱 높아진다고 한 것을 언젠가 보았기 때문이다. 당승표도 나승만 흉내를 내기 위해 목소리를 깔아 봤다.

"우리는 누군가가 고용해서 여기에 왔다. 당신을 처리해 달라는 의뢰를 받았어."

"뭔 소립니까? 저는 아무 잘못이 없어요."

"잘못이 있는지 없는지는 천천히 알아보면 되고, 우리는 그냥 널 처리하는 임무만 완성하면 된다 이거야."

당승표는 아리의 묶인 팔을 풀고 의자를 하나 가져다가 등받이 위쪽에 아리의 오른팔을 움직이지 못하도록 케이블타이로 단단히 묶었다.

"뭐…… 뭐 하시는 거예요."

당승표는 아무 말 없이 계속 작업했다. 난로에 물을 살짝 데워 주사기에 채웠다. 다시 아리에게 와서 가위로 옷을 잘라 팔이 접히는 부분이 드러나게 했다. 아리는 무슨 일을 당할지 몰라 걱정스러운지 계속 중얼댔다.

"자, 이제 사형집행을 시작한다. 천천히 죽는 동안 네가 지은 죄의 용서를 빌도록 해라."

당승표는 빨대를 하나 꺼내 뾰족한 부분으로 헌혈할 때 주삿바늘을 찌르듯 아리의 팔 접히는 부분을 꾹 눌렀다. 아리는 움찔했지만 강하게 결박당해 움직일 수 없었다. 당승표는 주사기에 넣은 따뜻한 물을 빨대로 찌른 부분에 조금씩 뿌렸다.

"뭐…… 뭐하는 거…… 겁니까?"

"사형집행이랬잖아. 이제 너의 피가 조금씩 빠져나가고 있어. 피가 흘러가는 것이 느껴지지?"

당승표는 언제가 들었던 방법을 실전에서 써먹고 있는 것이다. 상대가 눈을 가리면 무엇을 당한다는 공포심을 느끼게 된다. 그때 빨대의 뾰족한 부분으로 꾹 찌르면서 거기에 따뜻한 물을 살살 뿌린다. 그리고 피를 빼고 있다고 말하면 당하는 사람은 진짜로 그렇게 느낀다고 하였다.

"왜…… 왜 그러세요. 사…… 살려 주세요."

"이미 늦었어. 피가 잘도 나오는구만. 인간의 몸에는 5리터 정도의 혈액이 있다고 하더군. 거기서 1리터 정도만 빠지면 죽는다고 하니 조금만 기다려 봐. 이제 곧 혈압이 약해져 뇌로 피를 보내지 못해 기절하게 될 거야. 그리고 기절하면 고통도 없이 가니 얼마나 좋은 방법인가?"

아리는 울기 시작했다.

"엉엉…… 왜 그러세요. 벌써 어지럽기 시작했어요. 살려 주세요."

옆에서 나승만은 웃음이 나는지 입을 틀어막았다. 당승표는 빈 주사기를 건네며 따뜻한 물을 더 받아 오라는 신호를 보냈다.

"뭐? 벌써 어지럽다고? 너 거짓말 하는 거지?"

"엉엉…… 아니에요. 진짜 어지러워요. 기절할 것 같아요. 의식이 혼미해지기 시작했단 말이에요. 뭐든 시키는 대로 할게요. 살려 주세요."

당승표는 팔을 찌르고 있던 빨대를 살짝 들어 올렸다.

"일단 집행을 미루지. 그럼 내가 묻는 말에 사실대로 대답하도록 해라."

아리는 상대가 마음을 바꿀까 서둘러 대답했다.

"네. 네. 알겠습니다."

당승표는 핸드폰을 켜고 녹음 버튼을 눌렀다.

"도르래 살인사건, 너희가 꾸민 건가?"

"아니요. 제가 안 했습니다."

"아니! 네가 아니라 왕사장이 했냐고?"

"안 했을 거예요."

"목숨 걸고 증명할 수 있어?"

"그렇지는 않지만 아마 그럴 것 같아요."

"좋아. 그럼 전혀 다른 질문을 하지. 채무자들에게 사기도박을 했나?"

"네. 매일은 아니지만. 삼촌이라고 부르는 사람들이 우리 기사예요. 많이 따는 사람들 돈을 적당히 회수했습니다."

"거 봐, 너희들은 나쁜 놈들이잖아. 생명보험은 너희가 들게 했나?"

"네. 우리가 돈을 댔어요."

"왜 그랬지?"

"모르겠습니다. 왕사장이 '신체포기각서'보다 '생명보험'이 더 효과적이라고 했어요. 저는 시키는 대로 했을 뿐이에요."

"거 봐. 왕사장은 보험을 들게 하고 킬러를 고용했든 직접 했든 간에 연쇄살인마가 한 것처럼 꾸민 거야."

"……."

대답이 없는 아리는 왕사장이 연쇄살인마인지 생각을 하는 중일 것이다.

"전에도 이런 일 있었지?"

"무슨 일이요?"

"생명보험 들어 놓은 사람이 자살해서 너희가 가족에게서 보험금 받은 거 가로챘잖아."

"그건 자살이잖아요. 저희는 몰라요?"

"'저희는'이 아니라 '너는 몰라요'겠지. 사실은 왕사장이 자살을 부추긴 거야. '그러면 빚에서 해방된다.', '보험금 나머지로 가족이 먹고 살아야 할 것 아닌가?' 이런 말로 자살로 몰아갔겠지. 보험금을 받아 오라고 왕사장이 시킨 걸 것 아니야?"

"네, 그리고 보니 사망보험금 있을 테니 받아 오라고 시켰었어요."

"좋아. 몇 명에게 사망 보험금을 받았지?"

"세 명이었어요."

"그런데 왕사장은 왜 마음이 바뀌었을까? 자살로 처리하면 될 것을 연쇄살인처럼 꾸며 위험을 감수했을까?"

"지금 제게 묻는 거예요?"

"당연하지. 대답하기 싫은가? 다시 바늘을 꽂아 줘?"

"아…… 아니요. 저는 그 이유를 모르…… 아니, 알겠어요. 생명보험료를 우리가 대납해야 하는데 자살로 인한 보험금을 받으려면 2년을 기다려야 해서 그래요. 언제가 그것 때문에 왕사장이 짜증을 냈던 것이 기억납니다. 분명히 '아 씨발, 보험료 대다가 망하겠네. 자살은 보험회사에서 돈 나오기도 오래 걸리고 2년이나 대납을 해야 하니 그냥 죽여 버릴까?'라고 분명히 말했어요."

나승만은 엄지손가락을 당승표의 눈앞에서 추켜세웠다.

"좋아. 우리는 사실 왕사장을 처리해 달라는 의뢰를 받았다. 왕사장은 연쇄살인이 밝혀지면 사형을 받을 거야. 우리가 굳이 손을 쓸 필요도 없지. 너는 왕사장과 의리가 좋은가?"

"글쎄요. 뭐라고 대답해야 하나요?"

"사실대로 말하면 돼. 그러니까 너는 도르래 살인사건을 모른다는 거지? 왕사장 혼자 다 한 것이잖아."

"맞아요. 왕사장이 혼자 한 거예요."

"그래, 너희가 지금처럼 경찰에 협조를 잘하면 금방 풀려날 거야. 그럼 2인자인 네가 1인자가 되고, 이 도박장은 네 것이 되지. 그럼 좋겠나?"

"그렇게만 된다면 소원이 없겠어요."

아마 아리는 진심으로 좋았을 것이다.

"그럼 왕사장의 다른 죄가 있다면 말해 봐."

"왕사장은 사람을 사람같이 보질 않았어요. 조금 젊어 보이는 여자들에게는 어김없이 사기도박으로 빚을 지게 하고 그것을 핑계로 강간했어요. 돈을 갚지 못하는 사람에게는 다른 사람을 시켜 폭력을 행사했고요. 지금 생각해 보니 돈 때문에 우리들도 가혹하게 대하곤 했죠. 그 많던 수익을 우리에게는 나눠주지도 않았어요. 정말 쥐꼬리만 한 돈만 주었어요. 아마 도박 빚을 회수하려고 정말 사람을 죽였을 거예요. 지금 생각해 보니 왕사장 이 새끼, 진짜 살인마네요. 피도 눈물도 없는 살인마요."

당승표는 이제 핸드폰의 녹음 정지 버튼을 눌렀다.

"오케 거기까지. 그럼 이제 경찰서에 다시 가서 그렇게 말하면 되는 거야. 도박장 식구들인 삼촌들, 꼬막, 보디가드 네가 다 설득하란 말이야. 알겠어?"

"네 당연히 그래야지요. 연쇄살인마를 도와줄 필요가 없지요."

당승표는 가위로 아리의 오른팔만 자유롭게 풀어줬다.

"한 손이 자유로우니 시간은 조금 걸리겠지만 몸을 풀 수 있겠지?"

"네."

"모두 비즈니스 때문이니 이번 일로 원한을 갖지 말게나."

아리는 고개를 끄덕였다. 당승표는 나승만에게 손짓하여 밖으로 빠져나왔다. 당승표는 나승만에게 운전을 부탁하고 서울로 돌아오는 차 안에서 이세민 팀장에게 녹음한 음성파일과 문자를 보냈다.

[이세민 팀장님, 당승표입니다. 아리한테 받은 음성파일입니다. 아리를 다시 소환해서 똑같이 질문해 보세요. 자살사건이

세 건이 더 있다니 그것도 조사하시고요. 그 정도면 왕사장이 범인이 되지 않겠어요?]

9

그날 밤 나당 탐정사무소에서 둘은 축배를 들었다. 탐정사무소를 차린 후 큰 사건 해결을 자축하는 파티였다. 당승표는 독한 양주를 연거푸 몇 잔 마셨다. 머리가 핑 돌았다.

"나승만 경감님은 저랑 한배를 탄 겁니까?"

"저번에도 말했지만 섭섭한 소리 하지 말게나. 우리는 정선 폐교에서부터 같은 편 아닌가?"

"저번에 술 취했을 때도 말씀드렸지만 이번 사건도 그렇고, 저는 사건에서 잔인함을 느끼지 못해요. 그냥 소설 속의 내용이 현실로 그려졌다고만 느낄 뿐이죠."

"그건 죄가 되지 않는다고 나도 말했지 않는가."

"하지만 머릿속으로 누가 나쁜지는 알고 있죠. 왕사장 같은 놈이 나쁜 놈이에요."

"그건 나도 동의하네."

당승표는 잔을 들어 건배를 하더니 술을 쭉 마셨다.

"지금부터 하는 이야기 잘 들으세요. 도르래 살인사건의 진범은 왕사장이 아니에요."

"자네가 자꾸 딴짓을 하는 것이, 나도 짐작을 했지. 범인은 찾았나?"

"네, 보다 논리적으로 답이 되는 사람을 찾았어요."

"그래 누군가? 혹시 세 번째 피해자의 딸 김은애인가? 김은애한테 반해서 왕사장을 범인으로 몰아세운 거야?"

"아니에요……."

당승표는 늘 그랬던 것처럼 결정적일 때 한 번 뜸을 들였다.

"도르래 살인사건의 진범은…… 김성식이에요."

나승만은 이름을 듣고 한참이나 생각해야만 했다.

"뭐!? 내가 잘못 들은 거 아니지? 김성식은 세 번째 피해자라고."

"맞아요. 김성식이 일부러 그렇게 만든 거예요."

"음…… 증거는 있겠지?"

"논리적 증거만 있지 물증은 없네요."

"그럼 어디 나에게 설명을 해 보게."

"알겠습니다. 김성식은 도박으로 돈을 다 날리고 자신 때문에 딸이 이혼까지 했어요. 그것을 용서받는 방법이 무엇일까 생각했습니다. 바로 돈이죠. 그 시기 왕사장은 도박 빚으로 압박하면서 김성식에게 생명보험을 들게 했어요. 김성식은 그것을 이용하기로 한 겁니다. 이왕이면 자신이 빚 때문에 괴롭힌 딸에게 더 많은 보험금을 주기 위해 다른 회사 생명보험을 두 개 더 들었던 것입니다. 그리고 도르래 살인사건을 만든 것이죠. 자신을 세 번째 피해자로 꾸며서 아무도 김성식을 범인으로 의심할 수 없었던 것입니다."

당승표는 양주를 한 잔 따라서 다시 한 모금 마셨다. 나승만은 궁금함투성이였지만 당승표의 설명을 기다렸다.

"만약 나승만 경감님이라면 귀찮게 도르래를 직접 제작해서 사용하고, 시체를 고치로 만들고 그 끝을 바벨에 연결하겠어요?"

"그건 엽기적인 연쇄살인마를 만들기 위해서 그런 것 아닌가? 자네 이론이 맞는다면 잔인한 연쇄살인이야말로 아무런 의심 없이 보험금이 지급될 것 아닌가?"

"그런 이유도 있지만 다른 이유도 있었어요. 그 이유는 천장 등 고정된 곳에 도르래를 사용하지 않고 목을 맨다면 자신이 죽은 다음 네 번째 살인을 조종할 수 없었기 때문입니다. 그래서 도르래를 사용하는 복잡한 방법을 사용한 것입니다."

"언뜻 이해가 되질 않네. 설명이 더 필요해."

"도르래의 원리는 뒤에 다시 설명해 드리겠습니다. 범인은 빨랫줄로 피해자들을 묶어 고치 모양을 만들었는데, 팔은 밖으로 나와 있었어요. 팔도 묶어 놓는 것이 모양으로 더 멋있지 않을까요?"

어느 정도 이해한 나승만은 고개를 끄덕이면서 대답했다.

"자신의 팔이 자유로워야 마취제도 투여하고 자신을 묶는 등 죽음을 꾸밀 수 있으니까."

"맞아요. 그리고 몸을 고치 모양으로 만들거나 도르래를 사용한 것은 자신이 죽고 나서 네 번째 원격 살인을 하기 위해 사용한 것입니다. 김성식은 실수하지 않기 위해서 매뉴얼을 만들어 과정을 정확히 수행해 갔을 거예요."

당승표는 다시 양주를 따라 마셨다.

"먼저 우광석, 이지현을 매뉴얼대로 죽입니다. 그리고 시간을 두고 네 번째 피해자인 조남인을 찾아갑니다. 물론 피해자들 모두 도박장에서 안면이 있으니 격투 흔적 등이 없었던 겁니다. 일단 네 번째 피해자인 조남인을 마취시킨 후 빨랫줄로 고치처럼 만든 조남인을 벽에 기대 두고 매뉴얼대로 올가미를 목에 걸고 반대쪽 끝을 30㎏의 바벨에 묶어 냉장고 위에 아슬아슬하게 올려놨어요."

"그렇다고 바벨이 저절로 떨어지지는 않을 것 아닌가?" 나승만이 말을 끊었다.

"전 조남인의 방바닥에 널브러진 물건 중 왜 여름에만 쓰는 냉스카프가 있었을까 궁금했어요. 바로 냉스카프로 원격 살인 준비를 한 겁니다. 냉스카프의 원리를 잠시 설명해

드리겠습니다. 그 안에 든 고분자 수지는 물을 자신보다 50배 정도 흡수해 빵빵하게 부풀어 오릅니다. 흡수된 수분이 시간이 지나면서 증발해 목이 시원해지는 원리죠. 그 바벨을 받치고 있던 냉스카프의 물이 증발할수록 빵빵했던 냉스카프가 점점 얇아져 아슬아슬하게 올려져 있던 바벨이 바닥에 떨어지는 겁니다. 원격 살인 준비를 마친 김성식은 자신의 집으로 서둘러 와서는 같은 방법으로 자살한 겁니다. 그리고 김성식은 바닥에 냉스카프가 있으면 의심받을까 봐 방바닥에 장갑, 마스크, 옷가지 등을 어지럽게 펼쳐 놓았던 것이죠. 세 번째 살인과 네 번째 살인의 간격이 매우 짧았던 점은 당연한 결과이겠고요."

나승만은 고개를 끄덕였다. 논리적으로 오류가 없었기 때문이었다.

"그럼 굳이 왜 복잡하게 직접 만든 도르래를 사용했나? 간단한 도르래장치라도 원격살인을 하는 데 문제가 없었을 텐데."

"시중에서 파는 고정도르래 하나를 사용한다면 살인을 하기 위해서 바벨 60kg을 짊어지고 갔어야 했습니다. 경감님이라도 60kg이라면 힘겹겠죠? 저번에 수원에서 김성식의 딸에게 들었잖아요. 김성식은 젊은 시절 중학교 과학 선생이었어요. 중2 과학책을 보니 거기에 움직도르래 내용이 나오더군요. 움직도르래 1개를 사용하면 힘이 반으로 줍니다. 피해자들이 모두 체중이 60kg 이하이기 때문에 30kg의 바벨만 메고 가면 되는 거였지요. 여기서 시체를 고치로 만들어야 하는 이유가 나옵니다. 아시겠어요?"

나승만은 이유를 알겠는지 술을 한 잔 마시고 특유의 중저음을 냈다.

"알 것 같아. 힘에는 두 배로 이익을 얻었지만 줄을 두 배로 당겨야 했지. 냉장고의 높이가 2m라고 가정하면 바벨이 떨어지면서 사람을 1m밖에 끌어올리지 못하겠지."

"맞아요. 그럼 시체의 다리가 땅에 닿게 마련이죠. 그래서 시체를 공중에 띄우기 위해 일부러 고치 모양으로 힘들게 만든 겁니다."

나승만은 뭔가 비논리적인 것을 찾기 위해 생각하고 또 생각했지만 당승표의 설명은 논리에 부합하였다. 당승표는 여유로운 표정으로 양주를 음미했다.

"또 다른 증거는 없는가?"

"있습니다. 이마의 넘버링이에요. 김성식은 변수로 네 번째 바벨이 빨리 떨어져 범행 추정시각이 세 번째와 겹치는 불상사까지 계산했어요. 그래서 생각한 것이 이마의 넘버링입니다. 어땠어요. 시체 이마의 넘버를 보고 우리는 자기도 모르게 살인이 번호 순서대로 일어난다는 생각을 했잖아요.

하지만 그게 김성식이 일으켰다는 증거가 되었습니다. 저번에 이마에 쓰인 번호들 중에서 세 번째 시체 이마의 번호만 조금 모양이 달랐었죠? 거울을 보며 자기 이마에 글자를 썼기 때문에 다른 셋과 조금은 달랐던 것입니다."

나승만은 이제 김성식 이외의 범인을 생각할 수 없었다. 당승표는 양주를 한 모금 마시며 설명을 이어서 했다.

"아직 놀라기는 일러요. 압권은 김성식의 다이어트예요. 딸이나 이은자는 원래 김성식의 몸무게가 80kg에 육박한다고 했어요. 6개월 전 이은자가 김성식에게 다이어트를 왜 하냐고 물었을 때 그럴 일이 있다고 했잖아요. 김성식은 도르래 연쇄살인범을 만들기 위해 20kg 이상 감량한 겁니다. 자신의 몸무게를 들어 올리려면 바벨을 4개 사용했어야 합니다. 그럼 다른 피해자들과 달라 경찰의 쓸데없는 의심을 사게 되죠. 그래서 독하게 다이어트를 한 겁니다. 딸을 위해서 이런 고난을 감수한 것이죠."

"자네는 김성식이 불쌍하다고 느끼는 것 같군. 하지만 난 김성식이 전혀 불쌍하지 않네. 본인만 죽는다면 자살인지 살인인지 확실하지 않으니 다른 세 명을 더 죽여서 잔인한 연쇄살인으로 만든 거잖아. 그렇다면 보험금을 타내기 위해 희생된 다른 세 명이 너무 불쌍하지 않은가?"

당승표는 어느새 김성식을 변호하고 있었다.

"이은자는 두 번째 피해자인 이지현이 몸으로 김성식을 꼬드겨 도박장으로 이끌었다고 했어요. 자신을 파멸로 이끄는 데 한몫을 한 이지현에게 벌을 내린 것이죠. 이걸로 봐서는 다른 두 명도 살인하는 데 이유가 있었을 거예요. 김성식이 의미 없는 살인을 하지는 않았을 거라는 예감이 들어요. 그리고 이들이 살아 있다면 도박 빚만 더 늘어 가족에게 괴로움만 주었을 겁니다. 차라리 살인을 당했으니 빚 갚고도 2억 정도 가족에게 돌아갈 겁니다. 김성식은 어떤 의미에서 의로운 일을 한 것이죠."

나승만은 비장한 표정을 짓고 말했다.

"김성식의 살인이 밝혀진다면 보험금을 타내기 위해 살인을 했으므로 모든 보험금이 지급되지 않을 거야. 그래서 자네 이 사실을 경찰에 말하지 않고 있는 건가?"

"그런 이유도 있지요." 대답 후 당승표는 고개를 숙였다.

"김성식의 딸 김은애한테 반했기 때문이겠구먼."

"그것은 일부예요. 아까도 말씀드렸다시피 자식을 위해 자신을 희생한 김성식과 사람들에게 생명보험을 들게 하는 왕사장, 누가 더 나쁜가요? 저는 왕사장이 더 나쁘다는 생각이 드는데요?"

나승만은 양주잔을 잡고 들어 있던 술을 빠르게 마셔 버리더니 자리에서 일어나 창가로 갔다. 창밖 저 아래 강남대로를 지나가는 차들을 보고 있었지만 눈은 깊은 생각에 빠진 듯했다. 아마 이 사실을 경찰에게 알려야 할지 숨겨야 할지 고민하고 있는 것이리라.

당승표는 술을 따라 마시며 나승만의 생각이 정리되길 기다렸다. 잠시 후 마음속 결정을 내렸는지 나승만이 자리로 돌아왔다.

"이 사실을 말해야겠어."

당승표는 낙담했다. 하지만 경찰에 사실을 말해야겠지…….

"경감님께서 직접 이세민 팀장에게 말씀하세요. 전 사건이 마무리되니 다시 힘이 빠지네요."

나승만은 자신의 술잔에 술을 따르다 말고 멈췄다.

"왜 이세민에게 말하나?"

엉뚱한 나승만의 대답에 당승표는 놀랐다.

"네? 그럼 누구한테 말하나요?"

"당연히 김성식의 딸 김은애 아닌가?"

"김은애한테 이 사실을 왜 얘기하나요?"

"수임료를 받아야겠어. 우리가 이 사실을 경찰에 얘기한다면 김은애는 한 푼도 못 건지게 되지. 대신에 보험금을 받으면 김은애는 빚이나 세금 빼고 8억 정도 건질 거야. 그러니 2억 정도는 받아야겠어."

당승표는 나승만의 생각에 어이가 없었다.

"지금 창문을 보면서 그 생각을 하고 계셨어요?"

"당연한 것 아닌가? 탐정사무소 월세를 내려면 수입이 있어야 할 것 아닌가. 자네가 바람난 여편네 따라다니기는 싫다며?"

당승표는 고개를 절레절레 흔들었다.

"저도 이상하지만 나승만 경감님도 만만치 않네요."

나승만은 허허 웃었다.

"허허허, 이걸로 한동안 놀고먹어도 되겠구먼. 내일 당장 수원으로 내려가서 담판을 짓고 와야겠어."

"잠깐만요. 수원에는 제가 갈게요. 김은애 얼굴을 마지막으로 다시 보고 싶네요."

"사랑에 빠졌나? 그러면 일을 그르칠 텐데……"

"저도 여자를 사귀고 그럴 마음은 없습니다. 그냥 마지막으로 얼굴이 보고 싶어서 그래요."

"알겠네. 절대 마음 약해지지 마. 2억이야. 2억!"

한 달 후 사건이 정리되었다. 이세민 팀장은 경위에서 경감으로, 허언강 경사는 경위로 승진했다. 확실한 증거는 없었지만 아리를 비롯한 도박장 패거리들의 증언, 생명보험료를 대납한 증거와 악화된 여론 때문에 1심에서 왕사장은 무기징역을 받았다.

그리고 오늘 김은애로부터 등기가 왔다. 아마 보험금이 지급되어 약속된 돈을 보냈을 것이다. 그때 나승만의 의견 대로 당승표는 수원에 내려가 자신이 조사했던 결과 즉, 김 성식이 당신을 위해 살인을 꾸몄고, 스스로 자살했다는 것 을 알렸다. 김은애는 이야기를 듣는 내내 울었다.

당승표는 마음이 아팠지만 마음을 단단히 먹었다. 이 사 실을 경찰에 알리면 보험금을 한 푼도 못 받는다고 이야기 를 한 후 만약 이 사실을 숨기고 보험금을 받으려면 돈을 수 표로 끊어서 사무실로 보내라고 말했다.

오늘 김은애로부터 등기가 온 것으로 보아 아버지의 범행 을 숨기고 보험금을 타기로 했나 보다. 마음 약한 김은애도 돈에는 어쩔 수 없었을 것이다. 나승만은 등기를 들고 신이 나서 떠들었다.

"허허, 사건 하나 해결하고 2억을 벌다니 당 탐정! 역시 자네는 우리나라 최고의 탐정이야. 우리 이 돈으로 멋있는 SUV 자동차나 한 대 사세나. 똥차는 치워 버리자고."

나승만은 수표가 혹시나 다칠까 조심조심 봉투를 뜯었다. 당승표는 슬며시 소파에서 일어나 창가로 갔다. 수표를 꺼 낸 나승만의 눈이 동그랗게 커졌다.

"당 탐정, 왜 수표가 2억짜리가 아니라. 1억짜리인 거야?"

당승표는 나승만을 보고 웃지도 울지도 않는 표정을 지으며 말했다.

"죄송해요. 김은애의 코가 너무 예뻤어요."

"뭐라고?! 지금 코가 예뻐서 1억을 깎아 줬단 말인가?"

"헤헤헤……."

2

황 영감 살인사건

1

당승표는 사무실 창가에서 강남대로를 내려다보고 있었다. 지나가는 차들을 보니 그간 겪었던 일들이 눈앞에 스쳐 지나갔다. 언젠가 탐정이 되겠다고 생각했었는데, 이렇게 빨리 될지는 몰랐다. 구요동을 처리하고 조 회장에게 받은 5억 원으로 쉽게 탐정사무소를 낼 수 있었다. 나승만은 서울 외곽의 한적한 곳에서 탐정사무소를 시작하자고 했지만 당승표는 돈보다는 사건 해결에 흥미가 있어 광고 효과가 있는 강남에서 시작하자고 우겼다.

나승만은 현역 시절 가정을 소홀히 했던 것을 반성하는 의미로 서울의 아파트를 이혼한 부인과 자식에게 주고 사무소 한켠에서 같이 숙식을 해결하고 있었다.

도르래 살인사건으로 1억 원이란 큰돈을 벌었지만 아직 바람난 남편을 뒷조사해 달라는 사건만 의뢰로 들어올 뿐이었다. 물론 당승표는 그런 사건을 쳐다보지도 않았다.

소파에 앉아 텔레비전을 보던 나승만이 말했다.

"당 탐정, 이리 와 봐. 잔인하면서 특이한 사건이야."

당승표는 창가에서 시선을 거두어 소파 쪽으로 걸어왔다.

"무슨 일이에요?"

당승표는 나승만의 맞은편 소파에 앉으며 텔레비전을 보았다. 종편 뉴스에서는 잔인한 살인사건을 보도하고 있었다. 황 영감이라는 피해자가 칼에 16방을 찔려 사망했는데, 유력한 용의자는 아들이었다. 하지만 아들은 절대 범행을 인정하지 않고 있었다. 종편이라 그런지 사람 이미지 그림에 칼로 찔린 부위를 표시하여 그대로 보도되고 있었다.

나승만이 특유의 중저음으로 자신의 의견을 피력했다.

"16방을 찔렀다는 것은 원한에 의한 범행이야. 내 경찰 시절 이런 사건을 많이 경험해서 알지. 골고루도 찔렀구먼. 심장부터 폐, 비장, 간 등 주요 내장이 다 찔려 그 자리에서 즉사했겠지. 아들이 어쩜 저리 잔인할 수 있을까?"

"나 경감님은 아들이 진범임을 믿나요? 아들이 아버지에게 무슨 원한이 있었을까요?"

"거 아버지가 땅이 조금 있나 봐. 근데 저 나이 때까지 물려주지 않으니 죽여 버린 거겠지. 아버지가 몇 달 전 10억원 상당의 건물을 팔았다나 봐. 아들은 그 돈을 훔쳤다고 했고. 그러니 아들이 범인이 확실하지."

"그럴 가능성이 높겠어요. 하지만 아까 말씀하신 대로 상당히 재미난 사건이네요."

"그래? 돈 때문에 부모를 죽이는 사건은 많이 일어났어. 이런 평범한 사건이 뭐가 재미있다는 건가?"

"저 사건이 일어난 곳이 어디죠?"

"인천이라네."

"내일 인천으로 내려가 보시죠."

나승만이 아무리 생각해도 평범한 사건이었다. 몇 달 전 당승표가 경찰들도 손을 든 '도르래 살인사건'을 해결해 큰 돈을 벌었다고 하지만 이번 사건은 아무리 봐도 평범함 그 자체였다.

"자네의 추리 실력을 인정은 하지만 나도 이유나 알고 따라가면 안 되겠나?"

당승표는 조바심 묻은 나승만의 표정이 재미있는지 한참을 보면서 웃었다.

"하하하, 덩치에 어울리지 않는 표정을 가끔 지으세요."

"자네 어른을 놀리나? 빨리 안 말해?"

"하하, 알겠어요. 말해드리죠. 아까 경감님께서 말씀하셨잖아요. 골고루도 찔렸다고요. 심장에서 비장, 대장까지 거리가 어떻게 되죠?"

나승만은 당승표가 무슨 말을 하는지 도무지 알아들을 수 없었다.

"도대체 무슨 소린가? 알아듣게 설명하게나."

"자, 분노에 싸인 가해자는 피해자를 16방 찔렀어요. 칼을 들고 가서 흥분해 찔렀겠죠. 그렇담 찔린 모양이 조금 이상하지 않나요?"

나승만은 당승표의 말을 알 듯 말 듯하였다.

"경감님, 분노한 가해자에게 10여 방 칼 맞은 피해자의 상흔을 많이 보셨다면서요. 그때 상처 모양이 어땠나요?"

나승만은 이제야 당승표가 하는 말을 이해할 수 있었다.

"그렇지, 분노에 싸여 찔렀다면 상처가 배 쪽에 몰려 있었을 거야. 보통 칼을 쥐고 찌른다면 배 쪽이 되겠지."

나승만은 빈 주먹으로 찌르는 흉내를 냈다.

"맞아요. 그래서 이상하다는 거예요. 마치 자로 잰 듯 찔린 부위가 골고루 퍼져 있어요."

"음… 그렇지. 뭔가 상처 부위가 이상해. 그래서 사건에서 뭐가 보이는 건가?"

"아직은 아무것도 모르겠어요. 그냥 피해자의 상처 모양이 이상하다는 거예요. 그래서 내일 인천으로 내려가 보자는 겁니다."

나승만은 소파에 몸을 기대며 말했다.

"그래, 그럼 이번 사건도 속 시원하게 풀어 보게나. 하지만 돈 거래가 있다면 그것은 내가 하겠네."

당승표는 고개를 끄덕였다.

2

이튿날 당승표와 나승만은 인천행 전철에 올라탔다. 2시간 동안 1호선과 인천지하철로 두 번 갈아타고 목적지인 인천터미널역에서 내려 밖으로 나오자 후끈한 여름 공기가 둘을 맞이했다. 터미널에는 인천 사람이 다 모인 것처럼 사람들이 많았다. 눈앞의 많은 사람들을 보자 땀이 더 솟아나는 것 같았다.

날씨도 더운데다 길을 몰라 둘은 택시를 잡아탔다. 머리가 희끗한 기사는 뒤를 돌아보며 눈빛으로 목적지가 어디냐고 물었다. 이에 나승만이 중저음으로 목적지를 말했다.

"수인동으로 가십시다. 수인동에 50년 전통의 소머리국밥집이 있다던데."

기사는 말없이 차를 출발시켰다. 차를 출발시킨 지 5분여만에 건물들은 사라지고 논밭이 보였다. 그리고 곧 논밭 사이에 있는 목적지에 도착했다.

주변은 온통 논밭에 비닐하우스였다. 날씨도 덥고 점심때가 되어 허기도 때우고 주변 조사도 할 겸 소머리국밥집으로 들어갔다. 50년 전통답게 실내는 그리 깨끗하게 정돈된 느낌은 없었다. 벽에는 '생생정보통', '맛대맛' 등 텔레비전에 출연한 사진들이 붙어 있었고, 그 맛을 증명이나 하듯이 50여 석 되는 자리는 거의 만석이었다. 다행히 실내는 시원했는데 에어컨은 50년이 되지 않은 것 같았다.

둘이 빈자리에 앉자 물병과 반찬 등이 차려졌다. 메뉴판에는 소고기, 돼지고기도 있었지만 점심엔 주로 소머리국밥을 파는 듯했다. 나승만이 당승표를 보며 말했다.

"나는 왕 소머리국밥으로 하겠네."

당승표는 옆에 온 종업원 여자에게 주문했다.

"왕 하나, 보통 소머리국밥으로 하나 주세요."

여자는 어눌한 발음으로 주문 내용을 복명복창하고 주방 쪽으로 갔다. 나승만이 물수건으로 이마의 땀을 닦으며 말했다.

"조선족이구먼, 이런 시골까지 조선족이 들어오다니 우리나라도 이제 다문화국가야."

"시골이라뇨. 여기는 인천광역시예요. 그리고 아까 인천 터미널에서 택시로 10여 분밖에 걸리지 않는 곳이라고요. 거리로는 아마 5킬로도 안 될걸요?"

조선족 여자가 쟁반에 소머리국밥을 가져와 내려놓고 갔

다. 당승표는 수저통에서 숟가락, 젓가락을 꺼내 나승만 앞에 놓으며 말했다.

"천천히 드세요. 사건은 이 앞쪽 비닐하우스에서 일어났어요. 여기 손님이 빠지면 종업원에게 사건 개요를 간단히 알아보자고요."

근처에 직장이 많은지 1시쯤 되자 많던 손님들이 거의 빠져나갔다. 마침 옆자리를 치우러 온 조선족 여자에게 당승표가 물었다.

"여기 식당 위치는 한적한데 사람들이 많이 오네요."

"공단 근처, 가까이 있어서 그래요."

"공단? 공장?"

"남동 공단."

"그건 그렇고, 요 앞에서 살인사건이 났다던데."

"모라요. 난."

"경찰들이 찾아와서 이것저것 물었을 것 아닙니까?"

여자는 아무 말 없이 테이블 위의 음식 접시를 쟁반에 올리더니 행주로 테이블을 닦았다.

"저기서 죽은 황 영감인가 여기로 밥 먹으러 왔었을 것 아니에요?"

당승표의 말을 들었는지 못 들었는지 여자는 테이블을 더 박박 문질렀다. 아마 둘을 경찰로 오해하는 것 같았다. 피하는 이유는 불법체류자여서 그럴 것이다.

여자에게서는 뭔가 더 알아낼 수 없다고 생각할 찰나 계산대 앞의 푸짐한 중년 여성과 눈이 마주쳤다. 어디서 많이 본 인상이라고 생각했는데 간판에 크게 붙어 있던 주인 아줌마 얼굴이었다. 주인은 뒤뚱거리며 테이블로 왔다.

"이미 다 조사하고 갔는데 뭐가 또 남으셨나?"

이 주인 여자도 경찰인 줄 알았나 보다. 아마 아까부터 조선족 종업원에게 묻는 것을 엿들었을 것이다. 나승만이 이때다 싶었는지 나섰다.

"뭐, 범인을 잡아야 하니까?"

여자는 나승만의 얼굴을 보더니 의아한 듯한 말투로 말했다.

"아들 잡았잖아요. 아들이 범인 아니었어요?"

"그…… 게……"

나승만이 당황해 얼버무리자 주인 여자의 눈에 의심의 눈빛이 비쳤다.

"경찰 아니었어요?"

나승만의 얼굴색이 붉게 변하기 시작했다. 당승표는 이 주인 아줌마는 참견하고 말하기 좋아하는 스타일이라고 생각하고 사실대로 털어놓기로 하였다. 지갑에서 며칠 전 만든 '나당 탐정사무소'라고 새긴 명함을 건넸다.

"안녕하십니까? 생소하시겠지만 저희는 민간조사원입니다. 탐정이라고 하죠."

여자는 명함을 보던 눈을 들어 당승표를 보았다. 당승표는 억지로라도 미소를 지었다. 주인 여자의 눈이 나승만으로 넘어갔다.

"이분은 얼마 전까지 경찰이었어요. 우리는 이상한 사람이 아닙니다."

"네, 알겠는데, 아들이 범인으로 잡혀갔는데, 더 이상 무엇을 알아보려고 하시나요?"

당승표는 궁금한 듯 일부러 과도한 액션을 펼쳤다.

"아들이 범인이라고 누가 그럽니까?"

작전이 먹혔는지 주인 여자는 이 둘에게 증거라도 내밀 기세로 의자를 하나 빼서 자리에 앉았다.

"죽은 황 영감님 이거가 문제죠."

여자는 엄지와 검지로 동그라미를 만들어 보였다. 아마 돈을 표현한 것이리라.

"황 영감님 땅이 좀 많거든요. 그린벨트이기는 해도 여기 수인동 땅을 꽤 갖고 있어요. 아마 집안 대대로 내려오는 재산일 거예요. 우리 부모님도 여기 땅에 집 짓고 살다가 전쟁 끝나고부터 국밥집 장사를 했죠. 덕분에 지금 이 정도로 살고 있지만요."

주인 여자는 컵에 물을 따라 한 잔 시원하게 들이켰다.

"여기 수인동이 그린벨트, 절대농지지만 땅값이 얼만 줄 아세요? 평당 300만 원이에요. 인천 제일의 번화가인 터미널과 거리가 가까워서 그래요. 언제가 그린벨트가 풀리는 날에는 날아가는 거죠. 우리 부모님도 장사만 하시지 말고 땅 좀 사놓지. 장사만 열심히 해서 땅을 많이 못 샀어요. 그래도 주차장까지 모두 합치면 천여 평 될 거예요. 가게 자리는 대지라서 조금 더 비싸고요."

농지로 계산해도 30억이다. 여자의 얼굴에 미소가 비치는 것이 은근 자랑하는 것임을 깨달았다. 당승표의 예상대로 여자는 추임새만 넣어도 어느 집에 숟가락 몇 벌이 있는지 다 이야기할 것이다.

"그 황 영감님은 땅이 얼마나 있는데요?"

"요 앞 땅이 모두 황 영감 땅이에요. 한 만 평 될걸요."

'300억'. 땅 팔아서 아들도 주고 편하게 살지 왜 농사짓고 살았을까 의문이 들었다. 나승만도 같은 생각인지 여자에게 물었다.

"황 영감은 아들 하나요?"

"네, 아들 낳고 얼마 안 돼서 부인이 무슨 병으로 죽었다고 했어요. 하지만 황 영감님은 재혼을 하지 않았어요. 농사에만 몰두했죠. 그래서 아들은 그 망나니 하납니다."

"그럼 땅 팔아서 이자로 먹고 살면 될 것을……. 아들도 좀 쥐어주고. 황 영감은 왜 땅을 쥐고 있었을까?"

주인 여자의 얼굴에 잠시 어둠이 스쳤다.

"호가만 있지 거래가 되지 않아요. 누가 절대농지를 사겠어요. 우리 집은 그래도 다행이에요. 옛날부터 집 짓고 장사해서 대지로 인정받을 수 있었죠. 주변에 띄엄띄엄 있는 가게들이 다 그런 거예요. 그런 면에서 우리 부모님이 선견지명이 있었던 것이지."

아까 부모님을 원망했는데 지금은 칭찬을 한다. 이 주인 여자는 생각하고 말을 하는 스타일이 아닌 것이다. 당승표가 본격적인 질문을 했다.

"뉴스에서 보니 아들이 황 영감의 돈을 훔쳤다고 하는데 그건 무슨 소린가요?"

여자는 물을 한 모금 더 마시더니 말했다.

"여기 앞에 학교 하나 있죠? 수인고등학교라고."

당승표도 논, 밭 사이에 학교가 있어서 이상하게 생각했었다.

"거기가 원래 수인 초등학교였어요. 가만있자. 내가 거기 12회 졸업했으니까 한 45년 정도 됐나요?"

여자의 나이는 40대 중반이다. 살이 쪄서 나이 가늠이 어려웠는데 예상한 대로였다.

"초등학교는 저 멀리 신도시가 생길 때 이전 개교했고, 여기는 고등학교로 새로 개교한 거죠. 아무튼 학교 부지도 원래 황 영감네 땅이었나 봐요. 뭐 옛날이라 국가에서 내놓으라면 내놓아야죠. 어찌 됐건 그때 보상금 받은 것으로 샀던 건물이 있었나 봐요. 황 영감님이 고집이 있어서 농사만 지었지 돈을 굴릴 줄 몰라요. 아무튼 몇 달 전 무슨 이유에선지 건물을 팔았는데, 10억 정도 받았다지요? 근데 아들 집에서 2억 현찰이 나왔어요. 아들이 아버지 임시하우스에서 훔쳤는데 자기는 4억만 훔쳤고 2억은 썼다고 주장하나 봐요."

무슨 말을 하려고 하는지 여자의 눈이 가늘어졌다.

"아들이 도박과 여자에 눈이 멀었거든요. 그러니 그 많은 돈 다 갖다 주고…… 내가 그때 잡아 줬어야 하는데……."

여자는 옛 추억이라도 생각하는지 동공이 커졌다.

"황 영감이 죽은 것은 누가 발견했나요?"

여자는 고개를 절레절레 흔들어 상념에서 빠져나왔다.

"일꾼이 발견했어요. 그 일꾼이 퇴근시간이 되어 일당을 받으러 영감님 임시하우스에 들어갔는데 그렇게 죽어 있었답니다."

"일꾼이요? 그것 좀 알려 주시죠?"

"영감님이 이런저런 농사를 지었어요. 이제 농사도 지을 사람이 없어서 공사장처럼 일당을 주고 일꾼을 부른답니다. 한여름이라 일손이 딸릴 시기는 아니었지만요. 아마 요즘에는 하우스 관리로 일꾼을 세 명 두었어요. 한 명은 한국 사람이었고, 두 명은 어디였더라. 아무튼 동남아예요. 동남아."

당승표는 동남아 사람들이 농사 일꾼도 한다는 것이 신기했다.

"경찰에서는 그들을 다 조사했겠죠?"

"맞아요. 그 일꾼들이 영감님이 죽은 날 아들이 임시하우스에 왔다고 증언했어요. 그러니 경찰에서는 아들을 잡았겠죠."

"아주머니는 황 영감님 아들이랑 친하신가요?"

주인 여자의 표정이 일그러졌다.

"그 새끼랑 친하긴요. 그 바람둥이를…… 같은 동네에서 태어나고 같이 컸으니 젊을 때 내가 조금 놀아줬지요."

"저희가 그 아들을 만나고 싶습니다. 이름, 나이 아시는 대로 좀 알려 주실 수 있으세요?"

"뭐 알려야 줄 수 있지만 살인자를 만나서 무얼 하시려나…… 혹시 사채업자세요?"

당승표는 나승만의 외모를 봐서는 그렇게 생각할 수도 있다고 생각했다.

"하하, 아까 말했듯이 우리는 탐정입니다. 아들이 범인이 아니란 생각이 들어서요."

범인이 아니란 말에 여자의 눈이 동그래졌다.

"그 새끼가 범인이 아니라고요?"

당승표는 손을 들어 흔들었다.

"아니요. 혹시나 해서요. 아주머니는 그 아들을 옛날부터 봐 왔잖아요. 그 남자가 아버지를 칼로 16방을 찌를 정도로 성품이 잔인했나요?"

여자를 고개를 세차게 가로저었다.

"하긴…… 맞아요. 걔는 누구를 죽이지 못할 거예요. 벌레 하나도 죽이지 못하는 마음 약한 사람이거든요."

여자는 자신이 아는 대로 모든 이야기를 꺼냈다. 그렇게 식당 주인 여자에게서 며칠간 조사해야 할 정보를 단시간에 얻을 수 있었다.

둘은 식당 밖으로 나왔다. 식당 앞으로 학교 들어가는 길이 나 있었다. 정문으로 들어가는 길은 20m가량 되는데 왼쪽은 비닐하우스가 겹겹이 있었고, 오른쪽에는 배나무 밭이 있었다.

나승만과 당승표는 학교 정문 앞에 있는 아름드리 참나무 그늘 아래 섰다. 나승만은 손수건을 꺼내 땀을 닦으며 말했다.

"이번에도 크게 한 건 할 수 있겠어."

"무슨 소리예요?"

"아까 식당 주인 여자도 말했잖아. 벌레 하나 죽이지 못한다고. 그리고 당 탐정이 의문을 제기한 칼에 찔린 상처도 그렇고."

"그래서 어떻게 하자는 거예요?"

나승만이 음흉한 미소를 지으며 윙크했다.

"당연히 돈 아닌가? 빨리 서두르면 한몫 잡을 수 있을 거야."

당승표는 어떻게 돈을 번다는 건지 전혀 이해할 수 없었다. 의문의 표정으로 나승만을 바라보았다. 나승만은 신이 났는지 싱글벙글이다.

"지금 아들이 구속되어 수사를 받고 있잖아. 아들을 만나서 불구속으로 돌려준다고 하고 돈을 받는 거지. 이제 황 영감의 돈은 다 아들놈 거잖아. 불구속만 해 줘도 돈을 꽤 받을 수 있겠지. 그리고 자네가 혹시나 모를 진범을 잡는다면 더 큰돈을 벌 수 있을 게야."

역시 나승만은 돈에 대해서는 빠삭했다. 아들이 진범이든 아니든 이제 300억, 아니 300억 가치의 땅 주인이다. 분명 자신을 도와준다면 큰돈을 내놓을 것이다.

"음…… 돈 문제는 나 경감님께 일임한다고 했으니 알아서 하세요. 그런데 어떻게 불구속으로 돌린다는 겁니까?"

"자네가 말한 의문만 제기하면 될 거야. 경찰에서는 아들이 돈 때문에 우발적으로 찔렀을 것으로 생각할 거야. 우리는 아들 변호사를 만나서, 우발적으로 찌르는 사람이 이렇게 자로 잰 듯 골고루 찌르냐? 그렇게 정신없던 상황이라면 배 쪽으로 상처가 몰릴 것이다. 그리고 일꾼들도 의심스럽다. 황 영감은 건물을 팔아 10억을 받았는데 아들은 4억을 훔쳤다. 사라진 6억은 어디 있냐? 일꾼들이 짜고 아들에게 뒤집어씌우는 것 아니냐? 등등으로 아들의 혐의를 낮추어 불구속으로 돌리는 거지."

당승표는 고개를 끄덕였다. 그럴 가능성이 있었다.

"경감님 추리도 일리가 있네요."

나승만은 의아한 표정으로 당승표를 보았다.

"내가 추리를 했다고?"

"지금 말씀하셨잖아요. 일꾼 세 명이 짜고 6억을 훔쳐 내고, 아들에게 뒤집어씌운다고요."

"에이, 그건 막 던진 거 아닌가."

"아니요. 아무튼 조사해 볼 가치가 있는 것 같아요."

이렇게 둘이 이야기하고 있을 때, 학교 안에서 고가의 벤츠 한 대 나왔다. 자동차 주인은 정문에 서 있는 둘을 보더니 차를 세웠다. 이윽고 창문이 슥 내려졌다.

"경찰들이세요?"

큼지막한 선글라스를 쓴 세련된 중년 여성이었다. 나승만이 당승표의 설명을 따라 했다.

"민간조사원입니다. 즉, 탐정이죠."

"뒷조사 해 주는 그런 곳이요?"

나승만은 옆의 당승표를 손으로 가리키며 말했다.

"아니요. 우리는 진짜 탐정입니다. 여기 있는 분이 그 유명한 '도르래 살인사건'을 해결한 사람입니다."

"'도르래 살인사건' 같은 것은 몰라요."

여자는 잠시 혼자만의 생각을 하더니 말했다.

"차에 타세요. 어디 시원한 곳에 가서 이야기를 더 하고 싶네요. 즉, 사건을 의뢰하고 싶단 말이에요."

나승만과 당승표는 자기들도 모르게 마주 보았다. 당승표는 여자에게 궁금한 점을 물었다.

"여기 황 영감 살인사건과 관련된 일입니까?"

여자는 의아한 표정을 지으며 말했다.

"아니요. 이 학교에 다니던 우리 아들 일이에요."

당 탐정과 나 경감은 황 영감 살인사건을 조사하러 왔다가 또 다른 사건을 조사하게 되었다.

3

사건 의뢰라니 거부할 이유가 없어 순순히 차에 올라탔다. 나승만은 벤츠를 처음 타 보는지 이리저리 둘러보고 만져 보고 했다. 차가 출발한 지 5분도 안 되어 또 다른 번화가가 나타났다. 여자는 자주 가는 곳인지 한 프랜차이즈 커피 전문점으로 안내했다.

나승만은 질리지도 않는지 아이스 카페라떼 더블샷에 시럽을 넣어 마셨다. 당승표는 아이스 아메리카노를 시켰고 여자는 이름도 생소한 돌체라떼라는 음료를 시켰다.

음료가 나오자 여자는 마셨는지도 모를 정도로 찔끔 맛을 보았다. 여자는 말을 꺼내기 힘든지 입술이 미세하게 떨렸다.

"결론만 이야기하죠. 저는 이 학교에 다니던 2학년 이태건 학생의 엄마예요. 한 달 전 죽었습니다."

여자는 다시 자신의 음료 잔을 들어 입에 댔다. 당승표는 이런 상황에 어떤 말을 해야 하는지 몰라 덩달아 자신의 음료를 들었다.

"어떻게 죽은 겁니까?"

중저음의 나승만 목소리. 이럴 땐 직설적인 전직 경찰 나승만이 존경스러웠다. 남의 마음을 배려하지 않은 것인지.

경찰이라는 특수 직업 때문인지.

"경찰에서는 본인 과실로 결론지었어요. 밤에 옥상에서 떨어졌거든요. 우리 아들이 옥상에서 술 마시고 실수로 떨어졌다는 겁니다."

나승만은 경찰처럼 수첩에 여자가 말하는 내용을 적었다.

"경찰에서 그렇게 결론지었다는 것은 그럴 만한 충분한 이유가 있기 때문일 텐데 어머님이 그렇게 생각하지 않는 이유가 있습니까?"

"엄마의 직감이에요. 아무리 술에 취했다고는 하지만 옥상에서 떨어지는 것이 말이 된다고 생각하세요?"

이 어머니는 자식의 죽음이 믿기지 않는 모양이었다. 나승만은 고개를 끄덕여 긍정의 제스처를 취했다.

"그렇군요. 자세한 내용을 말씀해 주시겠습니까?"

"한 달 전 토요일이었어요. 그날 밤 9시쯤 친구 몇 명과 학교로 들어갔어요. 옥상에서 술을 마셨답니다. 남자 친구들은 1시쯤 먼저 가고, 김희우라는 여학생과 둘이 남았나 봐요. 그 여학생의 증언에 의하면 자신이 화장실을 갔다가 왔을 때, 우리 아들이 이미 떨어져 있었다고 합니다."

나승만은 빠르게 적어 가던 수첩을 보면서 말했다.

"그 김희우라는 여학생이 신고를 한 거군요."

"네 맞아요. 하지만 거기에도 의문이 있어요."

나승만과 당승표는 의문이라는 말에 고개를 여자에게 돌렸다.

　"그 여학생은 사고가 난 후 2시간가량 지난 새벽 4시에 신고했어요. 이상하지 않나요? 사고라면 그 즉시 신고해야 하는 것 아니에요?"

　"이상한 점이 있긴 하군요. 여학생은 왜 바로 신고를 안 했답니까?"

　"무서워서 그랬답니다. 무서워서 바로 집으로 갔다가 새벽에 정신이 들어 신고했다고 하네요."

　나승만은 수첩을 덮고 의자에 등을 기댔다.

　"그래도 말이죠. 경찰에서 수사 중도 아니고 결론을 내린 것을 어떻게 조사한담."

　나승만의 낙담에 여자는 약간 격양된 목소리로 말했다.

　"그날 밤 마신 술을 학교 교무실에서 훔쳤답니다. 교무실에 술이 있다는 것이 말이 돼요? 그리고 숙직기사는 아이들이 학교 건물에 들어오는 것을 어떻게 몰랐을 수 있을까요? 옥상의 잠금장치도 그렇고. 그리고……"

　여자는 말하기 힘든지 음료를 들어 다시 마셨다.

　"적이 많아요."

　"네?"

　"우리 아들은 적이 많다고요. 아들은 학교에서 소위 말하는 날라리로 취급받아요. 그런 것은 직접 조사해 보시면 알 거예요."

"아, 누군가 아들에게 위해를 가할 수 있다는 것이군요."

여자는 고개를 끄덕였다.

"그래 누가 의심스러운가요?"

"그건 말할 수 없어요. 의뢰가 정식으로 이루어진 건가요?"

나승만은 당승표를 쳐다보았다. 당승표는 여자에게 질문하였다.

"아까 학교에서 나오시던 중이었죠? 학교에는 왜 갔었나요?"

"제가 학교를 고소했거든요. 학교의 과실을 물으려고요. 학교 교무실에 술이 있던 거나, 야간 경비 문제나 잠금장치 문제나 학교의 과실 때문에 우리 아들이 죽은 거나 마찬가지예요."

당승표는 여자의 분노가 이해됐다. 분명 아들이 문제가 많더라도 안전상 학교의 잘못도 없는 것은 아니기 때문이다.

"알겠습니다. 받아들이죠. 일단 객관적인 시각을 유지하기 위해 더 이상의 정보는 묻지 않겠습니다. 우리가 직접 조사하지요. 그날 밤에 같이 있었던 친구라는 아이들 이름과 전화번호 등을 알려 주세요."

"좋아요. 뭐라고 해야 하나요? 계약금? 수임료? 돈 문제는 어떻게 되나요?"

돈이라는 말에 재빨리 나승만이 나섰다.

"착수금이 100만 원입니다. 더 알아내는 것이 없어도 이 돈은 돌려드리지 않습니다. 만약 새로운 사실을 알아낸다면 그땐 일종의 성공보수를 받아야겠죠."

"그게 얼마죠?"

나승만은 괜히 헛기침을 하며 당승표의 눈치를 살폈다.

"이번 경우는 경찰이 이미 결론을 내렸기 때문에 2장은 주셔야겠습니다."

여자는 눈썹 하나 꿈틀하지 않았다.

"2장이란 것이 2억은 아니겠죠?"

"그럴 리가요? 영을 하나 빼세요."

"아들이 누군가의 손에 억울하게 죽었다면 그걸 밝히는 데 2천은 아깝지 않네요."

착수금을 받을 계좌번호와 전화번호를 교환한 후 둘은 밖으로 나왔다. 나승만이 당승표를 보며 물었다.

"어떤가? 경찰에서도 학생의 과실로 결정 내렸다면 결코 쉽지는 않을 텐데."

"의심스러운 점이 많아요. 황 영감도 그렇지만 두 사건 모두 재밌는 사건이에요."

나승만은 황 영감 살인사건 생각이 났는지 시계를 보더니 서둘렀다.

"아! 늦을라. 빨리 서둘러 구치소로 가자고. 아들놈이 급한 마음에 구속적부심사를 신청해 버리면 안 되니까. 아직 늦지 않았으니 면회 시간에 맞출 수 있을 거야."

둘은 겨우 택시를 잡아타고 인천 구치소로 방향을 잡았다.

구치소에 도착해 신청서를 내고 기다리자 안쪽에서 문이 열리고 주황색 죄수복을 입은 아들이 나타났다. 아들의 이름은 황주현. 나이는 45세였다. 눈이 퀭하고 비쩍 곯은 것이 구치소 안에서 고생깨나 한 것 같았다. 아들은 전혀 생각지도 못한 사람이 왔다는 듯 놀란 얼굴이 되어 물었다.

"근데 두 분은 누구신지?"

당승표는 나승만이 나서려는 것을 제지하고 자신이 말했다. 나승만은 돈 이야기부터 꺼낼 것 같아서였다. 명함을 꺼내 아들이 볼 수 있도록 투명한 벽에 붙였다.

"우리는 탐정입니다. 당신이 일으킨 사건에 관심이 있어서 왔습니다."

남자는 얼굴이 일그러지면 말했다.

"당신이 누군지 모르겠지만 난 죽이지 않았어요."

"맞아요. 우리는 그걸 믿어요. 그걸 밝혀내고 싶습니다."

경찰서, 구치소에서 모두가 자신을 범인 다루듯이 했는지 자신을 믿어준다니 남자의 상체가 투명 벽 앞으로 한층 다가왔다.

"믿는다고요? 아니 내가 무죄라는 것을 밝힌다고요? 무슨 증거라도 찾았나요?"

당승표는 두 손바닥을 펼쳤다.

"아, 진정하세요. 그냥 관심이 있다는 것입니다. 일단 의문점이 몇 개 발견되었는데 만약 정식 계약이 된다면 일단 불구속으로 돌릴 수는 있을 것 같아요."

불구속이란 말에 남자는 안달이 났다.

"합시다. 해요. 계약합시다. 여기서 나가기만 한다면 얼마라도 지불할 용의가 있습니다. 얼맙니까?"

당승표는 뒤로 물러서며 나승만에게 눈짓했다. 나승만은 돈을 뜯어내려 작정을 했는지 느긋하고 낮은 목소리로 남자를 압박했다.

"나는 경찰에서 30년간 몸담았소. 경찰은 한번 문 사람은 끝까지 놓지 않지. 아마 당신이 가장 유력한 용의자이니 당신이 진범이 아니라도 범인으로 만들려고 별짓을 다 할 거야. 빨리 서두르지 않으면 있던 증거도 없애고, 없던 증거도 만들걸?"

황주현은 똥 마려운 강아지처럼 안절부절못했다.

"그러니까 얼마냐니까요?"

"원래는 계약금이 있지만 당신은 돈을 지불할 능력이 없어."

"앞으로 제 앞으로 올 땅이 얼만 줄 아세요? 300억이에요. 300억."

"그것도 다 알아봤소. 그 땅은 실제 거래는 되지 않고, 호가의 삼 분의 일인 평당 100만 원 정도면 팔린다고 하더군. 그래도 다 팔린다는 가정을 하면 100억, 상속세를 낸다 해도…… 그래도 우리사회에서 갑부로 불리겠지. 그 안에만 있지 않는다면야."

"아까 일단 불구속으로 바꿀 수 있다는데 확실합니까? 아버지 돈, 아니 우리 집에 있던 2억은 어떻게 되는 겁니까?"

"그야 무죄가 된다면야……."

"좋아요. 일단 밖에만 나가면 계약금 조로 천만 원, 무죄를 증명하면 1억 어때요?"

당승표도 놀랐지만 나승만도 적지 않게 놀랐나 보다. 나승만은 당승표를 한 번 보더니 고개를 살짝 끄덕였다.

"좋소. 그 약속 꼭 지키쇼. 일단 변호사는 선임했소?"

"그렇습니다."

"구속적부심사 신청은?"

"변호사가 다음 주쯤 한번 신청해 보자고 하더라구요."

나승만은 고개를 끄덕였다.

"그렇다면 우리가 변호사와 만나 보겠소. 우리가 가지고 있는 의문 사항을 변호사에게 말한다면 반드시 불구속이 될 거요."

나승만이 더 물을 것이 있는지 당승표를 쳐다보았다.

"황주현 씨, 아버지가 갑자기 건물을 판 이유를 알고 있나요?"

"모릅니다. 아버지랑 사이가 좋지 않아요."

"도박과 여자 때문인가요?"

황주현의 눈이 동그래졌다. 하지만 부인할 수 없었는지 어깨가 푹 가라앉았다.

"맞습니다."

"가져가신 4억 중 2억을 사용했다고 하셨는데, 어디에 어떻게 사용하셨나요?"

"1억 얼마는 도박 빚을 갚고, 나머지도 술 마시고 도박하고 그랬죠."

"아버지가 건물을 팔았을 때 현금 10억을 받았다고 되어 있던데, 6억은 어떻게 됐는지 알고 있나요?"

"글쎄, 아버지는 제게 그런 말을 한마디도 안 하셨어요. 저도 모를 일입니다."

당승표는 황주현의 말을 열심히 메모했다.

"황주현 씨가 다니던 도박장과 만나는 여자를 알려 주세요."

"그런 것도 필요합니까?"

"물론입니다. 경찰은 이 사람들을 벌써 조사했을 거예요. 제 생각엔 없어진 6억이 이 사건의 키포인트가 될 거예요."

당승표는 궁금한 사항을 몇 가지 더 물어본 후 밖으로 나왔다.

먼저 변호사에게 전화하여 자신은 황주현에게 고용된 사설 탐정이라고 한 후 황 영감의 자상에 대한 정보를 제시했다.

변호사는 정보에 회의적이었지만 없는 것보다는 낫겠다는 말을 했다. 구속적부심사는 내일 신청하겠다는 변호사의 말을 마지막으로 전화를 끊었다.

나승만은 구치소를 나올 때부터 웃는 얼굴이었다. 아마 돈을 많이 받을 수 있어 그럴 것이다.

"이게 웬일인가? 잘하면 1억을 벌 수 있게 되었으니."

"아직 번 것은 아닙니다. 무죄를 증명해야죠."

"추리작가 출신 천재 탐정 당승표가 풀 것 아닌가?"

"암튼요. 모처럼 인천까지 왔으니 소래포구에 가서 도미 회랑 한잔 하시죠? 내일부터는 조사하러 다니는 데 바쁠 거예요."

술 얘기에 당승표 얼굴에 화색이 돌았다.

"허허, 도미회 좋지. 껍질째 썰어서 끓는 물에 살짝 데치면 소주엔 최고지, 암."

당승표는 나승만의 천진난만함에 웃음이 나왔다.

"근데 아까 일꾼들에 대해서 물어봤어야 하는 것 아닌가? 유력한 용의자가 될 텐데."

"거긴 벌써 경찰이 실컷 조사하지 않았을까요? 무슨 단서가 있었다면 이미 나왔겠죠."

"허허 그렇군. 경찰 제대한 지 얼마나 됐다고 감을 다 잃었네."

"내일 경감님은 이 사건을 맡은 경찰을 한번 만나 보세요. 만약 우리가 범인을 찾게 되면 제일 먼저 알려 준다고 하세요. 공을 다 넘긴다 이겁니다. 그래도 안 되면 돈도 좀 찔러 준다고 하고요."

나승만은 고개를 끄덕였다.

"내가 승진에 안달난 놈들은 얼굴만 보면 알지. 그건 내게 맡기게나."

"그래요. 전 먼저 옥상에서 떨어져 죽은 이태건에 대해서 조사해보겠습니다."

당승표는 무슨 생각을 하는지 눈동자가 먼 산을 향했다.

"이태건 학생 사건도 관할이 같은 경찰서가 아닐까요?"

"뭐 행정구역이 같으니 그렇겠지."

"그럼 이태건 학생의 조사 결과도 알아내실 수 있으면 알아내 주세요."

"오케이, 그렇게 하지."

둘은 정문에 길게 늘어선 택시를 잡아타고 소래포구로 향했다.

4

어젯밤 둘은 소래포구 근처 횟집에서 진하게 한잔하고 근처 모텔에서 하룻밤 묵었다. 아침에 근처 식당에서 해장한 후 각자의 임무를 수행하러 길을 나섰다. 당승표는 죽은 이태건 학생이 적이 많다는 어머니의 말에 관해 알아보고자 학교로 찾아갔다.

학교 행정실에 들러 자신이 찾아온 이유를 말하자 상담실로 안내되었고, 잠시 기다리자 표정에 적의가 보이는 50대 남자가 들어왔다. 남자는 학교의 교감이라고 자신을 소개했다.

당승표는 자리에서 일어나 명함을 주고 자신을 소개했다.

"안녕하세요. 전 당승표라고 합니다. 한 달 전 사고로 죽은 이태건 학생의 어머님에게 재조사를 부탁받았습니다."

학교 교감은 짜증 난 표정을 지으며 말했다.

"네, 그건 어머니께 들었습니다. 근데 말이에요. 경찰에서 학생 과실로 결정지었는데 왜 이렇게 학교를 괴롭히는 겁니까? 학생들, 교사들 모두 그 사건 때문에 너무 괴로워하고 있어요."

학생이 죽어서 괴롭다는 건지, 그 사건 때문에 귀찮아 괴롭다는 건지 알 수가 없었다. 아마 교감의 짜증이 묻어나는 목소리를 들으면 후자가 맞을 것이다.

"설마 학생이 죽었는데 그것 때문에 귀찮다고 하시는 건가요?"

교감은 뜨끔했는지 자세를 바로 고쳤다.

"그…… 그게 아니라 지금 학교가 정신이 없어요. 학교에 강당을 짓는 사업 때문에 회의다 뭐다 많거든요. 그리고 요 며칠 전 근처에서 살인사건이 났어요. 그거 때문에 경찰들도 들락거리고 그래서 그렇다는 겁니다. 확대해석은 하지 말아주세요."

당승표는 교감이 말한 살인사건이란 것이 황 영감 사건임을 짐작했다.

"황 영감 살인사건 말이죠? 그런데 그 사건 때문에 경찰이 학교로 왔다고요?"

당승표가 놀라는 표정을 짓자. 교감은 변명을 하듯 말했다.

"경찰이 온 것은요. 교장 선생님이 학교 운동장 옆에 텃밭을 일구거든요. 상추, 고추, 토마토 같은 거요. 많은 학교에서 그렇게들 하고 있습니다. 농사를 지으면서 그 영감님이랑 친해졌어요. 농사에 대해 이런저런 도움을 줘서요. 그래서 그런지 경찰이 찾아와 몇 가지 물었던 겁니다."

"아, 그렇군요. 교감 선생님도 경찰의 조사를 받았나요?"

"네, 사건 당일 교장 선생님의 알리바이를 묻더군요."

교감은 당승표가 준 명함을 한번 보더니 말했다. 아마 이름이 기억나지 않아서였을 것이다.

"그런데 당승표 씨는 황 영감 살인사건에 대해 물으러 오신 건 아닌 것 같은데."

당승표는 더 묻고 싶었지만 황 영감 살인사건은 차차 조사하기로 하였다.

"네, 그렇죠. 전 이태건 학생이 어떤 학생이었나 알고 싶습니다. 학생 어머님에 따르면 학교에 적이 많다고 하던데. 그게 무슨 말인지 궁금해서요."

"의뢰를 부탁한 어머님의 조사원에게 안 좋은 소리를 제 입으로 말하긴 뭐하네요."

"어머님의 말로는 이태건 학생이 학교에서 날라리 취급을 받았다고 하던데요."

"어머님이 그렇다면 그렇겠죠."

"교감선생님도 그렇게 생각하십니까?"

교감은 헛기침을 하며 입을 다물었다. 자신에게 손해가 있는 말을 절대 안 하리라.

"지금 어머님이 소송을 걸었다고 하던데요."

교감은 소송이란 말에 불쾌한 표정을 감추지 못했다.

"학교에 술이 있었다는 것은 당연히 문제가 있습니다. 그런데 그걸 훔쳐 먹었어요. 옥상 입구를 자물쇠로 잠가 뒀는데 그 열쇠를 훔쳤어요. 도대체 누가 잘못했습니까?"

"학생 잘못이 크네요."

"네!?"

"그 학생 잘못이 크다고 생각한다고요. 열쇠를 훔치고 술을 훔치고 훔친 놈이 나쁜 놈이죠."

학생 어머니에게 고용된 사람이 자신의 말에 동의하니 놀랐을 것이다. 교감은 테이블 위에 명함을 다시 한번 보더니 말했다.

"당승표 씨? 그럼 당신은 무엇을 하러 여기 오셨습니까?"

"저는 이태건 학생의 사인에 대해 놓친 것이 없나 확인하러 왔습니다. 이번 소송에는 전혀 관계가 없을뿐더러 관심도 없습니다."

교감의 표정이 한층 누그러졌다.

"아무튼 전 몰라요. 경찰에서 과실로 인한 사망이라고 결론 내렸……"

그때 교감의 휴대전화가 울렸다. 교감은 화면을 보더니 당승표에게 양해를 구하고 수신 버튼을 눌렀다.

"어, 교무부장."

"……."

"여기 상담실이야."

"……."

"강당 건축 실사단이 지금 왔다고. 그래 알았어. 교장실로 가면 되지?"

교감은 전화를 끊고 말했다.

"우리 학교 운동장에 강당을 지어야 해요. 지금 국토부에서 실사단이 나왔다고 하네요. 학교 입장에서 예산을 지원 받느냐 못 받느냐 중요한 갈림길에 서 있습니다. 저는 그만 가 봐야겠어요."

교감은 자리에서 일어나더니 할 말이 있는지 잠시 입술을 깨물었다.

"어차피 좀 더 알아본다면 아실 테니까 제게 들었단 말을 하지 마세요. 2학년 교무실의 문희석 선생을 만나 보세요. 이태건 학생이 죽기 전까지 학생 어머니와 소송 중에 있었습니다."

학생 어머니와 소송이라. 뭔가 느낌이 왔다.

당승표는 4층에 있는 2학년 교무실로 갔다. 노크한 후 안으로 들어가자 교사로 보이는 몇 명의 여자가 당승표를 보았다. 하지만 바로 고개를 자신의 컴퓨터 화면이나 책상으로 돌려 버렸다. 당승표는 일부러 크게 말했다.

"문희석 선생님을 만나러 왔습니다."

당승표의 말에 30대 초반으로 보이는 건장한 남교사가 자리에서 일어났다. 우락부락한 팔뚝에 혈관이 튀어나와 있었다.

"접니다. 누구시죠?"

당승표는 덩치의 교사에게 명함을 주고 말했다.

"이태건 학생 때문에 왔습니다. 잠시 이야기할 수 있을까요?"

문희석은 교무실을 한번 둘러보더니 당승표에게 따라오라는 눈짓을 했다. 교무실 바로 옆 휴게공간이 있었다. 자리에 앉은 문희석은 명함을 유심히 보더니 말했다.

"우리나라에도 탐정이 있나요?"

"아직은 아니지만 민간조사업법이 몇 년 안에 통과되리라 봅니다."

남자는 고개를 끄덕이더니 물었다.

"그래요? 그런데 무엇을 알아보시러 왔나요?"

"이태건 학생과 소송 중에 있었다는데 그 자세한 사항을 좀 듣고 싶네요."

문희석은 명함으로 책상을 톡톡 쳤다.

"제가 경찰도 아닌 당신에게 말할 의무는 없겠죠?"

"맞습니다."

문희석은 의자에 등을 기대더니 거만하게 앉았다.

"미리 말해 두겠는데요. 저도 그것 때문에 경찰 조사를 받았어요. 이태건 학생이 떨어지던 날 알리바이는 경찰이 다 확인했어요. 탐정을 한다고 경찰보다 우수하지는 않겠죠?"

경찰도 이태건 학생 사건으로 이 남자를 조사했을 것이다. 그럼 알리바이도 확실하다는 것이다. 탐정을 무시하는 듯한 태도는 못마땅했지만 당승표도 이야기를 듣기 위해 고개를 끄덕였다.

"그렇군요."

문희석은 당승표에게 억울함을 호소하듯 말했다.

"죽은 사람을 욕보일 생각은 없습니다. 하지만요. 이태건 학생은 좀 심했어요. 이 학생은요, 학교의 짱입니다. 학생들은 이태건에게 꼼짝 못 했고요. 교사들도 마찬가지였습니다. 수업시간에 자든 말든 아예 건들지를 않았어요. 교사가 자는 것을 깨우면 오히려 욕을 했어요. 그러니 선생들은 아예 건들지 말자로 갔죠. 하지만요, 전 그런 학생의 행동을 가만 두지 못했어요."

당승표는 문희석의 덩치를 보고 그럴 것이라 생각해 고개를 끄덕였다.

"이태건도 제게는 꼼짝 못 했었지요. 저라도 지도해야겠다고 생각하고 수업시간이면 계속 깨웠죠. 한번은 여기로 데려와 혼내는데 자기 혼자 자해를 하는 거예요. 이마를 벽에 부딪치길래 말리느라고 애를 잡았죠. 그랬더니 목을 졸랐다고 경찰에 신고한 거예요."

문희석의 주먹에 힘이 들어갔다.

"우리나라 법이 참 이상해요. 약자를 보호하는 것도 한계를 두어야지. 그러니 나라가 망할 징조를 보이는 겁니다. 결국 폭행이 성립되어 벌금 50만 원 형을 받았어요."

"진짜 목을 졸랐나요?"

당승표의 말에 문희석은 약간 흥분했다.

"장난해요? 목을 조른 것은 무혐의예요. 그래서 법이 이상하다는 거예요. 판사 놈 제정신인지 모르겠어요. 판사는 단지 고함을 친 것 때문에 폭력이 성립됐다는 거예요. 학생에게 고함을 쳐서 학생을 위축시킨 것도 폭력이래요. 전 그것 때문에 평생 폭력교사 꼬리표가 달리겠지요."

당승표는 나승만이 있었다면 '그래서 죽였나?'라고 물었을 거라 생각했다. 그때 수업을 마치는 종소리가 들렸다. 하지만 문희석은 아랑곳하지 않고 계속 열변을 토했다.

"그 놈은 동급생들, 특히 장애 학생을 얼마나 괴롭혔다고요. 장애 학생을 진짜로 폭행했어요. 결국 학교폭력대책자치위원회가 열렸지요. 그런데 그 엄마가 학교에 와서는 뭐라고 했는지 아세요? 왜 자기 자식이 장애인과 같이 수업을 들어야 하냬요."

당승표는 진짜 왜 그래야 하는지 궁금했지만 묻는 것은 예의가 아닌 것 같았다. 그때 휴게실 문이 열리고 50대로 보이는 중년의 남자가 들어왔다.

"부장님."

문희석은 당승표와 중년의 남자를 서로에게 소개했다.

"이분은 우리 2학년 부장님 임병주 부장님이세요. 그리고 부장님 이분은⋯ 그러니까 탐정이라는데 이태건에 대해 물으러 왔답니다. 이름은⋯⋯."

문희석은 당승표가 준 명함을 다시 들여다봤다. 당승표는 명함을 한 장 더 꺼내 임병주에게 주었다.

"당승표입니다."

"그래요? 앉읍시다. 아이고, 문 선생, 손님이 오셨으면 음료수라도 드리지."

임병주는 서글서글 웃으며 휴게실 한쪽에 있는 냉장고에서 비타민 주스 병을 세 개 꺼냈다. 당승표는 갈증이 나던 차에 음료수를 따서 한 번에 마셔버렸다. 임병주가 문희석을 보며 물었다.

"그래 무슨 이야기를 하고 있었나?"

"그러니까⋯⋯"

문희석이 생각나지 않는 것 같아 당승표가 나섰다.

"이태건이 장애 학생 폭행으로 어머니가 와서 왜 장애 학생과 같이 수업을 들어야 하냐고 따진 이야기입니다."

문희석은 생각이 났는지 다시 목소리를 높였다.

"맞아요. 그 아들에 그 엄마라고 둘 다 안하무인이었어요. 그렇게 우겨 대니 겨우 특별교육 5일을 받았답니다. 소리 지른 저는 벌금형이고 실제 폭행을 저지른 그 놈은 특별교육이 말이 되나요?"

너무 시시콜콜한 이야기를 한다고 생각했는지 임병주가 문희석을 만류했다.

"문 선생, 다음 시간 수업 아닌가?"

그때 수업 시작종이 울렸다.

"아 맞아요. 그럼 전 수업에 들어가 보도록 하겠습니다."

문희석이 나가자 임병주가 말했다.

"열정이 넘치는 선생이에요. 그래, 탐정이라는데 정확히 무엇을 알아보러… 아니, 그 어머니께서 무엇을 의뢰하셨나요?"

"어머니는 이태건 학생이 과실로 인한 사망인지 혹시 다른 이유에선지 조사를 부탁했어요."

"뭐 경찰에서 과실로 결정한 데는 그만한 이유가 있어서가 아닐까요?"

"저도 그렇게 생각합니다. 그래도 돈을 받았으니 일을 해야겠죠. 사건의 내막이 전부 납득이 가면 저도 물러날 겁니다."

임병주는 자신의 음료를 따르더니 한 모금 마셨다.

"제 교직 경력이 올해로 딱 20년이 되었네요. 그런데 말이죠. 20년간 이런 학생은 처음 봤어요. 교무실 비밀번호를 알아내지 않나. 옥상 열쇠를 훔치지를 않나⋯⋯"

"아, 이태건 학생의 악명은 충분히 들었습니다."

"그래요? 제가 2학년 부장이라 저도 경찰에 많이 조사를 받았었죠. 하필 우리 2학년 교무실의 소주를 훔쳐가는 바람에⋯⋯ 그래서 저도 곤욕을 치렀죠. 제가 사건에 대해 좀 아는데 알려 드릴까요?"

"아 그래요? 무엇을 알고 있나요?"

"이름이 당승표 씨라고 했나요? 지금 당승표 씨는 저 문희석 선생을 의심하고 있죠?"

당승표는 의심까지는 아니었지만 그냥 의문이 있긴 했었다. 임병주는 목소리를 조금 낮추어 말했다.

"경찰도 정황상으로 문희석 선생을 의심했어요. 그래서 문희석 선생이 살고 있는 아파트의 CCTV를 다 조사했죠. 문희석 선생의 알리바이는 문제없었습니다. 일요일인 그날 문희석 선생은 친구들과 몸을 가누지 못할 정도로 술을 마시고 집으로 들어갔죠. 그것이 CCTV에 찍혀 있었어요."

만약 살인이라면 가장 유력한 동기를 가진 문희석을 충분히 조사했을 것이다.

"그럼 그 김희우라는 여학생은 어떤가요? 충분히 밀어 버릴 수 있지 않을까요?"

당승표의 질문에 임병주 부장의 눈빛이 흔들렸다.

"김희우 학생은 원래는 착한 학생이었어요. 2학년 올라와서 이태건 패거리의 꼬임에 넘어간 거죠. 아무튼 그것도 경찰에서 조사했어요. 우리 학교 건물 각 층 복도에는 CCTV가 있어요. 그리고 이태건 학생이 떨어진 현관 입구도 CCTV가 있었고요. 김희우 학생이 화장실에 들어가는 시간과 이태건 학생이 떨어진 시간을 정확히 비교했겠죠."

당승표는 경찰이 과실로 결정했을 때는 그만큼의 이유가 있었을 거라 생각했다. 의심이 가는 모든 사람이 정확한 알리바이가 있었던 것이다.

"교무실의 술은 어떻게 된 거죠? 학교에 술이 있다니 일반인으로서 이해를 못 하겠네요."

"2학년 교사들이 연수 갔을 때 먹다 남은 술이었어요. 일단 교무실 냉장고에 보관하다가 처리하려고 했는데 차일피일 미루다 보니 그렇게 된 거지요. 다른 학교도 조사해 보면 그런 술이 꽤 있을 겁니다."

"그럼 야간에 경비는 어떻게 된 거죠?"

"학교는 야간에만 지키는 경비가 있어요. 물론 외주업체였죠. 경비가 나이가 조금 있었어요. 타성에 젖었던 거죠. 야간 순찰은커녕 세콤도 켜지 않고 있었죠. 그 외주업체도 그 경비도 곤욕을 치렀을 겁니다."

"그럼 열쇠는요? 옥상 열쇠는 어떻게 된 거죠?"

"열쇠 관리라는 것이 그렇게 철저하게 하지 않았어요. 이태건 패거리가 일찍이 열쇠를 훔쳐서 옥상에 자주 갔었나 보더라고요. 옥상에 가서 담배 피우고 몰래 술도 마시고 그런 겁니다."

당승표는 더 이상 물을 것이 없다고 판단하고 자리에서 일어났다.

"네 알겠습니다. 도움을 주셔서 감사드립니다."

"뭐 의뢰를 받았으니 어쩔 수 없겠지만은 우리 교사들도 그 사건으로 많은 고통을 받고 있어요. 할 수 있다면 그 어머니 좀 말려 주세요."

당승표는 찝찝한 마음에 창문으로 눈을 돌렸다. 비록 4층이지만 창문으로 보이는 경치가 확 트인 것이 멋있었다. 이를 눈치채고 임병주 부장이 창문 쪽으로 걸어갔다.

"경치가 멋있죠? 이 주변이 모두 그린벨트 지역이라 경치하나는 끝내줘요."

당승표도 창문으로 가서 잠시 경치를 감상했다. 그때 당승표의 눈에 운동장에서 분주히 사람들이 움직이는 것이 보였다. 측량장비 같은 게 있는 것으로 보아 아까 교감이 말했던 강당 때문일 것이다.

"운동장도 좁은데 저기다 강당을 지으면 운동장이 더 좁아지겠네요."

임병주는 손뼉을 한 번 치며 동의했다.

"그렇죠? 원래는 운동장밖에 지으려고 했어요."

임병주는 손가락으로 운동장 이곳저곳을 가리켰다.

"원래는 두 군데가 후보였죠. 저기 정문 옆쪽으로 배나무 밭이 보이죠? 저기랑 저쪽 비닐하우스가 많은 저쪽이요. 결국 비닐하우스 쪽이 결정되어 거기에 지으려고 했어요. 교육청, 구청, 시청, 교육부까지 통과되고, 그린벨트이기 때문에 마지막으로 국토부에 서류가 올라갔는데 그쪽에서 반려를 했어요. 저도 몰랐었는데 학생당 운동장 면적이 있더라고요. 학생 수가 점점 줄어 지금의 학생 수를 고려한다면 저렇게 운동장 안에 지어도 문제가 없다고 하더군요. 그래서 일단 강당 계획이 뒤로 많이 연기되었습니다. 뭐 덕분에 강당 부지를 새로 사려던 세금 60억을 아꼈지만요."

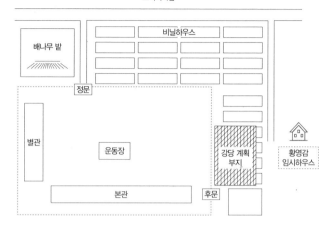

　당승표는 한 공무원의 적극성이 아니었다면 세금 60억이 날아갈 뻔했다고 생각했다.

　"땅값이 60억이라니 땅 주인이 이 사실을 알았다면 통곡했겠네요."

　"땅 주인도 사전에 강당 계획을 알았을 거예요. 그래서 땅값을 올리고자 저렇게 비싼 비닐하우스도 새로 지은 거고요. 이제 요단강 건넜으니 억울해하지도 못하겠지만요."

　요단강을 건넜다니 당승표는 순간 황 영감이 떠올랐다.

　"저기 땅, 그러니까 강당을 지을 후보지가 며칠 전 살해당한 황 영감네 땅이었어요?"

"맞아요. 그래서 경찰이 우리 학교에도 왔었어요."

당승표는 일련의 사건들이 연결고리가 있을 거라는 생각이 들었지만 자욱한 안개로 그 길이 아직은 보이지 않았다.

"저기 임 부장님, 원래 강당 후보지가 두 군데였다고 했잖아요. 최종 부지 결정은 누가 한 건가요?"

"학교 의견이었어요. 교문 옆 배나무 쪽은 본관에서 너무 멀고 도로가에 있어서 시끄럽지 않을까 해서 비닐하우스 쪽으로 결정하게 되었죠. 물론 교사들의 의견이었고 최종 결정은 교장 선생님이 합니다."

"교장이 한다고요? 교장 한 명이 결정을 바꿀 수 있나요?"

"학교란 곳이 원래 그래요. 최종 결정권은 교장에게 있죠."

당승표가 한참 생각에 빠져 있을 때, 나승만에게서 연락이 왔다. 당승표는 임병주 부장에게 감사인사를 전한 후 밖으로 나왔다.

5

어느새 점심때가 되어 나승만과 처음 갔던 소머리국밥집에서 만났다. 어제와 마찬가지로 사람이 꽤 많았다. 처음과 같이 당승표는 보통, 나승만은 왕소머리국밥으로 시켰다.

"경찰 쪽은 매수되었나요?"

"매수까지는 못했네. 인천 쪽은 아는 사람이 없어서 접근하기가 쉽지 않았어."

나승만은 숟가락으로 국밥을 크게 떠 입으로 가져갔다. 나승만은 다시 깍두기를 가져가 우적우적 씹으며 말했다.

"하지만 내가 누군가? 중요한 사건 증거나 수사내용은 알수 없겠지만 사건의 흐름을 알 수 있었다네. 어차피 아들 황주현의 변호사에게 황 영감의 상처 모양의 의심스러운 점을 말했었잖아. 그것을 수사관에게 알려 주었다네. 가는 것이 있어야 오는 것이 있을 것 아닌가? 덕분에 몇 가지 건졌지."

오늘쯤 변호사가 상처 모양을 가지고 구속적부심사를 청구할 것이니 별 문제 없을 것이다.

"뭐, 이제 그 정보야 변호사를 통해 전달되었겠죠. 잘 하셨어요. 그런데 몇 가지 건졌다니요? 새로운 정보가 있었나요?"

나승만은 다시 국밥을 크게 떠 입으로 가져갔다.

"거. 황 영감 말이야. 아들 말고도 용의자가 있나 봐."

당승표도 국밥을 떠먹으며 말했다.

"혹시 옆의 수인고등학교 교장 아닌가요?"

"자네가 어떻게 알았나?"

"학교에서 조사하다 경찰이 왔었다는 것을 알았습니다.

여기 교장이랑 황 영감이랑 교류했었다는 것을 알았어요."

나승만은 국밥을 먹던 숟가락을 들고 지휘봉처럼 흔들었다.

"그날, 그러니까 황 영감이 죽은 날 오전 10시 20분쯤에 교장이 황 영감의 임시하우스에서 나오는 것을 옆 밭에서 일하는 한 할머니가 목격한 거야. 아들은 11시쯤에 가서 돈을 훔쳐 내 나오고. 저녁 6시에 외국인 일꾼에게 발견되었지. 그리고 경찰에서 사망 추정시각은 10시부터 12시 정도까지라는 것이야. 그러니 교장과 아들 두 명 모두 유력한 용의자가 되는 거지."

나승만은 나머지 국밥을 박박 긁어먹더니 냉수를 벌컥벌컥 들이켰다. 당승표도 몇 숟가락 더 떠먹고 국밥 그릇을 옆으로 밀었다.

"그럼 교장의 알리바이는 어떤가요? 경찰이 학교에 가서 조사했었겠죠?"

"그런데 말이야. 그날은 기획회의라고 교장, 교감, 부장 선생들이 모여서 회의를 하는 날이었나 봐. 아침 9시부터 10시까지 그 기획회의를 했다는 거야. 그리고 수업 시작이 10시 10분인데 그때 운동장에서 교장을 보았다는 교사도 있었나 봐."

"만약 교장이 범인이라면 10분 안에 학교에서 황 영감의 임시하우스로 가서 16방을 찔러 죽이고 나와야 하겠네요. 학교 정문으로 나와 황 영감 임시하우스로 가는데까지만 10분이 걸리겠는데요."

"아니야, 학교 옆 울타리에 교장이 주로 이용하던 쪽문이 있었나 봐. 그럼 5분 정도 걸려. 하지만 경찰도 난감한 것이 5분 안에 16방을 찔러 죽이고 나올 수 있냐는 거야."

당승표도 의문에 가득 찬 얼굴이 되었다.

"그러게요. 동기는요. 교장이 황 영감을 죽일 만한 동기가 있냐고요."

"글쎄, 아직 거기까지는 경찰도 조사 중에 있나 봐. 교장이 황 영감을 죽일 시간이 부족하다는 이유에서 용의자는 아들로 기울고 있나 본데."

당승표의 머리에는 교장, 강당 부지가 마구 맴돌았다. 무언가 유기적인 생명체처럼 연결되어 있을 것만 같았다.

"그런데 말이야. 자네는 학교에서 무언가 얻은 것이 있는가? 애 죽은 것 말이야."

나승만의 중저음에 당승표는 안개 속에서 빠져나와 일단 황 영감 사건은 뒤로 미뤘다.

"그 이태건 학생이 엄청 양아치였더라고요. 학교에서 혀를 내두를 정도였어요. 그리고 그 어머니에게도 두 손, 두 발 다 들었나 봐요. 동기를 가진 선생도 있었는데요. 경찰에서도 충분히 조사한 것 같더라고요. CCTV의 증거로 누군가 살해할 가능성이 전혀 없어서 술 마시고 취해서 스스로 떨어진 것으로 결정 내렸나 봐요."

"그럼 어떡하지? 괜히 사건을 맡은 것 아니야?"

"돈은 받았으니 이따 학교 수업을 마치면 김희우라는 여학생만 만나 보고 손을 떼자고요."

식사를 마치고 둘은 황 영감의 임시하우스로 갔다. 임시하우스란 것이 절대농지에 건물을 지을 수 없어서 조립식 창고를 개조한 것인데 철골 구조에 패널을 붙여 만든 것이다. 넓은 밭의 군데군데 같은 식의 건물이 보였다. 나승만은 출입금지라고 쓰인 폴리스라인을 무시한 채 입구의 손잡이를 돌렸다.

"잠겨 있는데. 어떡할까?"

"안에 들어간다고 뭐 뾰족한 것이 있겠어요? 저기 학교로 통하는 쪽문이나 가 보자고요."

학교 담장은 주변이 그린벨트여서 그런지 녹색 철망 펜스로 되어 있었다. 높이는 성인 키를 넘지는 않았다. 학교 본관 건물 옆쪽으로 쪽문이 보였다.

"경감님, 저게 쪽문인가 봐요."

"가서 보자고."

쪽문은 진짜 작은 문으로 너비는 50센티 정도고 높이는

1m 정도였다. 은색 합금으로 격자 모양으로 되어 있었다. 당승표가 쪽문을 발로 톡톡 차면서 말했다.

"말 그대로 진짜 쪽문이네요."

"뭐야, 잠금장치도 없고 누가 들어오면 어쩌려고."

"잠금장치가 뭐가 필요하겠어요. 담도 이리 허술한데. 하긴 주변이 다 농지인데 사실 이런 담도 필요 없겠죠. 교장이 텃밭을 운영하려 낸 것 같네요."

나승만이 격자 사이를 잡고 당기자 쪽문이 아예 뜯어져 나왔다.

"뭐야 이거. 허술해도 너무 허술하구먼."

"격자문을 펜스에 걸쳐 놓은 거네요."

나승만은 격자 쪽문을 어렵지 않게 들었다 놨다 했다.

"이 격자봉은 속이 비어 있나 보네. 아주 가벼워."

당승표가 격자 쪽문을 받아 들어 보았다.

"아마추어가 만들었는지 용접 자국도 그대로네요."

그때 학교 안쪽에서 여자 두 명이 걸어왔다. 운동장 바깥쪽을 크게 돌아 걷는 것이 산책하는 것 같았다. 나승만이 당승표에게 말했다.

"저기 누가 오네. 쪽문을 어서 걸어 두게."

당승표는 쪽문을 다시 펜스에 걸쳐 달았다.

괜스레 마주치기도 민망해 둘은 학교를 등지고 반대편 밭을 바라보았다. 학교의 교사인 듯한 두 여자는 그냥 지나치지 않고 둘에게 가까이 걸어왔다.

한 여자가 둘을 유심히 쳐다보더니 말했다.

"나승만 아저씨?"

나승만은 자신의 이름이 불리자 신속히 뒤돌아보았다. 나승만은 여자의 얼굴을 금방 알아볼 수 있었다.

"김민영?"

여자는 추리퀴즈게임 2차 때 같은 조에 속해 있던 예비교사 김민영이었다. 김민영은 함박웃음을 지었다.

"여긴 어쩐 일이세요?"

"조사차 왔다네. 자네는 여기 왜 있는가?"

"이 학교에 기간제 교사로 있어요."

"아 그렇지. 그때 과학교사인가 그랬었지? 그런데 기간제는 뭔가?"

"일종의 계약직이라고 보시면 돼요. 더운데 들어오세요. 냉커피나 한잔하시죠."

그렇게 나승만과 당승표는 김민영에게 안내되어 과학준비실로 갔다. 김민영은 얼음을 띄운 냉커피 세 잔을 타 왔다.

"시원하게 한 잔 드세요. 그런데 옆의 분은……"

"내 정신 좀 보게. 이분 이름은 당승표이고, 우리 나당 탐정사무소의 탐정이라네."

당승표는 명함을 하나 꺼내 김민영에게 건네며 인사했다.

"반갑습니다. 나 경감님께 얘기로만 들었을 때 만나 뵙고 싶었습니다."

김민영은 명함을 받아 유심히 보았다.

"네, 안녕하세요. 그러니까 탐정이시네요."

김민영은 나승만을 돌아보며 말했다.

"아저씨도 탐정이 되셨어요?"

나승만은 쑥스러운지 머리를 긁었다.

"그렇게 되었다네. 그나저나 자네 그때 최종단계에 진출하지 못해서 다행이었어. 정말이지 최종단계인 정선에서 죽다 살아났어."

"그러게요. 저도 뉴스를 보고 깜짝 놀랐습니다."

"여기 당승표 탐정은 거기서 만났어. 여러 가지 사건이 있었지만, 자네 사이코킹 구요동을 아는가? 지난겨울 인터넷에서 뜨거웠었지."

"그럼요. 저도 추리, 공포 마니아라고요."

"당승표 탐정이 구요동을 보내 버린 장본인이야."

김민영의 목소리가 괜히 들떴다.

"오~ 그래요? 대단하시네요. 근데 아까 밭에서는 무엇을 조사하셨나요? 혹시 밭 주인 할아버지가 살해되었다고 하는데 그것 때문이에요?"

"맞네. 그것 때문이야."

"그거 아들이 범인 아니었어요?"

"우리가 그 아들에게 의뢰를 받았어. 자신은 절대 범인이 아니라고 해서."

김민영은 이해할 수 없는지 냉커피를 들고 마셨다. 당승표는 김민영에게 자연스레 물었다.

"아까 우리가 들어온 쪽문은 언제부터 있었는지 아세요?"

김민영은 생각을 하는지 눈알을 굴렸다.

"글쎄 정확한 것은 모르겠는데 원래는 개구멍이 있었어요. 펜스가 뚫려 있어 허리를 숙이면 그리로 나갈 수 있었죠. 쪽문이 생긴 지는 한 달이 안 된 것 같아요."

"그 쪽문으로는 교장이 다닌 거죠?"

"네, 교장 선생님께서 텃밭을 운영하는데 쪽문 바로 옆이에요."

"거기로 다니는 다른 사람은 없나요?"

"거기로 가 봤자. 비닐하우스와 밭밖에 없는데……. 참, 아이들이 축구하다가 공이 넘어가면 쪽문으로 나가서 가져오곤 했어요."

당승표는 고개를 끄덕였다. 무엇을 깨달았는지 김민영의 얼굴이 어두워졌다.

"경찰들도 찾아왔었는데 혹시 교장 선생님이 사건과 관련 있나요?"

당승표가 아무 말도 하지 않자 나승만이 말했다.

"아직 확실한 것은 없네. 그날 황 영감의 임시하우스에서 나오는 교장을 봤다는 목격자가 있어서 그런 거야."

"그런 일이…… 교장 선생님은 원래 황 영감님이랑 친했는데."

김민영의 말에 당승표가 질문했다.

"친하다뇨? 김민영 씨가 어떻게 알죠?"

"황 영감님은 학교에 자주 왔었어요. 교장실에서 가끔 봤어요. 교장실에서 교장 선생님과 바둑을 두고 있었죠."

당승표의 눈빛이 날카로워졌다.

"교장은 청렴한 사람인가요?"

"그게 무슨 말이에요?"

"질문을 바꾸어 보죠. 교장은 도박, 술을 좋아하지 않나요?"

"무슨 질문 하시는지 모르지만 교장 선생님은 학교에서 선비로 통해요."

청렴하다는 뜻일 것이다. 당승표는 잠시 생각했다.

"혹시 교장 선생님이 돈이 많이 필요한 일이 있나요?"

"돈이라뇨……. 그걸 제가 어떻게……"

"아니 질문을 바꾸죠. 혹시 교장 선생님의 가족 중에 큰 병을 앓고 있는 사람이 있나요?"

무슨 생각이 났는지 김민영의 눈이 커졌다.

"있어요. 교장 선생님의 사모님께서 만성신부전증을 앓고 있었어요."

"만성신부전증이요?"

"네, 콩팥, 신장병이요. 학기 초에 신장 이식 수술을 받았다고 했어요."

신장 이식 수술이라는 말에 당승표의 동공도 확대되었다.

"그래요? 수술에 대해 다른 이야기 없습니까?"

김민영은 왜 이런 질문을 하는지 궁금했지만 일단은 대답하기로 했다. 그렇지 않아도 올 초 기간제 계약을 맺을 때, 교장 선생님의 안타까운 사연을 들었었기 때문이다.

"사실 교장 선생님 사모님의 수술이 이번이 두 번째예요. 저도 다른 선생님들에게 들은 얘기인데요. 작년에 아들의 신장을 이식받아 수술했었답니다. 그런데 합병증이 발병했대요. 아들의 선행이 쓸데없는 일이 되었죠. 한번 이식한 신장이니 다시 아들에게 돌릴 수도 없고, 교장 선생님 부부가 굉장히 괴로워했었대요. 다행히 올 초에 신장 기증자가 나타나 수술을 하셨답니다."

"그렇군요. 감사합니다. 좋은 정보를 얻었네요."

김민영은 왜 황 영감 살인사건과 전혀 관계없는 질문을 하는지 궁금했다. 이 당승표라는 탐정은 교장 선생님을 의심하고 있는 것이다.

"지금 탐정님은 교장 선생님을 의심하는 것 같은데 무슨 근거가 있나요?"

당승표는 고개를 들어 김민영을 보았다. 김민영은 빛나는 눈동자로 당승표를 지그시 바라보았다. 궁금증을 그냥 넘기지 못하는 아이의 얼굴이었다. 당승표는 얼음이 다 녹아 버린 냉커피를 한 모금 마셨다.

"우리는 황 영감의 아들에게 의뢰를 받았어요. 그러니 그날 황 영감의 임시하우스에 들어갔던 교장을 조사하는 것은 당연한 겁니다."

"황 영감 사건이라면 저도 들은 소리가 있어요. 아들이 돈을 훔쳐 갔다면서요. 그렇다면 아들이 범인이 아니겠어요?"

"아들의 말로는 4억을 훔쳤답니다. 그런데 황 영감이 며칠 전에 건물을 매각한 가격은 10억이라더군요. 사라진 6억을 설명할 수 없어요."

"그 말을 믿어요? 경찰에서는 아들을 체포할 때, 2억이 남았다는데 만약 4억을 훔쳤다면 2억은 어디다 쓴 건가요?"

반박하는 김민영의 모습이 귀여워 보였다. 당승표는 차분히 설명해 주었다.

"아들이 도박과 여자를 좋아했었나 봐요. 빚도 갚고 흥청

망청 썼다고 하더군요."

김민영은 야릇한 미소를 지었다.

"그러니까 그런 아들을 믿냐고요? 도박 중독자는 그렇게 거짓말을 잘한다고 하던데 사실은 8억을 쓴 것이 아닐까요?"

김민영도 추리를 좋아한다더니 조목조목 따져 들어왔다.

"경찰이 그것도 조사했을 겁니다. 아들 황주현이 돈을 갚았다는 사채업자도 찾아가서 얼마를 받았는지 조사했을 겁니다."

"과연 사채업자가 돈을 8억 받았다고 할까요? 탐정님이 사채업자라면 뒤가 구린 돈을 받았는데 사실대로 '8억을 받았어요.'라고 말하시겠어요?"

김민영은 추리 흉내만 내는 줄 알았더니 급소만 노리고 들어오는 파이터 같다. 나승만이 재미있는지 허허 웃었다.

"허허, 역시 실전 추리퀴즈게임 2단계에서 보여준 실력이 가짜는 아니었어. 그때 실력이 당연히 최종 단계에서 볼 줄 알았는데. 당 탐정, 여기 김민영의 활약을 내 말해 줬었잖아. 그거 기억나나?"

김민영이 따지고 들어왔지만 거부감은 들지 않았다. 당승표는 고개를 끄덕였다.

"사채업자가 돈을 받고 모른 척한다? 그것도 일리가 있네요. 조사에 참고하겠습니다."

나승만은 당승표가 아무 생각 없이 질문하지 않는다는 것을 알고 있었다.

"나도 당 탐정의 생각이 궁금하네. 우리가 황 영감 아들에게 의뢰를 받았으니 다른 사람을 의심해야 하는 것은 동의하네. 그리고 사건 현장에 왔었던 교장을 의심한다는 것은 당연하다고 생각해. 그런데 교장 가족의 병을 왜 물었나? 무슨 생각이 있는 거지?"

당승표는 말없이 커피를 마셨다. 나승만은 조금만 더 물으면 당승표가 자신의 이론을 말할 것을 알고 있었다.

"혹시 아는가? 여기 아가씨가 새로운 해답을 줄지."

당승표는 결심했는지 커피를 모두 마셔 버리고 잔을 내려놓았다.

"알겠습니다. 제 생각을 말해 보겠습니다. 민영 씨에게 새로운 정보도 많이 얻었으니까요."

당승표는 김민영의 얼굴을 보고 미소를 지었다.

"어디까지나 가정입니다. 경찰도 마찬가지지만 살인에는 동기가 중요합니다. 아무 이유 없이 살인하는 사람은 거의 없을 거예요. 아까 민영 씨 말대로 아들이 모두 훔쳤을지도 모르겠지만 가능성은 낮다고 생각합니다. 전 사라진 6억이 사건 해결의 열쇠라고 봤죠. 오전에 임병주 부장님과 얘기하다가 강당을 원래 황 영감 땅에 짓기로 했다는 사실을 알

앉어요. 구청, 시청, 교육청, 교육부까지 허가가 났다고 했습니다. 그런데 그린벨트 해제를 위해 국토부에 서류가 갔는데 거기서 반려가 났다고 하더군요. 학생 대비 면적으로 강당을 운동장에 짓는 것으로 검토한다고요. 민영 씨, 오늘 운동장에서 측량하는 것 봤죠?"

"네, 알고 있어요. 아깝게 되었어요."

"강당을 운동장에 지어서 절약되는 돈이 얼만지 민영 씨는 혹시 아십니까?"

김민영은 고개를 끄덕였다.

"알아요. 교직원 회의시간에 설명을 들었어요. 땅값 60억이 절약된다고 하던데요."

"맞아요. 평당 300만 원씩 2천 평, 황 영감은 무려 60억을 벌 수 있는 기회가 있었다는 겁니다. 나 경감님, 소머리국밥집 여사장이 가격만 형성되고 거래는 안 된다고 한 말 기억나죠?"

"그래. 기억나지. 실제 거래하려면 평당 100만 원이라고 했었지? 그게 사건과 무슨 관계가 있는 것이지?"

"어떤 물건을 사더라도 부가세가 붙지요. 그 수수료가 보통 얼마죠?"

나승만도 힌트를 주면 곧잘 이해하였다.

"10퍼센트! 사라진 돈과 같은 액수인 딱 6억이구먼. 거래가 이루어지는 100만 원에 판다면 20억, 시세로 형성된 300만 원에 판다면 60억을 벌게 되지. 그 차익이 무려 40억이야. 수수료 6억을 준다고 해도 34억을 더 버는 거니 가능성이 있구먼."

당승표는 극적인 효과를 위하여 미스터리한 목소리를 내려고 하였다.

"강당 후보지가 원래 두 군데였다고 하더군요. 두 군데를 여러모로 검토했겠지만 학교의 최종 결정권은 교장에게 있답니다. 그렇다면 이런 가설은 어떨까요? 강당 부지 선정의 대가로 황 영감이 먼저 수수료 10%를 제시했을 수도 있겠지만 아마 교장이 먼저 요구했을 겁니다. 물론 그 이유는 돈이 필요해서겠죠. 민영 씨 만약 제 가설이 맞는다면 교장 선생님은 수수료로 받은 돈 6억을 어디에 썼을까요?"

김민영도 추리에 일가견이 있는지라 당승표의 말뜻을 쉽게 이해할 수 있었다.

"신장 이식에 썼겠죠. 아들의 신장을 이용한 1차 수술비용은 해결할 수 있었을 거예요. 2차 수술도 비용이 그렇게 비싸지는 않……"

김민영은 놀랐는지 손으로 자신의 입을 가렸다. 당승표는 김민영이 말을 못 하자 대신 말했다.

"1차 수술 후 공여자가 그렇게 빨리 나올 수 있었을까요?"

나승만은 당승표의 추리력에 박수를 쳤다.

"역시 당 탐정이야. 신장 이식 수술을 받기 위한 순번이 그렇게 빨리 오지 못했을 거야. 6억이면 불법으로 공여자를 찾았다고 봐야겠군. 자. 그럼 교장의 동기도 찾았어. 그럼 살해 방법도 찾았나?"

당승표는 고개를 가로저었다.

"아직이요. 이제 본격적으로 찾아봐야죠. 김민영 씨는 5분 안에 16방을 찌르고 나올 방법이 있나요?"

"5분에 16방을 찌를 수는 있지 않나요?"

나승만이 대신 설명하였다.

"그건 쉽지 않다네. 아무리 살해를 하려고 했더라도 피해자와 이야기도 하고, 한 방 찔렀을 때 반항해 격투를 할 수도 있고, 16방을 찔렀다면 자신에게도 피가 많이 튀었을 거야. 황 영감이 살해당한 시간은 한낮이기 때문에 피를 뒤집어쓰고 돌아다니지는 못했을 거야."

김민영은 잠시 멍한 표정을 짓다가 무언가 생각이 났는지 자신의 서랍을 열더니 종이를 몇 장 가져왔다.

"이거 보세요."

김민영이 가져온 종이에는 학생이 공부한 듯한 학습 내용이 빼곡히 적혀 있었다. 나승만이 황당한 표정을 지었다.

"이게 뭔가?"

"이건 깜지라는 거예요. A4용지에 공부한 내용을 가득히 적어 내야 하는 거죠. 우리 반 학생에게 벌로 시킨 거죠."

"이게 살해 방법과 무슨 상관인가?"

"그냥 갑자기 생각이 나서요. 여기 보세요. 이놈들이 깜지를 빨리 쓰기 위해 볼펜 세 자루를 잡고 글씨를 썼어요. 한 번에 세 글자를 쓸 수 있죠. 칼 세 개를 한꺼번에 쓴다면 시간이 단축되지 않을까 해서요."

나승만은 김민영의 재밌는 생각에 크게 웃었다.

"하하하 재밌어. 황당하긴 하지만 역시 젊은 피라 머리가 팽팽 도는구먼. 자네 계약직이라고 했었지? 계약이 마무리되면 우리 탐정사무소로 오게나. 당 탐정, 괜찮지? 사무소에 여자 손길이 필요한 일도 있고."

당승표도 예리하고 발산적 사고를 하는 김민영이 사무소에 온다면 좋겠다고 생각했다.

"아, 네."

당승표는 대답하더니 김민영에게 깜지를 받아 유심히 보았다.

"민영 씨, 2학년 8반 담임이세요? 여기 깜지 위에 학생의 학번이 쓰여 있어서요."

"네 맞아요."

"혹시 김희우라는 여학생을 알고 있나요? 김희우가 8반이라고 했던 것 같은데.”

“네, 우리 반이에요.”

당승표의 표정이 밝아졌다. 당승표는 이태건 학생의 사망에 대하여 어머니에게 의뢰받은 이야기를 하였다. 이태건 학생의 품행과 어머니의 고소 등 오전에 들었던 이야기를 김민영에게 했다.

김민영은 만감이 교차하는 표정을 지었다.

“틀에 박힌 말이겠지만 희우는 착한 아이예요. 그런데 어떻게 이태건 패거리와 어울렸는지 모르겠어요. 보통 날라리라는 애들은 성품 자체가 달라요. 죄의식이 없죠. 자는 걸 깨우면 인상을 찌푸리면서 욕설을 하고, 자기보다 약하다고 생각되면 지능적으로 괴롭히고요. 그 애들은 특히 장애 학생을 많이 괴롭혔어요. 하지만 희우는 달랐어요. 저랑 상담할 때도 고분고분하고 직감적으로 나쁜 아이가 아니라는 것을 알 수 있어요. 탐정님은 혹시나 희우가 이태건을 밀었을까 생각하시는 거죠? 경찰서에서도 밝혀졌지만 희우는 절대 그런 애가 아니에요.”

당승표는 고개를 끄덕였다.

“김희우 학생의 부모님은 어떤가요? 사건 때문에 힘들었을 텐데 만나 보셨나요?”

김민영은 잠시 난감한 표정을 하더니 천천히 입을 열었다.

"이런 이야기를 하면 안 되는데…… 희우는 재혼가정이에요. 학생부를 보고 알았지요. 아버지 성이 '최'씨였어요. 어머니는 '김'씨고요. 저도 이상해서 작년 담임선생님께 물었는데 작년에 어머니 성인 김씨로 바꿨다고 하더군요. 이혼은 희우가 초등학교 5학년 때인가 했다고 들었어요."

"그럼 이혼할 당시 성을 바꾸지 않은 이유가 있을까요?"

"작년 담임선생님은 어머니가 작년에 재혼했는데 새아버지, 어머니와 희우의 성이 모두 다른 것보다 어머니를 따르게 하는 것이 낫다고 생각해서 바꿨다고 그러네요."

그때 수업 마치는 종소리가 울렸다. 김민영은 곧 종례를 해야 한다고 했다. 당승표는 김희우 학생의 주소를 물었고 김민영은 교무수첩을 뒤지더니 포스트잇에 적어 주었다. 당승표는 김민영에게 악수를 청했다.

"김민영 씨, 정말 큰 도움을 얻었습니다. 나 경감님 말씀대로 혹시 학교 계약이 끝난다면 나당 탐정사무소 취업을 생각해 보세요. 우리 사무소는 불륜을 캐거나 돈 떼먹은 사람을 찾거나 하지 않습니다. 미궁에 빠진 사건을 주로 파고 있어요. 김민영 씨 눈썰미라면 많은 도움이 될 것 같습니다."

김민영은 당승표의 손을 잡으면서 그냥 웃기만 했다.

6

다음 날 당승표는 교장의 살해 방법을 찾겠다고 황 영감의 임시하우스와 학교를 반복해서 왕복하고 있었다. 오전 내내 햇빛을 받은 나승만은 더위에 지쳐 인근 찜질방으로 피서를 갔지만, 당승표는 지치지도 않는지 계속 조사에 몰두했다. 특히 격자무늬 쪽문을 떼어도 보고, 교장이 가꾸었다는 텃밭도 면밀히 관찰했다.

다음 날에는 당승표의 의견대로 황 영감 살인사건을 수사하는 경찰을 만났다. 그 경찰은 나승만이 매수 중인 경찰이었다. 마침 경찰서가 터미널과 멀리 떨어지지 않은 곳이어서 중간의 커피숍에서 만나기로 하였다.

만나기로 한 형사는 약속한 시간에 나타나지 않았다. 나승만은 대수롭지 않다는 듯 아이스 카페라떼 더블샷을 한 잔 더 시키더니 설탕을 2개나 넣은 커피를 맛있게도 마셨다.

"너무 안달 떨지 말고 느긋하게 기다리게나. 형사들은 실제로 바쁘기도 하거니와 정보를 넘겨줘야 하는데 쉽게 발걸음이 떨어지지 않을 거야. 하지만 내 직감에 의하면 반드시 와."

나승만은 지금 돈을 밝히는 것처럼 현역 시절에도 다소 타락했을 것이다. 그런 나승만이 찍었으니 확실히 올 것이다.

"뭐 경감님이 골랐는데 확실하겠죠."

"허허, 그건 칭찬이 아니지?"

"하하, 눈치 하나는 빠르셔."

"뭐라고?"

나승만이 일어섰을 때 커피숍 입구가 열리고 한 남자가 들어왔다.

"저 분인가요?"

나승만이 뒤돌아 남자를 확인하더니 손을 흔들었다. 수더분한 아저씨 모습을 한 남자는 좌우로 눈치를 보더니 테이블로 다가왔다.

형사는 40대 초중반으로 보였고 피곤에 지쳐 있는 몰골이었다. 아마 승진에 번번이 실패하였을 것이다. 형사는 주변을 자주 둘러보면서 자리에 앉았다. 넉살 좋은 나승만이 분위기를 좋게 이끌었다.

"어서 오게나. 여기는 우리 나당 탐정사무소의 당승표 탐정이네. 실력이 대단하다고. 오늘 박 형사에게 좋은 소식을 안겨 줄 거야."

당승표가 손을 내밀자 형사는 어색하게 악수를 했다.

"그리고 당 탐정, 여기는 박근휘 형사님. 직위는 경사라네."

박근휘는 자리에 앉으며 아이스커피를 주문했다. 커피가 나올 때까지 별다른 말은 없었다.

커피를 내려놓고 종업원이 가자 입 안 가득 한 모금 마신 박근휘가 다소 까칠한 목소리로 말했다.

"경찰 선배님이라서 다시 만나기는 했지만 확실한 정보가 있어야 합니다. 우리 경찰도 노는 것만은 아니에요. 황 영감 수사가 많이 진행되었다 이겁니다. 경찰에서 모르는 정보가 아니라면 선배님과의 협상은 결렬되는 겁니다."

"그래. 그래. 알고 있네. 당 탐정, 어서 자네가 조사한 내용을 설명해 봐."

당승표는 박근휘의 태도가 고까웠지만 그래도 을의 입장이니 어쩔 수 없이 헤픈 웃음을 보였다.

"헤헤, 경찰에서는 황 영감 살해 용의자로 아들을 잡고 있잖아요. 잘못하면 큰일 날 수도 있어요."

박근휘는 '칫' 하고 조소를 내뱉었다.

"그래서 아들은 풀어주었소."

나승만과 당승표 아들을 풀어주었다는 말에 깜짝 놀랐다.

"네? 뭐라고요?!"

"아니, 뭐라고? 언제 풀려났나?"

둘이 너무 놀라자 박근휘도 덩달아 표정이 바뀌었다.

"왜 이렇게 놀라나요. 어제 아침에 풀려났어요. 구속적부심 결과 불구속 수사로 전향되었어요. 그래도 아직 유력한 용의자입니다."

나승만은 아직 유력한 용의자라는 말에 안심했다. 만약 유력한 용의자가 교장으로 바뀐다면 아들은 돈을 지불하지 않을 것이기 때문이다.

"이 새끼, 풀려났으면 연락을 해야지. 이제 풀려나니 우리가 필요 없다 이거구먼. 당 탐정, 내 지금 아들놈에게 전화해 보겠네. 자네는 박 형사님께 그간 조사 결과를 얘기하고 있게나."

"네, 그렇게 하죠."

나승만은 나지막이 육두문자를 읊조리며 밖으로 나갔다. 당승표는 박근휘에게 말했다.

"박 형사님, 경찰 쪽에서는 용의자를 누구로 생각하고 있습니까?"

박근휘는 표정이 일그러지며 냉커피를 들어 마셨다. '내가 왜 그런 것을 대답해야 하지?'라는 표정이었다. 아무래도 많은 것을 주어야 할 것 같았다.

"박 형사님, 제가 황 영감의 아들에게 진범을 찾아달라는 의뢰를 받은 것 알고 계시죠?"

박근휘는 대답 대신 커피잔 속의 얼음을 빙글빙글 돌렸다.

"그래서 말인데요. 경찰에서도 수인고 교장을 제2의 용의자로 생각한다지요? 제가 교장의 살해 동기를 찾았어요."

박근휘는 동작을 멈추고 커피잔을 테이블에 놓았다.

"어디, 자칭 탐정의 실력을 보여 주시오."

당승표는 강당 부지 선정부터 부지의 가격이 60억이라는 것, 최근 국토부에서 강당 건설이 반려되고 운동장 안에 짓게 된 것, 그리고 교장의 아내 수술 내용까지 천천히 설명했다.

박근휘의 얼굴 표정이 시시각각 변하는 것이 자기들이 아는 정보보다 더 많은 정보를 알고 있으리란 확신이 들었다. 심지어 교장의 아내가 신장 수술을 두 번 받았다는 이야기를 할 때에는 수첩을 꺼내서 메모까지 하였다.

"뭐 인정을 하지 않을 수 없겠소. 조사력이 대단하오."

"경찰에서도 이 정도는 조사가 되었겠지요?"

"물론이오. 한데 살해 방법이 문제야. 우리가 조사한 결과에 따르면 10분이란 시간 동안 학교에서 출발해 16방을 찌르고 다시 학교로 돌아와야 하지. 물리적, 심리적으로 불가능한 시간이지."

당승표는 만담을 하듯 형사의 말을 이었다.

"이런 문제도 있죠. 뉴스에서 황 영감의 상처를 보니 바둑판처럼 골고루 퍼져 있더군요. 급하게 살인하는 사람이 어떻게 자로 잰 듯 골고루 찌르겠어요. 일반적이라면 상처가 배 쪽에 몰려 있어야 하겠죠."

박근휘의 눈빛이 처음보다 호의적으로 변해 있었다. 당승표의 능력을 인정한 것 같았다.

"아들의 변호사가 그런 말을 했소. 경찰에서도 수수께끼를 하나 더 얻은 셈이지."

그때 나승만이 씩씩거리며 들어왔다.

"아, 황주현 이 새끼."

나승만은 자리에 앉아 자신의 커피를 크게 들이켰다. 그리곤 황 형사를 한 번 보더니 당승표에게 말했다.

"이 새끼가 풀려나더니 지금 어딘지 아는가? 도박장이라네. 내가 협박해서 겨우 계약금 이체받기로 약속받았네."

"남은 2억을 써 버리는 건 시간문제겠네요."

"그렇다네. 이제 어떻게 되든 사건에서 손을 떼자고. 우리가 한 것이 뭐가 있냐고 계약금 주기도 아까워하는 눈치야."

박근휘는 수첩을 주머니에 넣더니 말했다.

"이런 사건은 돈을 얼마나 받습니까?"

나승만이 재빨리 나섰다.

"그냥 입에 풀칠만 하는 정도지. 계약금은 인천에 내려온 며칠 동안 쓴 돈을 생각하면 벌써 적자야 적자."

"그래요? 안됐네요. 우리가 대화할 이유가 사라진 것 같네요. 그럼 전 이만 일어나 보겠습니다. 잠깐 외출한다고 나온 거거든요."

일어서는 형사를 당승표가 황급하게 잡았다.

"교장의 살해 수법을 알아냈어요. 상처 모양도 설명할 수 있고요."

"뭐라고?"

나승만이 더 놀란 눈치였다. 박근휘는 다시 자리에 앉았다.

"어디 한번 그 살해 수법을 말해 보시오."

"어제 하루 종일 살해 수법을 조사하다가 한 가지 결론에 도달했어요. 박 형사님은 상흔에 대한 조사 결과를 똑바로 기억하세요?"

"알고말고. 상처는 총 16방이고 상처의 길이가 2센티 전후로 가정용 과도로 추정하고 있소."

"혹시 상처의 깊이에서 규칙을 발견하지 못했나요?"

박근휘는 대답하지 못했다. 아니, 이 탐정이 무슨 말을 하는지 당최 알 수 없었다. 당승표는 미소를 지으며 이야기했다.

"아마 몸통의 가운데 부분 상처의 깊이가 깊고 몸통의 가장자리 상처가 얕을 겁니다. 즉, 몸의 중심부에서 가장자리로 갈수록 상처의 깊이가 낮아져요."

박근휘는 당승표의 통찰에 적잖이 놀랐는지 수첩을 다시 꺼냈다.

"맞소. 이건 뉴스에서도 발표되지 않은 것인데 어떻게 알았…… 아니, 그보다 빨리 살해 수법을 말해 보시오."

당승표가 살해 수법을 말하려는 찰나 나승만이 일어서며 이를 제지했다.

"잠깐! 당 탐정. 잠시 멈추게."

박근휘와 당승표 모두 나승만을 보았다. 나승만은 능구렁이 같은 미소를 보이며 말했다.

"우리 당 탐정의 실력은 확실하지. 아마 살해 수법을 정확히 알아냈을 것이야."

"그러니 그것을 말해 달라는 것 아닙니까? 선배님."

"인천까지 내려와 적자로 돌아갈 수는 없지."

박근휘는 어이가 없는지 한숨을 내쉬었다.

"선배님. 경찰이 박봉인 거 아시면서 그래요? 제가 줄 돈이 어디 있다고 그러십니까?"

나승만은 손사래를 쳤다.

"그런 뜻이 아니네. 우리는 아들놈 황주현에게 원래 받아야 할 돈을 받아야겠어."

"그게 무슨 뜻입니까?"

"아들놈은 지금 자신이 풀려난 것에 안심하고 도박을 하고 있는데 자네가 우리를 좀 도와 달라는 거야. 그러면 진범을 잡은 공은 자네에게 다 돌리겠네. 그렇지, 당 탐정?"

당승표는 나승만이 무슨 일을 꾸미는지 몰라도 돈에 대한 생각은 광속보다 빠를 것이라 생각했다.

"맞습니다. 저는 사건 해결에만 취미가 있거든요."

박근휘는 나승만에게 간청하는 눈빛을 보내며 말했다.

"그래요. 선배님, 저는 무엇을 하면 되는 겁니까?"

"아들에게 협박을 좀 해 달라 이거야. 지금 상황으로는 아들이 더 유력한 용의자잖아. 아들에게 찾아가서 곧 증거를 찾아서 존속살해로 사형을 받게 하겠다고. 밑밥 좀 깔아 달라 그거야. 그럼 아들은 우리를 다시 찾을 거네. 빨리 무죄를 증명해 달라고."

역시 나승만의 돈에 대한 집념이 대단하다고 생각했다. 그 짧은 시간에 이런 생각을 해내다니. 당승표는 조용히 눈을 감았다.

박근휘의 생각에도 별로 손해 보는 것 같지 않았다.

"그러시죠. 당승표 탐정, 어서 그 수법에 대해 말해 봐."

나승만은 당승표를 다시 제지했다.

"후배님, 조금만 참을 수 없겠나? 우리 수중에 돈이 확실히 들어와야 하지 않겠어? 자네가 교장을 금방 검거해 버린다면 아들놈은 나 몰라라 할 거야."

박근휘의 어깨가 가라앉았다.

"걱정 말게나. 자네가 황 영감 살인사건의 1등 공신이 되는 거야. 이번 미궁 사건을 해결한 공로로 승진도 가능할 거야."

나승만의 달콤한 속삭임에 박근휘는 자리에서 벌떡 일어

났다.

"알겠어요. 지금 아들놈을 족치러 가죠. 약속 꼭 지키세요."

일어서는 박근휘에게 당승표가 물었다.

"박 형사님, 수인고 이태건 학생의 사건도 맡으셨었지요?"

"그랬지."

"조건을 하나 더 넣을게요. 그때 조사 결과 좀 보여주세요."

"그건 더 뒤지고 자시고 할 것도 없을 텐데."

"알아요. 그냥 궁금해서 그래요."

"그래도 아무리 내가 조사했다고는 하지만 그 결과를 빼내기는 좀 그런데."

눈치 빠른 나승만은 상대방의 급소를 꿰고 있는 듯이 일어서서 박근휘의 귀에 작게 속삭였다.

"그냥 확인할 것이 있어서 그렇다네. 정보의 대가로 저번 계좌로 5장 넣어 줌세. 보안은 걱정 붙들어 매고."

박 형사는 미소를 한 번 짓고는 말했다.

"제 핸드폰으로 메일 주소나 하나 보내 주세요. 보안은 특별히 조심해 주시고요."

박 형사는 커피숍 문을 박차고 나갔다. 지금 아들놈을 찾아갈 것이다. 나승만은 박 형사에게 메일 주소를 적은 메시지를 보내고 황 영감의 아들 황주현에게 바로 전화했다.

[여보세요.]

"나 나승만이요."

[약속대로 계약금 천만 원은 입금했어요.]

"그래? 진범을 잡을 확실한 증거를 찾았는데, 우리의 계약은 끝난 건가?"

[아 그래요? 풀려난 후로 경찰이 찾지도 않던데 경찰도 그 증거를 찾은 것이 아닐까요?]

"그래? 그럼 이제 다 소용없으니 우리는 서울로 돌아가네."

[그래요. 조심히 돌아가세요.]

나승만은 전화를 끊으며 웃었다.

"이제 박 형사의 협박이 끝나면 오늘 중으로 만나자고 안달이 날 거네. 돈 얘기는 내가 할 테니 당 탐정은 가만히 있게나. 박 형사에게 준 돈까지 뽑아내야겠어."

당승표는 두 손을 들어 항복의 제스처를 취했다. 그 후 나승만에게 교장의 살해 방법을 설명했고, 박 형사에게서 이태건 사건의 조사 결과가 넘어와서 인근 PC방으로 가서 내용을 읽었다.

7

당승표의 의견으로 둘은 지금 김희우 학생이 살고 있는

집 앞에서 잠복 아닌 잠복을 하고 있었다. 집은 단독주택이 었다.

"당 탐정, 아까 조사 결과를 보면 이건 틀림없이 이태건 학생이 술이 취해 과실로 떨어진 거야. 박 형사가 보내 준 CCTV 영상도 그걸 증명하잖아."

"저도 원래는 그렇게 생각했죠. 근데 아까 영상을 보고 조금의 의심이 생겼어요."

"무엇을 말인가?"

"이태건이 떨어지고 난 후의 모습 말이에요. 김희우 학생 은 이태건의 시체에 와서 어떤 행동을 했죠?"

나승만은 아까 보았던 CCTV의 영상을 생각했다.

"떨어진 이태건에게 와서 죽었나 확인하는 듯했지."

"죽었나 확인하고 다음 어떻게 했죠?"

"건물 위를 보지 않았나?"

"그리고는요."

"도망치듯 빠져나갔지. 그게 뭐가 이상한가?"

당승표는 집 주변을 지나다니는 사람들을 관찰하며 말 했다.

"그럼 경감님께서 그날 시체를 확인하고, 다시 위를 본 여 학생의 행동을 설명해 보세요."

"그야, 김희우가 화장실을 다녀왔는데 옥상에는 이태건

이 없었지. 그래서 난간을 봤더니 바닥으로 추락한 이태건을 보았어. 재빨리 건물에서 내려와 이태건이 죽었나 확인했지. 죽은 것을 확인하고 옥상을 다시 본 거야. 아마 '저기서 떨어졌구나.'라는 생각을 하지 않았을까? 그리고는 무서워서 도망간 거야."

당승표는 여전히 주변을 관찰하며 말했다.

"김희우는 2시간 후 무서워서 신고했다고 했어요. 같이 술 마시던 친구가 죽었으니 얼마나 무서웠겠어요. 특히, 여학생이니 더욱 그랬으리라 생각됩니다."

나승만은 당승표의 다음 대답을 기다렸다.

"전 친구가 죽었나 확인하러 온 것이 이해가 되지 않아요. 이태건은 추락 시 두개골 골절로 즉사했다고 했어요. 그 모습이 흉측했지요. 바닥에 피도 많이 흘러 있었죠. 하지만 영상에서는 그것을 다가가 심지어 손으로 만지기까지 하면서 죽은 것을 확인했죠. 이것이 무서운 여학생이 하는 행동일까요?"

당승표의 말에는 묘한 설득력이 있었다.

"만약에요. 공범이 있다면 어떨까요? 추리소설에서 많이 나온 내용입니다. 수인고는 옛날 초등학교 건물을 인계받았어요. 옛날 건물에는 창가에 난간이 있지요. 그 난간에 공범이 있었다면 어떨까요? 미리 약속대로 김희우가 화장실에 가면 공범은 4층 난간에서 소리를 내는 거죠. 이태건은 옥상에서 소리가 나는 난간으로 다가갔어요. 난간에 있던 공범은 이태건을 확 잡아당겨 아래로 추락사시킨 겁니다. 술에 취해서 별다른 저항을 하지 못했을 겁니다."

"묘하게 설득력이 있지만 자네가 추리소설에 미쳐 있기 때문에 그런 생각이 들었을 거야."

"저도 그렇게 생각해요. 하지만 더 들어 보세요. 김희우는 침착한 행동으로 이태건이 죽었음을 확인하고 옥상을 쳐다봤어요. 무서웠다던 김희우는 빨리 도망가지 않고 옥상을 쳐다봤답니다. 옥상을 보며 머리를 한 번 쓸어서 뒤로 넘겼죠."

"음…… 자네 말대로라면 공범을 본 거구만. 옥상을 본 것이 아니라 4층 난간에 있는 공범에게 신호를 보낸 거야. 이태건이 죽었다는…… 머리를 쓸어 넘기는 것이 암호겠지."

"그리고요. 바로 신고하지 않은 것은 공범이 도망갈 시간을 주기 위해서겠죠."

나승만은 고개를 세차게 흔들었다. 당승표의 추리소설에 넘어가지 않겠다는 행동이었다.

"난 그런 소설 놀음에 넘어갈 수 없네. 황 영감 사건처럼 확실한 증거를 보이란 말이야. 그런데 오늘 여기는 왜 온 건가? 혹시 공범을 찾으러 왔는가?"

"그냥 할 일도 없잖아요. 이태건 어머니에게도 의뢰를 받았으니 노력은 해 봐야죠. 사실 공범이 누구인지 추측도 되지 않네요."

"이제 자네가 황 영감 사건 진범을 잡을 것이니 그것을 빌미로 황 영감 아들놈한테 1억을 받아 내면 그만이야. 이 사건은 잊게나. 고작 밝혀 봐야 2천 이상은 어려울 거야."

그때 나승만의 전화벨이 울렸다. 나승만은 화면을 확인하더니 표정이 확 펴졌다.

"황주현이야. 호랑이도 제 말하니 연락이 왔구먼."

나승만은 검지를 자신의 입술에 대며 전화기 통화 버튼을 눌렀다.

"황주현 씨, 이제 볼일 없을 것처럼 말하더니 웬일인가?"

[당장 만나요. 그나저나 아까 말씀하신 진범을 확실히 찾았나요?]

"찾았지. 하지만 우린 서울행 전철을 타기 직전이야."

[죄송합니다. 제가 도박에 미쳐서요. 도박할 때 아무 생각이 나지 않아요. 원래대로 계약 계속 진행합시다.]

"자네 도박하느라 남은 현금 다 쓴 거 아니야?"

[진범만 밝혀 주세요. 그러면 전 이제 300억 대 자산가가 되는 겁니다.]

"땅이 팔려야 그렇지.

[아무튼 일단 만나요. 만나서 계약서 씁시다.]

나승만은 못 이기는 척 약속을 잡았다.

"알겠네. 그럼 그리로 가지."

나승만은 전화를 끊더니 승리의 포즈를 취했다.

"당 탐정, 가자고. 1억 벌었어."

"돈에 대해서는 나 경감님께 맡겼잖아요. 전 여기 더 있겠습니다. 그리고 박 형사에게 연락이 오면 오늘은 늦었으니 내일 10시쯤 황 영감님 임시하우스에서 만나자고 하세요. 그때 살해 방법을 밝히겠다고요."

"알겠네. 그럼 원하는 결과를 얻기를 바라네."

나승만이 돈을 받아 내러 떠난 후 1시간쯤 지났을 때, 김희우 학생 집으로 들어가는 중년의 남자가 있었다. 당승표는 다급하게 다가가 남자를 불러 세웠다.

"실례합니다."

중년의 남성은 뒤돌아보더니 당승표의 정체를 파악하려고 아래위로 살폈다.

"누구신지?"

당승표는 명함을 꺼내 보이며 자신을 소개했다.

"전 당승표라고 합니다. 혹시 김희우 학생 아버지 아니신가요?"

"일단은 맞습니다만 희우에게 무슨 볼일이 있으신가요?"

남성이 '일단은' 이란 표현을 쓴 것은 자신이 새아버지이기 때문일 것이다.

"일전에 있었던 사건에 대해 묻고 싶은 것이 있어서요."

"그 학생 사망 사건이요?"

"네, 맞아요."

"그 사건에 대한 것이라면 전 할 말이 없어요. 특히, 희우랑은 말 안 한 지 오래됐어요."

"뭐 사소한 거라도 괜찮습니다. 날씨도 더운데 어디 커피숍이라도 가서……"

남성은 손을 들어 당승표의 말을 끊었다.

"가겠다면 시원한 호프집으로 가시죠. 미리 말해 두지만 전 말해 줄 게 별로 없습니다."

"좋습니다. 날씨가 더우니 맥주가 좋겠네요."

남성은 근처의 한 프랜차이즈 치킨집으로 당승표를 데리고 갔다. 치킨집에 자주 왔었는지 사장으로 보이는 사람에게 인사하고 남자는 크림 생맥주 두 잔과 후라이드를 주문하였다. 사장은 500cc짜리 크림 생맥주와 강냉이를 가져왔다.

남자는 잔을 들더니 단숨에 마시더니 한 잔 더 주문했다.

"더운 날에 하루 종일 회사에서 시달렸더니 갈증이 나서요."

남자의 아랫배가 볼록한 것이 술을 잘 마시게 생겼다.

"많이 드십시오."

당승표도 맥주를 들이켰다. 더운 여름날 저녁 시원한 맥주가 식도를 지나가는 맛이 참 좋았다. 남자도 새로 나온 맥주를 한 모금 더 마시더니 강냉이를 한 움큼 집어 입으로 가져갔다.

"전 최수원이라고 합니다."

당승표도 덩달아 인사했다.

"당승표입니다."

"그래. 무얼 알고 싶은가요?"

"기분 상하지 않았으면 좋겠네요. 이미 사전 조사를 조금 했습니다. 재혼하셨다고요?"

최수원은 맥주잔을 들더니 남아 있던 맥주를 다 마셔 버리고 빈 맥주잔을 주인에게 흔들어 보더니 당승표를 보고 말했다.

"그걸 아신다면 희우가 저랑 친해질 수 없다는 것은 잘 알겠네요. 재혼할 때 희우가 고1이었으니 사춘기 여고생과 새 아빠랑 당연히 가까워질 수 없는 것은 이해하시죠?"

당승표는 결혼해 보질 않아서 친해질 수 없다는 것을 이해할 수 없었지만 그럴 수도 있겠구나라는 생각이 들었다.

"그렇다면 희우 어머니, 희우 이렇게 세 식구가 살고 있나요?"

새 맥주가 나오자 남자는 다시 벌컥벌컥 마셨다. 최수원
은 잔을 당승표에게 내밀면서 말했다.

"좀 드세요. 민망한 이야기는 술이 좀 들어가야 술술 나올
것 아닙니까?"

건배 후 둘은 잔에 남은 술을 다 비웠고, 이를 미리 보고
있던 주인은 만들어진 치킨과 크림 생맥주 두 잔을 더 가지
고 왔다.

"희우 동생이 더 있습니다. 이름은 김진산. 그렇게 네 식
구죠."

남자의 표정이 일그러지며 맥주를 다시 단숨에 마셔 버
렸다. 주인은 이제 맥주잔이 비면 자동으로 채워 주었다.
최수원은 주인을 세우더니 다음 잔부터는 소주로 마시겠다
고 했다.

"이렇게 누군가와 술 마셔 본 지도 오랜만이라 그러니 이
해해 주세요."

최수원은 주인이 가져다 준 소주를 따더니 자신의 맥주잔
에 일부 부었다. 그렇게 몇 잔을 더 마시자 최수원의 눈동자
가 풀리기 시작했다.

"내가 미쳤지."

"네? 뭐라고요?"

"내가 미쳤다고요. 결혼이 뭐가 좋다고 한 번 당하고도 또 했으니."

최수원의 말에서 그도 재혼이라는 것을 알 수 있었다.

"무슨 안 좋은 일이라도 있습니까?"

최수원은 자신의 검지로 자신의 머리를 톡톡 쳤다.

"김희우 동생인 김진산이 여기에 문제가 있어요."

"문제라뇨?"

"정신지체 장애예요."

이런 경우를 눈꺼풀에 한 겹이 씌었다고 할 것이다. 결혼한 당시에는 장애 아들이 있어도 그것마저 좋았겠지만 호르몬적인 사랑의 한계선상에 온 지금 그런 것들이 싫어진 것이다.

"그렇군요. 힘드시겠어요. 그 아들은 그럼 학교에 다니나요?"

"아들은 지금 ○○장애학교 고1이에요. 중학교는 제 누나와 같은 일반 학교에 다녔는데, 진산이가 중학교에서 엄청 괴롭힘을 당했나 봐요. 누나는 동생이 괴롭힘을 당해도 장애인인 동생이 창피해서 도움을 주지 않고 그 상황을 피했을 겁니다. 동생이 괴롭힘을 많이 당하는 모습을 보아서 그런지. 애 엄마는 일반 고등학교에 보내고 싶어 했는데 누나가 우겨서 고등학교는 장애 학생들만 다니는 장애학교에 보냈어요. 철이 들었는지 지금은 동생을 끔찍이 아끼는 누나가 되었어요."

당승표는 최수원의 빈 잔에 소주를 따랐다. 최수원은 잔이 채워지자 주저 없이 잔을 입으로 가져갔다. 술에 취해 혀가 마비되기 시작했다.

"나만 왕따 시키고 가…족 끼리 엄청 돈독해요. 나…만 외톨이가 되었어요."

최수원은 소주를 몇 잔 더 마셨다.

"나… 는 애… 엄…마 하나만 보…고 겨…론…했는데…"

최수원은 다시 소주잔을 들어 입에 털어 넣었다. 최수원은 이제 곧 기억을 못 할 정도의 취함에 도달할 것이다. 당승표는 마지막으로 가장 궁금한 사항을 질문했다.

"희우가 작년 결혼할 때, 어머니의 성인 김씨로 바뀠다고 하던데 원래 애들 아빠의 이름이 뭔지 아세요?"

최수원은 술이 취하는지 바다 속의 미역처럼 상체가 좌우로 천천히 움직였다.

"음… 냐… 이름은 애… 엄마도 마… 말하지 않았는데…"

"애 아빠에 대해 기억나는 것 없나요?"

"음… 임… 성이 부…명히 임씨였는데……"

8

나승만의 돈에 대한 집착과 추진력은 대단하다. 나승만이 어제 황주현을 만났는데 기어코 아버지의 남은 돈을 도박판에 다 쏟아부어 남은 현금이 없다고 했다. 나승만은 땅이라도 내놓으라 했고, 땅을 몇 평을 줘야 하냐 승강이 끝에 현재 실거래가인 평당 100만 원으로 계산하여 1000평을 받기로 했다. 그리고 그 즉시 변호사를 찾아 공증까지 하고 왔다.

당승표는 나승만의 방법이 조금은 마음에 들지 않았지만, 도르래 살인사건 때와 마찬가지로 법적으로 사건을 처리하기보다는 도덕적으로 처리하고 싶은 마음이 있기 때문에 뭐라고 하지 못했다.

"도대체 도박을 그리 하고도 매일 잃는 것은 뭔가? 정신이 어떻게 된 거 아니야?"

"사기도박이겠죠."

둘은 황 영감네 임시하우스로 가기 위해서 택시를 탔다. 오늘은 교장의 범행을 증명하기로 박근휘 형사와 약속을 했기 때문이다.

"근데 당 탐정, 어제 이태건 학생 사건에 대해서 무언가 찾아냈는가?"

당승표는 아무 대답도 없이 창문으로 지나가는 행인들을 보았다.

"아무튼 오늘로 인천 생활은 끝인 거지?"

"네, 오늘 모든 사건을 마무리하고 서울 사무실로 돌아가요. 돌아가면 당분간은 그동안 출간된 추리소설들을 읽으며 지내고 싶네요."

"나도 마찬가지네. 근육운동을 못 했더니 진짜 영감이 되는 것 같아."

"나이로는 영감이 맞거든요?"

"강철 영감 맛 좀 볼래?"

나승만은 팔꿈치로 당승표의 옆구리를 가격했다. 당승표는 엄살을 떨며 비명을 질러 댔고, 나승만은 그것도 재미있는지 계속 팔꿈치를 움직였다. 어느새 택시는 수인고 앞에 도착했다.

이제 마지막 피날레만 장식하면 되는 것이다.

황 영감의 임시하우스 앞에는 박근휘와 그의 부하, 황주현과 그의 변호사가 대기하고 있었다. 나승만과 당승표도 대열로 들어섰다. 당승표는 주위를 한번 둘러보더니 앞으로 나서 말했다.

"여기 황주현 씨는 진범이 누군지 궁금할 테니 먼저 진범을 말씀드리겠습니다. 진범은 바로 수인고등학교 교장입니다."

당승표가 진범을 밝혀도 황주현은 미동도 하지 않았다.

"그럼 황 영감님의 살인 방법에 대해 밝히도록 하겠습니다. 먼저 수인고 교장의 동기는 충분히 밝혔으니 이해하리라 봅니다."

변호사가 손을 들고 말했다.

"저희는 그 동기를 아직 못 들었는데요?"

"그렇담 범행 동기는 잠시 후 말씀드리죠."

당승표는 범행을 밝히는 이 시간이 가장 좋았다. 아드레날린이 솟아난다고 할까? 당승표는 손가락으로 수인고를 가리켰다.

"가장 큰 문제는 시간이에요. 목격자들의 증언을 모아 보면 수인고 교장은 10분 동안 저 쪽문으로 나와 여기 임시하우스로 와서는 황 영감님에게 16방의 자상을 입히고 다시 학교로 들어가야 합니다. 범행을 일으키는 데 시간도 짧거니와 칼에 찔린 자국이 골고루 퍼져야 하는 수수께끼도 해결해야 합니다."

당승표는 사전에 나승만과 이야기한 대로 나승만에게 정리를 부탁했다. 나승만의 중저음 목소리는 극적인 효과를 증가시키기 때문이었다.

"허허, 그럼 내가 잠시 정리해 보겠소. 부인의 신장 수술을 위하여…… 그러니까 그냥 수술이 아닌 불법적으로 순번을 땡기기 위해서는 큰돈이 필요했소. 마침 수인고에 강당을 짓기 위하여 학교 주변 그린벨트 농지를 구입할 필요가 있었지. 교장은 피해자인 황 영감에게 강당 부지 이천 평 가격인 60억의 10%를 수수료로 준다면 황 영감 땅에 강당을 짓는 것으로 의견을 모으겠다고 약속했소. 그래서 황 영감은 건물을 팔아 현금 6억을 교장에게 건네고 4억을 임시하우스에 보관했던 것이오. 그래서 아들이 4억을 훔칠 수 있던 것이지. 한데 국토부에서 강당 계획이 전면 수정되었소. 줄어든 학생 수를 고려한다면 학교 운동장에다 강당을 지을 수 있던 것이었지. 황 영감은 6억의 반환을 요구했고, 이미 신장 수술에 사용된 돈을 반환할 수 없게 되자 죽어 버리기로 결심한 거지."

황주현은 벌써 무죄가 된 듯 과장된 박수를 쳤다. 박근휘는 나승만에게 따져 물었다.

"선배님, 그건 다 알고 있으니 이제 살해 방법에 대한 설명을 해 주세요."

"그건 당 탐정이 말해 주겠네."

당승표는 목소리를 높여 말했다.

"주변에 농기구가 많이 있습니다. 형사님을 비롯한 여기 계신 모든 분들, 삽이나 괭이 등 농기구 하나씩 챙기기 바랍니다."

당승표가 임시하우스 마당에 있는 괭이를 집자 사람들은 고개를 갸웃했지만 저마다 하나씩 기구를 집어 들었다.

사람들이 농기구를 집는 것을 확인하자. 당승표는 말없이 앞장서 걸어가다가 수인고로 들어가는 쪽문 앞에 섰다. 나머지 사람들은 설명을 듣기 위해 당승표 주변을 반원 모양으로 에워쌌다.

당승표는 주변을 둘러보며 큰 소리로 말했다.

"먼저 이 자리에는 없지만 큰 도움을 준 김민영 선생님께 감사의 말씀을 전하고 싶군요. 저는 이동 시간을 고려한다면 실제 5분 동안 어떻게 16방을 찌를 수 있을까 고민을 많이 했습니다. 김민영 선생님께서 결정적인 힌트를 주었습니다. 김민영 선생은 깜지를 비유로 들었었지요. 볼펜을 세 자루를 한 손에 쥐고 동시에 세 글자를 쓰는 것처럼 칼을 여러 개를 쥐고 찌른다고 했었습니다."

당승표는 박근휘를 보며 말했다.

"박 형사님, 여기에 문제가 없을까요?"

"문제가 있지요. 그래도 상대방이 반항할 경우와 피가 자신에게 튄다는 단점이 있겠지. 내가 말을 하지 않았지만 여기서 교장이 나가는 것을 본 목격자는 교장의 모습은 평소와 같다고 했습니다. 다만 무슨 농기구를 가지고 가는 것 같다고 했어."

"맞습니다. 감사합니다. 또한 상처가 바둑판마냥 골고루 퍼져야 하는 문제가 있었죠."

당승표는 뒤로 돌더니 격자 모양의 쪽문을 떼어 냈다.

"이것을 보십시오. 이 쪽문은 교장이 여기 텃밭을 운영하기 위하여 만든 거라고 합니다. 조사 결과 교장이 직접 만들었다고 했고, 여기저기 용접 자국이 있는 등 미관상 보기가 좋지 않습니다. 자, 그럼 여기 쪽문의 격자마다 칼을 용접으로 붙인다고 생각해 보세요."

박근휘는 당승표의 말뜻을 금방 이해할 수 있었다. 형사는 당승표에게 쪽문을 받아 들고 길이를 재는 듯한 행동을 했다.

"맞아. 거의 맞을 거야. 이 쪽문의 격자 무늬와 피해자의 상체에 생긴 바둑판 모양의 상흔이 거의 비슷해. 그러니까 이 쪽문에 격자마다 16개의 동일한 칼을 용접해 붙이고 쪽문을 휘둘러 한꺼번에 16개의 상처를 만든다 이거잖아. 그렇다면 칼의 길이가 모두 같으니 원통형 몸통의 가운데가 가장 깊게 박히고 원통의 바깥쪽인 몸통 주변부는 상흔의 깊이가 얕았던 거야."

"정답입니다. 목격자가 본 농기구 같은 것도 설명이 되죠."

당승표는 말하고 미소를 지었다. 박근휘는 쪽문을 '봉' 소리를 내며 휘둘러 보았다.

"무게도 충분히 휘두를 수 있도록 가볍군. 한 방이면 자신에게 튀는 피의 양도 적었을 거야. 그런데 여기에 붙였던 칼들은 어디 갔을까? 당승표 탐정, 범행에 사용한 칼들을 찾지 못한다면 말짱 도루묵이야."

"감사합니다. 거기까지 이해하신 것도 대단하다 생각됩니다. 아마 쪽문에 칼을 달아 놓은 것은 그 전날이었을 거예요. 여기는 지나다니는 사람도 없으니 학생들이 없는 저녁이라면 아무 문제가 없었을 거예요."

당승표는 박근휘에게 쪽문을 받아서 한 번 크게 휘둘렀다.

"살해한 쪽문을 들고 여기까지 막 뛰어왔어요. 자, 그럼 격자문에 용접으로 붙인 칼을 처리해야 해요. 어디다 하면 좋을까요? 주변을 둘러보세요."

박근휘는 주변을 둘러보다가 교장이 일구는 텃밭을 보며 말했다.

"텃밭이야!"

"맞아요. 구덩이는 미리 파 놓았을 거예요. 구덩이에 만들어진 무기를 대고 망치 등으로 충격을 주어 칼을 떼어냈을 거예요. 그래서 여기 쪽문 격자 무늬에 허접한 용접 흔적이 있었던 겁니다."

당승표는 텃밭으로 걸어가더니 한 곳에 멈춰 서며 말했다.

"여기예요. 한여름인데 아무 작물도 심어져 있지 않고, 주변과 흙의 색깔이 달라요. 얼마 전에 파헤쳤단 증거가 되겠지요."

당승표가 말을 마치기 전에 박근휘는 자신이 들고 있는 삽으로 밭을 파기 시작했다. 박 형사가 얼마 파지도 않았을 때, 땅 속에서 무언가 걸리는 느낌이 났다. 과도였다. 나승만과 같이 온 형사가 거들어 땅을 파자 땅 속에서는 피 묻은 과도가 여러 개 나왔다.

"어이 윤 형사, 어서 본부에 지원 요청하라고, 수인고 교장을 체포하고, 국과수도 보내라고 빨리 연락해."

"박 형사님, 여기 쪽문에도 혈흔 검사를 할 필요가 있어요. 아마 물로 혈액을 대충 씻어냈을 거예요."

"당연하죠. 고맙습니다. 덕분에 사건을 해결할 수 있었어요. 그리고 이 공은 진짜 제 이름으로 해도 되는 거죠?"

당승표는 웃음으로 대답을 대신했다.

그때 황 영감의 아들 황주현은 바닥에 주저앉더니 아버지를 찾으며 대성통곡하기 시작했다. 아버지의 죽음이 확인되자 감정이 올라왔을 것이다. 나승만은 엎드려 울고 있는 황주현에게 다가가 어깨를 두드리며 말했다.

"황주현 씨, 슬픈 것은 알겠는데, 땅 천 평 넘기는 거 잊지 마쇼."

당승표는 분위기 파악 못 하는 나승만을 보며 고개를 수인 고등학교로 돌렸다.

9

곧 경찰이 학교로 와서 교장을 체포해 갔다. 교장은 각오했는지 수갑을 채우려는 형사의 손길을 거부하지 않았다. 이 장면을 보던 교사들은 서로 수군대기 바빴고, 교감은 두 팔을 크게 휘저으며 모두 자기 자리로 돌아가라고 외쳤다.

당승표와 나승만은 다시 과학준비실을 찾아갔다. 안에서는 김민영이 컴퓨터를 보고 있었다. 나승만이 크게 웃으며 들어갔다.

"허허, 밖에 그 소란이 났는데 한가하구먼."

김민영은 귀에서 이어폰을 뺐다.

"안녕하세요? 방금 뭐라고 하셨어요?"

"방금 교장이 황 영감 살해 용의자로 체포되었네."

김민영의 두 눈이 왕방울만 해졌다.

"뭐라고요? 그렇다면……"

김민영의 시선은 나승만에서 당승표로 이동했다. 당승표는 의자를 빼 앉으며 말했다.

"김민영 씨가 정확했어요. 칼 여러 개를 동시에 사용했답니다."

김민영도 자신의 의자에 털썩 주저앉았다.

"교장 선생님은 선비였는데……"

"선비가 맞아요. 하지만 부인을 사랑하는 마음이 너무 앞선 것이었죠."

나승만도 의자를 빼 앉으며 말했다.

"어제 냉커피 맛이 좋던데, 한 잔 더 마실 수 없을까?"

"아, 네……."

김민영은 일어서 분주하게 냉커피를 탔다.

"여기 당승표 탐정이 부탁이 있다던데."

김민영은 마지막 얼음을 녹이며 당승표를 보았다.

"저기 있잖아요. 이태건이 죽던 날 친구 중에서 먼저 갔던 남학생이 있다고 하지 않았어요? 그 친구를 한번 만나 보고 싶네요."

김민영은 커피잔을 내려놓으며 말했다.

"심성보라는 애는 그 사건 후 자퇴했고, 유승석 학생만 남았어요. 조금 있으면 점심시간이니 그때 만나 보시죠."

김민영은 10여 분간 교장에 대하여 질문하더니 유승석 학생을 데리러 가겠다며 밖으로 나갔다. 잠시 후 김민영과 한 학생이 들어왔는데 머리는 갈색으로 염색했고, 귀 뚫은 구멍이 보였다. 한 눈에 봐도 양아치처럼 보였다. 유승석은 수업시간에 잠을 잤는지 아직 멍한 눈으로 상황을 파악하려는 중이었다. 이마에 빨갛게 도장도 찍혀 있었다.

"어디 조용한 곳 없나요?"

"저는 어차피 점심식사를 하러 갈 건데 두 분은 어쩌시겠어요?"

"우리는 이제 곧 서울로 올라갈 겁니다. 몇 가지만 질문하고 가겠습니다."

"그럼 옆 과학실에서 얘기하세요."

김민영은 유승석의 어깨에 손을 올리며 말했다.

"이 분들은 선생님이랑 친한 분들이니 아는 대로 대답해 줘."

셋은 옆 과학실로 자리를 옮겼다. 유승석은 정신이 드는지 한 실험테이블의 의자를 꺼내 앉더니 날라리 특유의 어투로 말했다.

"아이 배고파 죽겠네. 빨리 해 주세요. 학생도 지금 점심식사 시간이거든요."

나승만은 기가 차는지 '헛' 하면서 입에서 바람이 빠졌다. 중저음이 더욱 낮아진 것 같았다.

"이 자식이 어디서……"

"경감님 잠깐요. 돈 있죠? 지갑 좀 줘 보세요."

"지갑은 왜?"

나승만은 질문을 하면서도 뒷주머니에 있는 지갑을 꺼내 당승표에게 넘겼다. 당승표는 지갑을 열어 5만 원권 4장을 꺼내더니 유승석이 앉아 있는 실험 테이블 위에 살짝 던졌다. 유승석의 눈이 당승표를 올려다보았다.

"질문 몇 개만 하자."

유승석의 손은 포개진 4장의 5만 원권을 낚아채 갔다.

"너랑 이태건이랑 같은 중학교 나왔지?"

"네. ○○중학교 나왔어요."

"임진산이라고 기억나나?"

유승석은 기억이 나지 않는지 고개를 갸웃거렸다.

"임진산은 장애 학생이었어."

유승석은 그때서야 기억이 났는지 입가에 미소가 지어졌다.

"아! 기억나요."

"그래, 너희들이 많이 괴롭혔지?"

유승석의 얼굴이 일그러졌다.

"우리들이 아니라 이태건이죠. 나와 성보도 이태건의 똘마니였어요. 태건이가 시키는 대로 했을 뿐입니다. 우리도 그때 같이 어울렸다는 이유만으로 등교정지를 받았어요."

"중학교는 퇴학이 없을테니 등교 정지라면 최고의 벌이었겠네? 도대체 얼마나 괴롭혔길래 등교 정지를 받았냐?"

"죽은 사람 욕하는 것 미안하지만 이태건이 때리고 머리

를 담뱃불로 지지고 했어요. 그것뿐만 아니라 지능이 떨어
지다 보니 여선생 치마를 들추라고도 시켰고, 여선생이 보
는 앞에서 자위행위도 시켰죠."

역겨운 이야기에 당승표와 나승만의 인상이 찌푸려졌다.

"그런 눈으로 보지 마세요. 다시 말하지만 우리도 피해자
예요. 이태건은 시키는 일을 하지 않으면 우리도 때렸단 말
이에요."

"그래. 알았다. 그럼 같이 있었던 김희우는 언제부터 알
았냐? 같은 중학교도 나왔던데."

"희우가 ○○중학교 나왔다고요? 몰랐네. 걔는 고1 여름
정도부터 친해졌어요."

"중학교 때는 임희우였어. 고1때 개명했지."

유승석은 그래도 생각이 나지 않는지 고개를 가로저었다.
당승표도 의자를 하나 빼서 앉았다.

"그날 말이야. 이태건이 옥상에서 떨어진 날 너희는 왜 하
필이면 옥상에서 술을 마셨냐?"

유승석은 갈색 머리를 손으로 넘기며 말했다.

"스릴 있잖아요. 다른 친구들이 못하는 것을 한다는 것이
얼마나 스릴이 있는데요."

"그래? 누가 옥상으로 가자고 했어?"

"희우가요."

"옥상에서 술 마시다가 부족해졌잖아. 그래서 너희는 2학년 교무실에서 술을 훔쳐 왔지. 2학년 교무실에 술이 있는지 어떻게 알았어?"

"희우가 우연히 교무실 냉장고에서 봤다고 했어요."

"교무실에는 번호키가 있었을 텐데 비밀번호는 어떻게 알았지?"

"희우가 알았어요. 그러게요. 걔는 비밀번호를 어떻게 알았지?"

당승표는 원하는 대답을 얻었는지 연신 고개를 끄덕였다.

"자, 그럼 마지막 질문이다. 너랑 그 심성보라는 애는 그날따라 왜 일찍 간 거냐?"

"그날따라 술이 조금 들어가자 둘이 키스하고 난리도 아니었어요. 태건이가 눈치를 줘서 먼저 간 거죠."

"그래 고맙다. 이제 밥 먹으러 가도 좋다."

유승석은 돈을 벌어 신나는지 가벼운 발걸음으로 밖으로 나갔다. 나승만은 본능적으로 당승표가 사건을 해결했다는 것을 느꼈는지 들뜬 목소리로 말했다.

"당 탐정, 또 해결한 거지? 자네는 사건을 해결하지 못하면 두 눈썹 사이에 주름이 진다네. 생각하느라고 힘을 준 거겠지. 어때, 공범을 찾은 거지?"

당승표는 자신이 그런 버릇이 있는지 처음 알았다. 아마

추리소설을 읽으며 트릭을 파헤치려고 할 때 생긴 버릇일 것이다.

"경감님, 저는 돈 때문에 이 일을 하는 것이 아니에요."

"그건 여러 번 말했지 않은가?"

"전 이번에 인천으로 내려오면서 돈에 대해서는 나 경감님께 일임했어요. 그렇죠?"

"그래. 그래서 내가 비록 땅으로 받았지만 1억을 받았잖아."

"돈은 그거면 됐죠?"

"도대체 무슨 소리를 하고 싶은 건가?"

"이태건 학생의 사건 해결료 2천만 원을 포기하세요."

"진짜 공범이 있는 거야?"

당승표는 고개를 끄덕였다.

"쩝. 아깝지만 자네가 그렇다면 이유가 있겠지……."

"경감님께서는 지금 이태건 학생의 어머니께 전화해서 경찰에서 조사한 내용보다 더 찾은 내용은 없다고 말하시고요. 또 서울경찰청 이세민 형사에게 조사를 부탁해 주세요. 김희우 학생의 생부에 대해 조사해 주세요. 컴퓨터에 이름과 주민등록번호만 넣으면 되는 간단한 일이에요. 생부의 이름과 직업 정도면 됩니다."

나승만은 이태건의 어머니와 이세민 형사에게 차례대로 전화했다. 그리고 바로 황주현에게 전화를 걸어 땅을 넘겨 달라고 하였다. 황주현은 아직 상속 절차도 안 끝났고, 공증을 했으니 걱정 말라고 일주일 안에 해결하겠다고 하였다.

둘은 드디어 인천을 떠나려 서울행 전철에 몸을 실었다. 낮이라 그런지 사람이 그리 많지 않아 나란히 앉을 수 있었다.

"자, 당 탐정. 이제 진실이 뭔지 알려 줘야지."

당승표는 손바닥으로 자신의 얼굴을 문질렀다.

"이것이 진실일지 아닐지는 모릅니다. 저는 특별한 이유 때문에 더 이상 조사를 진행하지 않았습니다. 나 경감님도 더 이상 여기에 신경 쓰지 않으실 거죠?"

"내 그런다고 했잖아."

"좋습니다. 저번에 경찰에서 받은 영상을 본 후 김희우 학생의 행동 때문에 공범에 대한 의혹을 가진 것은 기억하시죠?"

"그렇다네. 빨리 말해 보게. 공범이 누군가?"

당승표는 쉽사리 입을 떼지 못하고 입을 오물거렸다.

"아까 그 싸가지 없는 놈인가? 유승석이라고 했었나? 그 놈이야?"

"아니에요. 김희우의 어머니는 재혼했는데, 그 생부가 공범일 가능성이 높아요."

"아, 그래서 아까 이세민에게 생부를 조사해 달라고 했구먼?"

당승표는 고개를 끄덕이며 말을 이었다.

"김희우에게는 정신지체인 한 살 어린 동생이 있었어요."

"아까 싸가지가 말한 임…… 뭐였지?"

"임진산이요. 김희우의 친동생이에요."

"그럼 김희우도 임희우였구만."

"그랬습니다. 아까 노랑머리 싸가지에게 들었듯이 중학교 때 이태건 패거리는 임진산을 엄청 괴롭혔어요. 아까 나승만 경감님도 이야기를 들으며 역겹다고 생각했죠?"

"그랬다네. 하마터면 주먹이 날아갈 뻔했지 뭐야."

"맞아요. 그런데 그걸 옆에서 보면서도 도와주지 못했던 누나의 심정은 어땠겠습니까? 아마 그때부터 이태건에게 앙심을 품었을지도 모르죠. 아무튼 고등학교에 올라왔을 때, 김희우는 이태건 패거리와 같은 학교였죠. 김희우가 본 이태건은 고등학교에 올라와서도 애들을 괴롭혔고, 특히, 장애 학생을 심하게 괴롭혔다고 하더라고요. 아마 다른 장애 학생들이 동생으로 겹쳐서 보였을 겁니다."

"그래서 이태건을 죽여 버리기로 작정했구먼. 자신의 동생을 괴롭히던 이태건이 반성하지 않고 계속 같은 죄를 저질러서 말이야."

"그래서 1학년 여름부터 자신도 날라리가 된 것이죠. 이태건 패거리에 들어가기 위해서요. 옥상으로 가자고 한 것도, 2학년 교무실 비밀번호를 알고 있는 것도, 거기에 술이 있다는 것을 김희우가 알고 있는 것이 범행의 간접적인 증거가 되겠죠. 김희우도 철저하게 준비한 것입니다. 그때 김희우 학생 생부가 딸의 살인 계획을 알게 된 거죠. 생부는 딸을 살인자로 만들 수 없어 자신이 딸 대신에 직접 죽이는 일을 한 겁니다. 옥상에 있던 공범이 바로 김희우의 생부입니다."

"그러니까 그 생부가 누구냐니까?"

"2학년 교무실에 소주를 갖다 놓았고, 비밀번호를 알려준 사람, 그리고 김희우, 아니 원래 성씨인 '임'씨 성을 줄 수 있는 사람이 되겠죠."

당승표는 한 번 심호흡을 하였다.

"바로 임병주 2학년 부장 선생님이죠."

'띠링띠링~'

그때 나승만의 핸드폰에 문자가 수신되었다. 이세민 형사에게서 답신이 도착한 것이다. 나승만은 당승표에게 화면을 보여주며 수신버튼을 눌렀다.

[김희우의 생부 이름은 임병주, 현재 인천의 수인고등학교 교사로 근무하고 있음.]

나승만은 두 눈이 커지며 당승표를 보았고, 당승표는 설마 아니길 바랐는데 자신의 추리가 맞아 안타까움에 눈을 감았다. 나승만도 당승표의 마음을 이해하고 있었다. 당승표는 이태건을 죽인 부녀보다 장애인을 괴롭힌 양아치를 더 나쁘게 생각한 것이다. 그래서 더 이상의 조사를 하지 않고 손을 뗀 것이다. 나승만은 조용히 말했다.

"그래도 직접적인 증거는 없으니 괜찮을 거네. 절대 들키지 않을 거야."

당승표는 눈을 감은 채 말했다.

"그날 이태건의 죽음을 확인한 김희우는 4층에 있는 아버지에게 신호를 주고 자신의 집으로 갔어요. 아버지도 김희우가 사는 집에 가서 작은 돌 같은 것을 창문에 던져 신고하라는 신호를 주었을 거예요. 그날 김희우 동네 CCTV나 임병주의 행적을 조사한다면 꼬리가 잡힐 수도 있었겠죠."

나승만은 걱정하는 당승표의 얼굴을 빤히 바라보았다. 우리 사회에서는 살인은 어떠한 이유로든 용서받지 못하는 범죄다. 그런데 앞의 당승표란 인간은 살인을 저지른 이들이 혹시 발각될까 봐 걱정하고 있었다.

'못 말릴 탐정이구만.'

나승만은 분위기를 풀어 보려고 당승표의 허벅지를 한 대 때리며 말했다.

"천재 탐정 당승표가 없이는 아무도 못 풀 것이네. 걱정하지 말게나."

"아악! 노인네가 뭐 이리 힘이 세요?"

"뭐? 노인네?"

나승만은 당승표에게 헤드락을 걸었고, 당승표는 항복을
외쳐 댔다.

3

의문의 도박판 사건

1

아직 오전이지만 가만히 있어도 땀이 송골송골 맺히는 더위다. 기상청에서는 중국대륙에서 가열된 기단이 한반도에 영향을 주고 있고, 서울 도시의 열섬현상과 맞물려 유례를 찾아보기 힘든 더위가 만들어졌다고 연신 떠들어댔다. 이에 시도 때도 없이 울어대는 매미 때문에 심리적인 더위는 더욱 가중되었다.

당승표는 강남대로에 위치한 탐정사무소 창가에 서서 시끄럽게 우는 매미소리를 듣고 있었다. 문득 서울 한복판에 저렇게 많은 매미들이 어디서 날아왔는지 궁금증이 일어났다.

소파에 누워서 선풍기로 더위를 식히던 나승만이 당승표에게 소리쳤다.

"당 탐정, 이제 에어컨 좀 틀자. 강남대로에서 창문을 열어 환기시키는 것은 의미 없어. 미세먼지뿐 아니라 매연 때문에 더 더러워진다고."

당승표도 창가에서 돌아와 맞은편 소파에 앉으며 말했다.

"어제 밤새도록 에어컨을 틀었잖아요. 때로는 자연풍 좀 맞자고요."

"더우니까 그렇지."

나승만은 선풍기 속으로 들어갈 듯 얼굴을 선풍기 앞에 갖다 댔다.

"아직은 버틸 만하네요. 서울 한복판 강남에서 매미 소리도 들리고 좋잖아요."

"저 놈의 매미 소리 듣기 싫네. 소리를 들으면 들을수록 더 더워진단 말이야. 이제 에어컨 켠다."

나승만이 소파에서 일어섰을 때, 탐정사무소 문이 열렸다. 문을 열고 들어온 사람은 삼베옷을 입은 노인이었다. 우물쭈물하는 노인에게 나승만이 말했다.

"여기는 탐정사무소인데 알고 들어오셨나요?"

"그렇소."

"그럼 이리로 와서 앉으세요."

나승만은 당승표를 그윽한 눈빛으로 보았다. 손님도 왔으니 에어컨을 가동하겠다는 소리였다. 당승표는 냉장고 문을 열고 어떤 음료를 줄까 생각하다가 그냥 생수를 컵에 따라 노인의 앞에 놓았다. 노인은 고개를 까닥하며 고마움을 표현한 뒤 냉수를 벌컥벌컥 마셨다. 노인은 75세이고 이름은 김수만이라고 했다.

"그래 무슨 일 때문에 오셨습니까?" 언제 왔는지 나승만이 당승표 옆에 앉으며 물었다.

"여기는 어떠한 의뢰라도 받소?"

참 어이없는 질문이다. 이 노인은 살인이라도 의뢰를 하려고 하나? 나승만이 대답을 하지 못하자 당승표가 말했다.

"그렇지 않습니다. 기본적으로 법에 위배되는 일은 하지 않습니다. 살인을 해 줄 수는 없겠죠."

김수만 노인은 살짝 고민하다가 말이라도 해 보자고 생각했는지 운을 뗐다.

"젊은이가 당승표, 옆은 나승만이겠군."

여기를 알고 있다는 뜻이다. 김 노인은 당승표의 눈을 바라보며 계속 말했다.

"정선 폐교 살인사건의 생존자. 사이코킹 구요동을 보내 버린 장본인. 당승표."

나승만이 자신의 이름이 불리지 않아 섭섭한지 끼어들었다.

"영감님이 어디서 그런 소리를 들었는지 모르겠지만. 정선 폐교에서 범인을 잡은 건 저 나승만입니다. 그리고 구요동을 잡을 때 저도 큰일을 했어요."

그리고 나승만은 동의를 얻으려는 듯 당승표를 쳐다보았다.

"허허, 미안하오. 알고 있소. 손자가 보는 인터넷에서 봤소. 그리고 탐정사무소를 차렸다는 글이 있어서 와 봤는데 진짜였구먼."

노인이 인정하자 나승만의 얼굴이 펴지며 말했다.

"하하 그런 사이트가 있습니까? 우리가 '도르래 살인사건'도 해결했는데, 영감님, 그 사이트에 그런 내용도 있습니까?"

김수만은 고개를 끄덕였다.

"도르래 살인사건의 숨은 조력자가 있을 것이라는 말은 있었지. 그게 사실이었구먼."

"어이 당 탐정, 우리 그 사이트에 적극 광고를 해야겠어. 도르래 살인사건과 황 영감 살인사건 내용을 쓴다면 손님이 엄청 찾아올 거야. 이렇게 영감님도 그 사이트를 보고 찾아왔잖아."

"전 재미난 사건을 풀면 그만이에요. 광고는 싫어요. 어중이떠중이 몰려오면 귀찮거든요."

김수만의 인상이 구겨졌다. 당승표도 그것을 눈치채고 말했다.

"아, 영감님을 보고 그런 것은 아닙니다. 오해하지 마세요. 그나저나 여기는 왜 찾아왔습니까? 아까도 말했지만 법에 어긋나는 일은 안 합니다."

가만히 생각하는 듯하더니 주름 많은 김수만의 입이 서서히 움직였다.

"살인은 아니지만 법에 어긋날 거요… 사기도박으로 돈을 잃었소. 내가 잃은 돈을 찾고 싶소."

당승표는 소파에 기대고 있던 등을 떼며 몸을 테이블에 붙였다.

"그 정도면 크게 법에 어긋나는 것은 아니지만, 사기도박하는 사람들은 조폭 같은 무서운 사람들이에요. 돈을 잃어 속 쓰리겠지만 그냥 물러섬이 어떤지요?"

"조폭과 같은 도박단이 아니오. 옆집 사는 영감탱이요. 이 썩을 놈이……"

김수만은 목이 타는지 물을 더 요구했고 당승표는 냉장고에서 생수병째 가져와 따랐다. 노인은 목을 한 번 축이더니 말했다.

"동네에서 영감들끼리 카드 노름을 했는데 하루는 같은 동네 사는 이형오라고 그 영감이 친척이라며 사람을 데려왔소. 그 친척이란 놈이 아무래도 타짜인지 정신을 차려 보니 10억을 잃었소."

당승표는 10억이라는 돈을 잃었다는 말에 고개를 절레절레 흔들었다.

"그런 눈으로 보지 마쇼. 도박이란 것이 나도 모르게 그렇게 되는 거라우. 평소에는 수수료 천 원 아끼려 더 먼 곳으로 걸어가게 마련이지만 눈앞에 카드가 왔다 갔다 할 때는 만 원짜리도 돈 같지가 않지. 아무튼 내 잃은 돈을 찾아 주면 수수료로 십 분의 일을 주리다."

10억을 잃었으니 십 분의 일이면 1억이다. 당승표는 나승만이 좋아할 것이라 생각하며 고개를 돌렸다. 아니나 다를까? 더위에 지쳐 있던 눈에 생기가 올랐다. 역시나 들뜬 목소리로 나승만이 말했다.

"허허허 좋네요. 좋아요. 어떤가? 당 탐정, 우리에게 딱 맞는 일 아닌가?"

당승표는 여기서 밀리면 의뢰를 받아야 해서 강하게 말했다.

"아니요. 안 됩니다. 자그마치 10억이에요. 분명히 어떤 조직이 뒤에 있을 거예요. 그들에게서 돈을 찾을 방법도 없을뿐더러 폭력을 사용해 돈을 찾는다면 큰 후환이 있을 거예요."

나승만도 팔짱을 끼며 소파 속으로 파묻혔다.

"음…… 그렇지…… 10억을 잃을 정도라면 분명 뒤에 누가 있을 거야."

이때 듣고 있던 김수만 노인이 나섰다.

"도박으로 찾으면 되지 않소."

영감의 말에 순간 정적이 흘렀다. 당승표가 도박을 하란 말에 어이가 없어 '할 수 없습니다.'라고 말하려고 할 때, 옆 자리의 나승만이 손뼉을 크게 한 번 치고 말했다.

"그렇지. 눈에는 눈, 이에는 이, 도박에는 도박!"

"경감님 무슨 소리예요. 무슨 도박을 한다고 그래요?"

나승만의 목소리에 활기가 찼다.

"내 말 좀 들어보게. 그쪽에서 사기도박을 한다면 우리가 그 방법을 알아내는 거야."

나승만은 김 영감에게 고개를 돌리며 말했다.

"김 영감님, 도박판에서 사기를 치면 어떻게 되죠?"

김 영감은 잠시 생각하는 듯싶더니 말했다.

"글쎄, 여지껏 그런 일은 없었지만 그동안 딴 돈을 몰수해야 하지 않겠소?"

"정확히는 판돈 몰수 및 손가락 하나를 잘라야 하지요. 특히 10억쯤 잃었다면 목숨까지 걸어야겠지요."

당승표는 나승만을 말리며 말했다.

"경감님, 저보고 도박을 하라니요. 포커를 할 줄은 알지만 타짜를 어떻게 이기란 말이에요?"

"누가 자네보고 도박을 하라고 했나? 도박은 내가 하겠네. 자네는 도박하는 것을 보면서 사기 방법을 찾으란 말이야. 아! 저번에 도르래 살인사건 때, 왕사장 빼고, 나머지 패거리들이 도박장을 계속 운영할 것 아니야? 사기도박 방법을 배우란 말이야."

당승표는 한숨을 쉬며 말했다.

"우리는 사건을 해결하는 탐정이란 말입니다. 탐정이 도박이라니요?"

"꼭 사건을 해결해야 탐정인가? 이것도 일종의 사건이라면 사건이라고."

당승표는 더 이상 듣기 싫어 자리에서 일어나 창가로 걸어갔다. 나승만은 당승표의 뒤통수에 소리쳤다.

"자네가 하지 못하겠다면 나 혼자라도 해 보겠네. 나도 일선에 있을 때, 도박판을 많이 돌아다녀 봤거든."

나승만은 당승표가 어쩔 수 없이 참여할 것이라는 것을 아는 듯 김수만을 보며 구체적인 계약에 들어갔다.

"그럼 영감님, 어떻게 할까요? 도박을 하면서 꼬리를 밟아야 하는데 도박 자금은 있습니까?"

"뭐 가지고 있던 현찰은 다 잃고 집이랑 땅이랑 남았는데 시세로 따지면 10억쯤 될 거요."

"그런데 집, 땅으로 도박을 할 수는 없지 않습니까?"

"이 영감 이놈이 우리 집 사정에 밝아서 도박판에서 집, 땅 이야기가 나왔소. 그걸 담보로 돈을 빌려 준다나? 다 털어먹겠다는 거지 뭐요."

"그렇군요. 나쁜 놈이네요. 그럼 어떡한담. 집을 담보로 돈을 빌려야 하나?"

힐끔힐끔 돌아보던 당승표는 참지 못하고 자리로 돌아왔다. 아무래도 나승만에게 맡기기는 어려운 일인 것 같아서였다.

"일단 이렇게 하죠. 사기도박을 잡아내려면 사기도박 방법을 먼저 배워야 해요. 그동안 영감님은 도박은 하시되 크게 하지는 마세요. 그리고 그들이 원한다고 자주 하지도 말고요. 조금은 튕기란 말입니다. 그들이 안달 나도록 말이에요. 무슨 말인지 아시겠어요?"

김수만은 고개를 끄덕였다. 노인이 이해한 것 같아 당승표는 다음으로 나승만을 돌아보며 말했다.

"그리고 도박은 제가 하겠습니다. 나승만 경감님은 그 친척이라는 타짜 친구를 조사해 주세요. 당연히 그들이 눈치채지 못하게요. 진짜 타짜인지 친척인지 알아야 방법을 찾아보죠."

"뒷조사는 걱정 말게나. 전직 경찰 나승만, 아직 죽지 않았다고."

이렇게 당승표 탐정은 원하지 않았지만 사기도박판에 끼어들게 되었다.

2

당승표는 사기도박을 배우러 도르래 살인사건 때의 왕사장 패거리 2인자 아리를 찾아갔다. 물론 공갈이었지만 죽을 위협을 받았던 아리가 억하심정에 당승표에게 보복이라도 할지 모르니 이세민 경감에게 연락해서 미리 손을 써 두라고 했다.

목적지인 도박장을 찾아가려 차를 타고 논길을 달리자 중간에 덩치 두 명이 차를 세웠다. 당승표는 창문을 내렸다. 덩치는 일부러 인상을 구기며 말했다.

"여기로 가 봤자 논밭인데 길을 잘못 들지 않았나?"

"제 이름은 당승표입니다. 아리 사장과 약속이 되어 있습니다."

"아리 사장?"

덩치들은 서로 마주보며 고개를 갸웃했다. 나승만과 같이 왔다면 이런 곤란함은 없었을 텐데 나승만은 타짜를 조사하러 갔으니 좀 더 참고 설명해야 한다.

"사장이 되기 전에 별명이 '아리'였죠."

아리라는 별명을 모르는 것으로 보아 덩치들은 도박장에 새로 들어온 기도일 것이다. 사장이 된 아리가 치욕적인 별명을 그대로 유지할 리가 없었다.

"아리라니 무슨 소리야?"

"당신네 하우스 사장 말입니다. 전화해 보세요. 미리 약속이 되어 있습니다."

덩치는 어딘가로 전화를 하였다. 전화를 건 상대가 높은 사람인지 몸을 연신 굽신댔다. 이내 전화를 끊더니 당승표에게 말했다.

"통과하쇼."

하우스 앞에 대충 주차하자 호리호리한 몸매에 매서운 눈매를 가진 남자가 당승표를 안내했다. 문을 열고 들어가자 한낮임에도 사람들이 바글바글하였다. 도박하는 사람들을 지나 안쪽에 만들어진 사무실로 들어가자 아리가 책상에 앉아 컴퓨터 모니터를 보고 있었다.

"사장님, 모셔왔습니다."

아리 사장은 그제야 고개를 들었다. 어쩌면 저렇게 항아리를 닮았는지 마음을 단단히 먹지 않았다면 웃음이 나올 뻔했다. 다행히 아리 사장은 큰 적의는 보이지 않았다.

"허허, 어서 와서 여기 앉으세요. 여기 음료수 좀 가져와."

당승표도 인사를 정중하게 하고 원형테이블에 앉았다.

"이세민 형사님께 연락 받았습니다. 탐정이셨다고요? 그것도 국무총리와도 호형호제한다는 무서운 탐정이라고……."

이세민 형사가 과도하게 설명했나 보다.

"네, 호형호제까지는 아니지만…… 아무튼 그때 무례를 저질러 죄송했습니다."

"뭐, 죽음을 한번쯤은 경험해 봐야겠죠. 저 긍정적인 사람입니다. 덕분에 이렇게 사장도 해 보고, 허허허."

안으로 안내했던 남자가 아이스커피 2잔을 테이블에 올려놓았다. 커피전문점에서 나오는 아이스커피였다. 당승표가 의외라는 표정을 짓자 그럴 줄 알았다는 얼굴로 말했다.

"어서 드세요. 도박장에서 아이스커피라니 놀랐죠? 왕사장은 돈밖에 몰랐어요. 박카스 하나에 만 원이었죠. 저는 서비스를 비약적으로 발전시켰습니다. 커피 내리는 방법을 배우게 하여 양질의 음료를 제공하죠. 물론 가격은 같지만요."

당승표가 커피 맛을 보았는데 전문점과 거의 흡사했다.

"오, 맛이 좋네요."

아리 사장은 만족스러운 미소를 지으며 말했다.

"그래, 왜 저를 찾아왔나요?"

"거두절미하고 이야기하겠습니다. 사기도박을 배우고 싶습니다."

아리 사장은 커피를 마시다가 쿨럭거렸다.

"사기도박 기술은 하루아침에 배우는 것이 아니에요. 사기도박뿐만 아니라 도박 자체가 오랜 경험이 중요한 겁니다."

"제가 기술을 쓰는 것이 아니라 사기인지 알아내기만 하면 되거든요."

"그럼 저희 기술자를 파견할 테니 쓰도록 하십시오."

"아니 그것보다 저도 알아두면 좋을 것 같아서 그럽니다. 저번에 들어보니 렌즈를 끼고, 카드 뒷면에 특수 화학물질을 묻혀 카드를 보는 방법[1]이 있다고 들었는데요."

"그건 렌즈목입니다. 특별한 훈련이 없어도 안경이나 콘택트렌즈를 끼면 볼 수 있죠. 아마추어에게는 통할지 몰라도 같은 안경을 가지고 있다면 금방 들키겠죠. 프로에게는 소용없습니다."

당승표는 고개를 끄덕였다.

"또 어떤 사기 방법이 있습니까?"

"공장목이 있죠."

아리 사장은 일어서 책상에서 카드 한 벌을 가져와 놓았다. 아리 사장은 뭉쳐져 있는 카드를 가리키면서 말했다.

"맨 위의 카드가 뭔지 맞혀 보세요."

당승표는 두 손을 올리며 모른다는 제스처를 취했다.

"하트 3입니다."

아리 사장이 카드를 뒤집자 하트 3이 나왔다.

---

1 정선 폐교에서 커피잔 트릭에 사용하였음.

"다음은 다이아몬드 퀸, 다음은 스페이드 9, 클로버 5, 하트 킹."

아리 사장은 몇 번이고 뒤집혀 있는 카드를 맞혔다. 당승표는 카드를 맞히는 것이 신기해 넋 놓고 바라보았다.

"무슨 방법이 있겠죠?"

"자, 여기 뒷면 무늬를 자세히 보세요. 마름모무늬가 조금 치우쳐있죠? 세로방향의 마름모무늬가 위에서부터 몇 번째 것이 치우쳤냐에 따라 1, 2, 3부터 킹까지입니다. 가로 방향은 순서대로 스페이드, 다이아몬드, 하트, 클로버 순이죠."

당승표는 카드 한 장을 들어 자세히 보니 마름모무늬의 치우침이 보였다. 당승표가 신기해하는 표정을 짓자 아리 사장은 고개를 가로저었다.

"이것도 조금만 도박을 아는 사람이라면 금방 알아채겠죠."

아리 사장은 고스톱을 섞는 것처럼 두 손바닥으로 바닥에 있는 카드들을 이리저리 섞었다. 그리고는 가운데로 모아 손에 들고 '아수라발발타'라고 주문을 외우면서 섞었다.

"포커의 규칙은 아시죠?"

당승표가 고개를 끄덕이자 아리 사장은 '파이브 카드'라고 외치고 카드를 번갈아 다섯 장 놓았다. 당승표가 자신 앞에 있는 다섯 장의 카드를 들자 K(킹) 석 장이 들어와 트리플이 되었다. 당승표도 며칠간 책으로 도박을 연구해서 트리플이 꽤나 높은 족보라는 것을 알고 있었다. 트리플은 확률이 2%로 50판을 해야 한 번꼴로 들어오는 것이다. 당연히 아리 사장은 더 높은 족보를 들고 있을 것이다. 당승표는 카드를 조용히 내렸다.

"죽었습니다."

"허허허 맞아요. 좋은 선택입니다. 자신이 좋은 패가 들어오면 항상 의심해야 해요. 저는 A 트리플입니다."

당승표는 책에서 봤던 스테키 기술자[2]를 떠올리고 물었다.

"혹시 스테키 기술자입니까?"

"어이쿠~ 당 탐정님이 스테키 기술을 다 아십니까?"

"우연히 책에서 봤습니다. 여러 상황을 알지 않으면 안 돼서요. 카드를 섞어 자신이 원하는 카드를 주는 기술. 맞지요?"

"탐정님도 기본적인 공부는 하셨지만 실전 도박은 전혀 안 했다고 할 수 있습니다. 그렇죠?"

당승표는 고개를 끄덕였다.

"스테키 기술은 실제 있기는 하지만 쉽지는 않아요. 구사하기 여간 힘든 것이 아닙니다. 우리 하우스에도 스테키 기

---

2 카드를 섞어 자신이 원하는 카드는 주는 기술

술자는 없습니다. 그럼 지금은 어떻게 한 것이냐 하면, 지금은 카드를 바닥에 놓고 섞을 때 제가 원하는 카드를 각 손가락을 눌러 섞은 거예요. 그리고 바닥으로 모은 후 밑장빼기를 한 거죠. 물론 섞을 때는 도루묵 섞기를 했습니다."

당승표는 당최 무슨 소리인지 알아들을 수 없었지만 원하는 카드를 가져온다고 하니 고개를 끄덕였다.

"그럼 이런 손기술들 말고 다른 사기방법이 있을까요?"

"가장 쉬운 방법은 탄을 쓰는 것입니다."

"탄이요?"

"탄이란 카드 전체를 통째로 바꿔치기하는 것입니다. 미리 조작한 카드 한 벌을 숨기고 있다가 표적이 된 사람이 딴청 피울 때, 바꿔치기하죠. 한 명만 속인다면 누워서 떡 먹기보다 쉽죠."

"그렇군요. 탄을 당하지 않을 방법이 있나요?"

아리 사장은 재미있는지 흐흐 웃었다.

"방법이 없어요. 아마추어는 100% 당합니다. 특히, 판에 섹시한 여자가 끼어 있다면 탄을 쓴다고 봐야죠. 여자가 슬쩍 팬티를 보이면 남자들은 안 보고 못 배기죠. 그때 카드 전체가 바뀌는 겁니다."

당승표는 다양한 사기도박 기술에 고개가 절로 끄덕여졌다. 아리 사장은 신이 났는지 계속 말을 이었다.

"초소형 카메라를 이용하는 방법도 있지요. 카메라로 상대의 패를 읽은 후 소형 이어폰으로 전달해 주는 수법이죠."

"그런 방법은 어떻게 알 수 있죠?"

"몰래카메라 탐지기로 미리 점검을 하면 됩니다."

"또 알려 주실 방법이 없나요?"

"타짜에게는 이길 방법이 없어요. 영화에서도 말했지만 눈으로 타짜의 손을 쫓을 수 없어요. 그냥 포기하던지 상대를 보고 완력으로 해결해야죠. 참, 영화 '쉐이드'라는 것을 한번 보세요. 실제 타짜가 카드 바꿔치기하는 것을 유리테이블 밑에서 영상으로 담았어요."

"알겠습니다. 당분간 여기 나와서 도박을 좀 하겠습니다. 실전에서는 어떨지 연습 좀 하려고요."

"허허허, 사기도박을 해 달라는 겁니까?"

"네, 그렇죠. 그리고 하루가 끝날 때, 그 방법에 대해 알려 주면 더 좋고요."

그렇게 당승표는 실전 사기도박을 일주일간 배웠다. 충분한 실전연습을 하자 자신이 사기도박을 할 수는 없어도 조금은 알아챌 수 있었다.

3

당승표는 드디어 칼을 뽑았다. 도박의 첫 게임이 시작된 것이다. 오늘 게임의 사전 모의를 위해 김 영감의 집에 일찍 모였다.

"영감님, 제가 말씀드린 대로 총알은 준비되었습니까?"

당승표는 며칠 도박판에 있었다고 도박판 은어가 입에 배었다. 총알은 돈이었다. 김수만은 가방을 열어 만 원짜리 묶음들을 보였다.

"당 탐정이 시키는 대로 은행에서 5천만 원 대출받았네."

"잘 하셨어요. 그럼 그 이 영감과 타짜 친척에게는 미리 얘기해 두었죠?"

"그렇다네. 나도 오늘 조카를 데리고 간다고 했네."

"그동안 게임은 지시한 대로 약 올리며 했죠?"

"그렇다네. 판돈이 커 봐야 500만 원이었네."

"좋아요. 오늘은 아무 계획 없이 그냥 하던 대로 도박을 할 거예요."

노인은 아무 계획이 없다는 말에 눈이 커졌다.

"그냥이라니? 5천을 가져가는데 그냥 치라고?"

당승표는 미소를 지으며 말했다.

"여기 나승만 경감님을 보세요. 어떠세요?"

나승만은 검은색 정장에 머리를 짧은 스포츠로 잘랐다. 덩치가 큰데다가 옷과 머리스타일 때문에 외모는 조폭처럼 보였고, 검은색 선글라스를 끼고 있어 더욱 접하기 힘든 포스가 느껴졌다. 모두 당승표의 지시로 한 것이다.

"뭐…… 조폭 같구먼."

"아마 그쪽도 김 영감님께서 조카를 데리고 온다고 해서 경계를 할 겁니다. 그리고 여기 나승만 경감님을 보면 오늘은 절대로 사기도박을 못 하겠죠. 우리는 그걸 이용하는 겁니다. 실화[3]로 실컷 따는 거죠. 제 생각인데요. 오늘 그쪽에서는 돈을 잃어줄 겁니다. 아마 영감님의 집과 땅값 10억을 따 가려는 더러운 수작이겠죠."

노인은 당승표가 못 미더운지 목소리가 작아졌다.

"알겠네……."

"나승만 경감님은 되도록 말을 아끼시고, 뒤에서 분위기 잡고 있는 거 아시죠?"

"하하하, 무거운 분위기는 나에게 맡기게나."

약속한 시간이 되자 김 영감의 집으로 이 영감과 타짜 친척이 찾아왔다. 이 영감은 몸이 왜소했지만 눈이 가늘게 째

---

3 사기 없이 도박을 하는 것.

진 것이 야비해 보였고, 타짜 친척은 공사장 노동자처럼 머리가 덥수룩하고, 순진해 보였다.

먼저 타짜 친척이 앞으로 나와 90도로 고개를 숙였다.

"이형오 어르신의 먼 친척 되는 이태준입니다. 올해로 40줄에 접어들었습니다."

이태준은 사기를 칠 것 같지 않은 외모였지만 진짜 사기꾼은 풍기는 아우라도 속일 것이라 생각했다. 나승만은 소파에 앉아 계속 무게를 잡고 있어서 당승표가 앞으로 나갔다.

"반갑습니다. 저도 김수만 어르신의 조카 되는 당승표입니다."

둘은 악수하고 4인용 식탁으로 갔다. 영감끼리 마주보고 앉았고, 당승표는 나승만이 앉은 소파가 뒤에 오도록 앉았다.

당승표는 기선을 제압하기 위해서 턱으로 나승만을 가리키며 말했다.

"당연히 사기도박은 없을 것이라 생각됩니다마는 혹시나 해서 아는 형님을 모셔왔습니다. 불미스러운 일이 없었으면 합니다."

당승표의 말에 둘은 나승만을 곁눈질해서 보았다. 당승표는 강한 인상을 남기기 위해서 계속 세게 말했다.

"오늘은 판돈도 크니 천 원짜리를 없애고, 기본 앤티[4]를 만 원으로 하고 풀베팅으로 하시죠?"

기본으로 내는 돈의 액수가 커지자 이형오 영감의 눈이 커지며 반박하려고 했다.

"아니 룰을 그렇게 혼자서만……"

이태준은 이 영감에게 가만히 있으라는 눈짓을 주고 말했다.

"좋습니다. 그럼 일삼만으로 하면 되겠네요."

일삼만은 기본 앤티로 테이블에 4만원이 있으면, 선이 1만, 다음 사람이 레이스[5] 3만, 다음 사람이 합 10만 원을 베팅하는 것이다. 그러니 첫 패를 보려면 10만 원이 필요한 것이다. 상대방도 만만치 않다는 증거다.

당승표는 카드를 돌리는 이태준의 손을 보았다. 두껍고 손등이 볼록한 것이 도박장에서 들었던 전형적인 타짜의 손이었다. 당승표는 카드를 들면서 말했다.

"이 카드는 어디서 구한 거죠?"

같은 편인 김 영감이 말했다.

"마을 입구 편의점에서 샀다네. 무슨 문제가 있는가?"

---

4 포커게임에서 패를 받기 전에 기본으로 내는 돈.
5 앞 사람이 받은 돈에 더 돈을 올려 거는 것.

"아니요. 혹시 문제 있는 카드일까 해서요."

카드에는 문제가 없는 것 같았지만 당승표는 일부러 어깃장을 놓았다. 이태준은 그런 당승표를 힐끗 보았다. 기 싸움이었다.

당승표는 게임 내내 타짜 이태준의 손만 노려보았다. 그것을 눈치채서 그런지, 하수를 잡아먹기 위하여 잃어 주려고 했는지 이태준은 사기를 치지 않았다.

게임은 당승표 팀이 승승장구하였다. 4시간가량의 게임이 끝났을 때 당승표가 예상한 대로 당승표 팀은 6천만 원가량을 땄다.

이형오 영감은 생각보다 돈을 많이 잃어 그런지, 일부러 작전인지 얼굴에 화가 잔뜩 묻어 있었다.

"복수전 해야지. 내일은 우리 집으로 오게."

당승표는 웃는 얼굴로 말했다.

"내일은 일이 있어서 안 됩니다."

상대방을 약 올릴 심산도 있었지만, 내일은 인천으로 가볼 생각이었다. 이형오 영감의 낯빛이 약간이지만 어두워졌다.

"그럼 모레는 시간이 되는가?"

당승표는 일부러 벽에 걸린 달력을 보며 느긋하게 말했다.

"그러지요."

"총알 충분히 챙겨 오게나."

당승표는 대답 대신 고개를 끄덕였다.

4

당승표와 나승만은 전철을 타고 인천으로 가고 있다. 당승표가 수인고등학교의 김민영을 만나고 싶다고 해서였다.

"당 탐정, 도박에 신경을 써야지. 김민영이는 왜 만나려고 하는가?"

"저번에 황 영감 살인사건 해결해 주고 받은 우리 땅도 확인할 겸 해서요. 우리가 받은 땅이 그 수인고등학교 바로 옆이죠?"

"그렇지. 학교 옆 1000평인데. 절대농지라 그런지 제값을 받긴 틀렸어. 살려고 하는 사람은 없고 부동산에서는 구입하려고는 하는데 평당 100만원이야. 급히 돈이 필요한 건 아니니 당분간은 그냥 묵혀 두자고."

"네, 그러셔요. 그 타짜는 조사가 됐습니까?"

"사기도박으로 별을 세 개 달았더군. 당연히 친척은 아니었고, 그런데 자네 말대로 첫 게임에서 돈을 땄지만 다음부터는 구라로 칠 텐데 돈을 찾을 방법은 있는 건가?"

"저 포커에 대해서 많이 공부했습니다. 도박장에 가서 실전 감각도 쌓았고, 도박에 대한 영화나 만화를 모두 봤어요. 방법은 상대의 사기도박 기술을 원천 봉쇄하여 진검승부로 게임을 하는 겁니다. 그러면 승산이 있어요."

"아무튼 첫 게임에서 이기고 나서 이 영감이 약이 바짝 올랐나 봐."

"내일도 파이팅 해야죠. 상대가 어떻게 나올지 모르겠지만요."

둘은 김민영과 지난번에 만났던 과학실에서 만났다. 아직 날씨가 더운 탓에 김민영은 냉커피를 타 왔다. 나승만은 보기에도 시원하게 들이켰다.

"역시 김민영 씨 냉커피는 전문점의 아이스 카페라떼 못지 않구먼."

김민영은 칭찬을 들어 기분이 좋은지 미소를 보였다.

"그런데 갑자기 인천까지 어쩐 일이세요."

"여기 당 탐정이 자네에게 관심이 있나 보구먼."

당승표는 나승만의 헛소리에 대꾸하고 싶지 않아서 헛기침을 두 번 하고 냉커피를 마셨다. 김민영은 나승만의 말에 신경이 쓰였는지 힐끗힐끗 당승표를 보았다.

"저번 사건 때문에 학교에서 혼란이 많았을 텐데 잘 해결되었나요?" 당승표가 물었다.

"네, 처음에는 분위기가 조금 어수선했지만 학생들은 공부에 가장 신경 쓰거든요. 금방 정상화가 되었습니다."

당승표는 가방을 뒤져 카드를 한 벌 꺼냈다.

"오늘 김민영 씨를 보자고 한 것은 혹시나 의견을 얻을까 해서예요. 저번 황 영감 살인사건 때도 민영 씨의 의견을 듣고 살해 방법을 찾았잖아요."

당승표는 가방에서 안경을 하나 꺼내 낀 후 카드를 섞었다.

"카드 맞히기 마술을 해 볼까 합니다."

당승표는 섞은 카드를 테이블에 쭉 펼쳤다.

"카드를 하나 골라 보세요."

김민영은 무슨 영문인지 몰랐지만 일단 카드를 하나 골라 들었다.

"무슨 카드인지 확인하셨나요?"

김민영은 카드를 다시 눈으로 확인한 후 고개를 끄덕였다.

"그럼 다시 카드를 모아 직접 섞으세요."

김민영은 카드를 섞어 당승표에게 건넸다. 당승표는 카드를 뒤집어 몇 번 보는 것 같더니 '하트 7'을 꺼내 김민영 앞에 놓았다. 당승표가 뽑은 카드가 정답이었는지 눈이 커다랗게 변했다. 나승만은 당승표가 안경을 꼈을 때부터 비밀을 알아챘었다. 정선 폐교에서 범인 백종명이 사용한 방법이기 때문이었다.

당승표는 이후 세 번 더 카드 맞히기를 한 후 안경을 벗어 김민영에게 건넸다.

"이 안경을 껴 보세요."

김민영은 안경을 받아 끼고 호들갑을 떨었다.

"이런 안경이 있다니요. 이건 하트 5, 이건 다이아몬드 4, 이건 스페이드 A."

"그 안경은 특수 화학약품을 볼 수 있어요. 카드 뒷면에 표시를 해 둔 것입니다."

"아, 일리가 있네요. 아마 형광물질을 바른 것이고 이 안경은 편광안경일 거예요."

"그럼 이야기가 잘 통하겠네요. 이것 말고 카드를 알아낼 수 있는 방법이 또 있을까요?"

"저야 이런 쪽은 당연히 모르죠."

"그런 뜻이 아니라 과학적으로 무슨 방법이 없겠냔 말입니다."

김민영은 가만히 생각하더니 고개를 흔들었다.

"글쎄요. 당장은 생각이 나지 않을 것 같아요."

"아무 방법이라도 괜찮으니 뭔가 생각나면 나중에라도 연락 주세요."

"네, 그러죠."

당승표는 그동안 수인고등학교 강당이 어떻게 됐는지 궁금해 물었다.

"그럼 강당 준공은 어떻게 되었나요? 강당을 빨리 지어 주어야 학생들도 편할 텐데요."

"아, 그거요? 잘 해결되었습니다. 농수산물센터가 여기로 이전하기로 했어요. 우리 학교는 강당을 짓는다 해도 별관 건물이 오래되어 어차피 재건축을 해야 했어요. 돈이 이중으로 들기 때문에 인근 개발 중인 신도시로 이전 개교할 겁니다."

나승만은 귀가 번쩍 뜨였다.

"뭐라고? 농수산물센터 규모가 어떻게 되나? 이 학교 부지로는 작을 텐데. 이 옆 땅까지 해야겠지?"

"저야 모르죠. 왜 그러세요?"

"아니야. 상관없겠지. 당 탐정, 호재야. 호재. 우리 땅을 어찌 됐건 처리할 수 있겠어."

나승만의 말대로 농수산물센터 이전으로 인하여 며칠 후 실제 팔리는 호가가 평당 300만 원까지 올랐다. 무려 전체 땅값이 3억 원이 된 것이다.

두 번째 게임이 있는 날이다. 3시간 정도 공방을 주고받았다. 상대방은 오늘도 잃어 주려고 했는지, 당승표가 2천만 원가량을 따게 되었다. 이 영감은 내일 게임을 하자고 했지만, 당승표는 일이 있다면 5일 뒤로 미루었다. 모든 것이 당승표의 작전이었다.

이 영감은 끝을 보려고 했는지 다음에 모일 때에는 한 사람당 1억 원의 판돈을 제안했고, 당승표는 때가 된 것 같아 응했다.

5일 뒤 장소는 홈구장인 김수만 노인의 집이었다. 오늘은 판돈이 크기 때문에 당승표는 김 영감과 몇 가지 수신호를 맞추었다. 김 영감도 걱정되는지 안색이 좋지 않았다.

"영감님, 10억 게임을 하신 분이 뭐가 이리 걱정이에요?"

"솔직히 자네 같은 탐정에게 큰돈을 맡기는 것이 걱정돼서 그러네."

진짜 솔직한 대답이었다. 당승표는 가만히 있는데 옆에서 나승만이 나섰다.

"아이, 김 영감님, 뭡니까? 그럼 진작에 다른 타짜 하나 구하시지 왜 부탁을 하고는 지금에 와서 그럽니까?"

"……"

분위기가 어색해져 당승표가 나승만을 말렸다.

"경감님, 괜찮아요. 당연히 걱정되겠죠. 1인당 1억씩 무려 2억을 투자하는데 걱정이 되지 않겠어요?"

나승만은 다시 소파에 앉으며 걱정스러운 듯 말했다.

"그런데, 당 탐정, 오늘 어떻게 할 건가? 자신은 있는 건가? 그들도 오늘은 분명히 작정하고 덤벼들 텐데 말이야."

"글쎄요. 구라만 아니라면 어느 정도 자신이 있습니다."

"타짜들 기술을 어떻게 알아내려고 하는가? 눈으로는 절대 알아낼 수 없어."

"짧은 시간이었지만 저도 공부 많이 했습니다. 걱정하지 마세요."

당승표의 자신감에도 나승만과 김수만 영감은 걱정이 되는지 한숨을 내쉬었다. 당승표는 김 영감을 안심시켜 주려고 그동안 알아낸 사실을 알려 주기로 하였다.

"영감님, 제가 그동안 그냥 있었던 것이 아닙니다. 상대의 약점을 알아냈어요."

상대방의 약점을 찾았다는 말에 김 영감의 눈이 번쩍 뜨였다.

"도박할 때 상대방의 버릇을 알아냈어요."

"버릇?"

"책에서 봤는데요. 게임할 때 심리적 불안감이 버릇으로 나타나는데 히든카드를 보는 모습, 담배 피우는 모습 등으로 그것이 표출된다고 했습니다. 저도 그것을 찾아보려고 상대를 많이 관찰했어요. 제아무리 타짜라도 버릇이 있더군요."

김수만 영감의 몸이 앞으로 다가왔다.

"그래, 무슨 버릇이 있던가?"

"아무리 타짜라도 긴장을 하면 땀이 나게 마련이죠. 이태준은 특히 겨드랑이에서 땀이 많이 나는데 뺑카[6]로 마지막 베팅을 하면 겨드랑이를 환기시키는 듯한 행동을 합니다. 부채질을 하거나 옷을 겨드랑이에서 떼어내죠. 아마 뺑카로 긴장해서 땀이 많이 나서 나오는 행동 같아요. 높은 카드를 쥐고는 그런 행동은 없었어요. 높은 카드를 들고 있으니 긴장되지 않겠죠."

"허허 재미있군. 이따 한번 봐야겠어. 그럼 이 영감은 어떤가?"

"이 영감님은 그냥 호구예요. 적당히 해도 이길 수 있죠."

"허허허 파악 잘 했구먼, 이 영감은 호구지. 그래도 선무당이 사람 잡을 수도 있을 텐데."

당승표는 자신감 넘치는 표정으로 말했다.

"크크. 이 영감님은 금테 안경을 끼고 있죠. 히든카드를

---

6 자신의 패가 낮은데 높은 듯이 돈을 거는 것.

확인할 때, 눈앞으로 가져가서 엄청 느리게 쫍니다. 그 순간 테에 무늬가 비쳐 보입니다."

김수만 영감은 재밌는지 손뼉을 쳤다.

"카드가 보인다고?"

"아니요. 금테에 카드 색깔이 비쳐 보여요. 카드가 정확히 보이지는 않지만 김 영감님이라도 빨간색(하트, 다이아몬드)과 검은색(스페이드, 클로버)은 구별이 될 거예요. 그것이라도 플러시[7]는 구별이 될 겁니다. 저는 계속 관찰했더니 무늬는 확실히 구별이 되더군요. 그리고 무늬의 숫자가 많고 적음[8]으로 대충 카드의 숫자가 가늠되고요."

나승만도 재미있는지 식탁에 와서 앉았다.

"역시 추리의 왕 당승표야. 영감님 봤죠? 우리 당 탐정은 확실하다고요."

당승표는 여기서 멈추지 않고 김수만 영감을 보며 계속 말했다.

"영감님도 버릇이 있어요."

노인은 자신도 버릇이 있다는 말에 자세를 고쳐 앉았다.

"그래 나에게도 버릇이 있다고?"

---

7 같은 무늬가 5장 드는 족보.
8 카드에는 숫자만큼의 무늬가 그려져 있다.

"영감님은요. 뺑카를 칠 때, 고개가 오른쪽으로 살짝 기울어집니다. 아주 미세하지만 자주 보면 보여요."

김 영감의 두 눈이 커졌다.

"내가 그랬나? 몰랐네."

"김 영감님 왼손잡이죠? 왼손잡이는 우뇌를 주로 사용한다고 하는데 거짓말을 할 때, 우뇌를 많이 사용해서 그럴지도 모르죠."

김수만 영감은 자신의 왼손을 들어 보았다.

"너무 깊게 생각하지 마세요. 오늘 게임에만 집중하자고요."

잠시 후 이형오 영감과 이태준이 왔다. 전과 같은 자리에 앉아 게임이 시작되었다. 카드는 새 카드를 뜯어 시작했다.

게임이 시작된 후 빅매치는 없었지만 돈이 슬금슬금 나가서 2시간이 지날 즈음 당승표는 2천, 김수만 영감은 3천을 잃고 있었다. 그때 드디어 큰 판이 터졌다.

히든 카드를 받고 당승표와 이태준이 1대 1인 상황, 당승표는 에이스 투페어[9]를 잡고 있었다. 크게 생각하지 않고 적당히 먹으려고 500만 원을 걸었다.

"500만 원."

---

9 A카드 두 장과 다른 같은 카드 두 장을 들고 있는 족보.

이태준은 노타임으로 레이스를 들어왔다.

"레이스! 500만 원 받고 1,000만 원 더"

이태준은 5만 원권 뭉치를 세 개 넣더니 담배를 꺼내 물었다. 그리고는 왼손으로 오른쪽 겨드랑이 옷을 잡고 펄럭였다.

'뻥카.'

옆의 김수만 영감도 그 모습을 보더니 레이스하라고 눈짓을 보낸다. 당승표는 다시 레이스를 외쳤다.

"레이스! 1,000만 원 받고, 2,000만 원 더."

당승표의 레이스를 기다렸는지 이태준은 호기롭게 레이스를 외쳤다.

"레이스! 2000만 원 받고, 그쪽 있는 만큼 5000만 원쯤 되죠?"

이게 미쳤나? 당승표는 이태준의 패를 유심히 보았다. K가 2장, J가 2장 깔려 있다. 액면 킹 투페어. 액면대로라면 에이스 투페어가 이긴다. 당승표는 곰곰이 생각했다. 아까 김수만 영감과 신호 교환으로 K 2장을 김수만 영감이 가지고 있는 것을 알았다. J 1장은 이형오 영감에게 깔려 있었으므로 이태준이 이길 확률은 1장 남은 J가 들어 풀하우스[10]가

---

10 같은 카드 3장+2장 드는 족보.

되어야 한다. 그렇지 않다면 이태준은 액면뿐인 K 투페어. 그럼 당승표가 들은 A 투페어로 이긴다. 남은 J 1 장을 이태준이 들 확률은? 카드의 전체 숫자를 생각한다면 1% 남짓. 생각이 길어지자 이태준이 말했다.

"거 카드를 그렇게 오래 생각하면 어떡합니까?"

"이미 3,500만 원이 들어갔어요. 그리고 5,000만 원을 더 넣어야 하는데 1분만 더 생각합시다."

당승표는 일부러 생각하는 척 시간을 더 끌었다. 다시 버릇을 확인하고 싶어서다. 잠시 후 이태준은 휴지를 꺼내 겨드랑이에 넣었다. 당승표가 김수만을 보자 고개를 살짝 끄덕였다.

"좋아 콜."

당승표는 나머지 돈을 다 밀어 넣었다. 그리고는 자신의 카드를 오픈했다.

"A 투페어."

이태준은 자신의 앞에 있는 히든카드로 손을 가져갔다. 당승표에게는 그것이 슬로우 비디오 화면처럼 보였다.

'제발 J는 아니기를…' 당승표는 기도하듯 두 손을 모았다.

이태준은 카드를 집어 얼굴 높이까지 들더니 바닥으로 내리쳤다.

"J 풀 하우스. 허허허 잘 먹겠습니다."

1%도 되지 않는 1장 남은 J가 히든카드로 든 것이다. 당승표는 멍하니 정신이 나갔고, 김수만 영감은 자신에게 남은 7,000만 원을 지키고자 기권하였다.

당승표는 그만 이성을 잃었다. 의자를 박차고 일어서 소리쳤다.

"내일 다시 해요. 내일 마지막 게임을 합시다. 판돈은 1인당 5억!"

나승만이 놀랐는지 소파에서 일어나 당승표의 어깨를 눌러 의자에 앉혔다.

"왜 그러나? 진정하게."

"아니에요. 이렇게 물러날 수 없어요."

김수만 영감도 난색을 표하며 말했다.

"5억이라니, 난 그런 돈까지 대줄 수 없네."

당승표는 이미 도박에 미친 사람이 되어 있었다.

"돈 있어요. 이제는 자존심 때문이라도 포기 못합니다. 이 영감님 어때요?"

이형오 영감은 돈을 주섬주섬 챙겼다.

"돈만 있다면 언제라도 오케이야. 하지만 김 영감도 그만한 돈을 대지 못할 것 같은데……."

"돈은 충분해요. 우리 인천 땅 시가가 3억이잖아요. 그리고 강남 사무실 보증금을 더하면 5억은 당연히 넘어가잖아요."

"그렇긴 하지만…… 자네는 이성을 잃었네."

나승만은 불안한 표정을 지었다. 당승표는 나승만의 표정에는 아랑곳하지 않고 김수만 영감을 보며 말했다.

"내일은 제 돈으로 하겠습니다. 어때요?"

김수만 영감은 이형오 영감과 이태준을 돌아보다가 말했다.

"까짓것 그럽시다. 여태 잃기만 했는데 내일 한 방에 해결하자구. 어때 이 영감?"

이형오 영감도 이태준을 보았다. 이태준은 미소를 지으며 말했다.

"어후, 그렇게 크게요? 하지만 제가 언제 테이블머니 20억짜리를 쳐 보겠습니까? 좋아요."

내일 마지막 전쟁을 치르기로 약속하고 각자의 집으로 갔다.

당승표와 나승만도 사무실로 가기 위해 밖으로 나왔다. 당승표는 조수석에 올라타더니 팔짱을 끼고 눈을 감았다. 나승만은 한숨을 쉬고 운전석으로 올라탔다.

"당 탐정, 난 여태 자네를 믿었다만 이번엔 아닌 것 같네."

당승표는 눈을 감은 채 말했다.

"계속 믿어 주세요. 돈을 써도 되죠?"

"뭐 돈이야. 자네가 다 번 돈 아닌가?"

"믿어주세요. 내일은 큰 소동이 벌어질지 모르니 나 경감님은 타짜 영화처럼 오함마 하나 준비해 주세요."

나승만은 고개를 절레절레 흔들더니 앞을 보고 운전했다. 당승표의 고집을 알고 있었고, 여태 그랬던 것처럼 당승표를 믿기로 했다. 나승만은 불안함을 떨치고자 힘차게 액셀을 밟았다.

다음 날 당승표는 김수만 영감에게 전화해 이태준과 이형오 영감을 마을 입구 편의점 앞에서 만나자고 하였다.

나승만과 당승표가 탄 자동차가 마을 입구로 가자 편의점 앞에서 세 명이 담배를 피우며 기다리고 있었다. 당승표가 내리자 김수만 영감이 달려왔다.

"어쩌자고 여기서 만나자고 했나?"

당승표는 김 영감의 질문에 대답하지 않고 비장한 표정으로 이형오 영감과 이태준 앞으로 갔다. 김수만 영감도 영문을 모른 채 당승표의 뒤를 따랐다.

"여기까지 나오시게 하여 죄송합니다. 오늘은 역사에 길이 남을 게임이 될 텐데 새 카드로 게임을 하고자 여기로 나오시라고 한 겁니다. 편의점에 들어가서 카드를 같이 사시죠?"

비장한 당승표의 표정과 다르게 이유가 사소했는지 이태준이 미소를 지으며 말했다.

"그 정도라면 오실 때 사 오시면 될 것을 뭐 그렇게 하나요."

"확실하게 하자는 겁니다."

나승만까지 다섯 명은 편의점으로 들어가 진열되어 있는 다섯 벌의 카드를 모두 집어 들었다. 그리고 맥주 몇 캔과 요깃거리도 사 들고 오늘의 게임 장소인 이형오 영감네 집으로 갔다.

당승표는 이형오 영감네로 들어가며 나승만에게 조용히 말했다.

"오함마 들고 오세요. 오늘은 구라로 못하게 초반에 겁을 줄 겁니다. 그때 장단 좀 맞춰 주세요."

"알았네."

이형오 영감네 들어가 가장 먼저 돈을 확인하였다. 이태준과 이형오 영감, 김수만 영감은 5만 원권으로 5억씩 준비했고, 당승표는 인천 땅과 강남 사무실 계약서를 내놨다.

이태준은 어떻게 알았는지 전화를 걸어 등기를 확인하였다.

"맞네요. 5억 쳐 주겠습니다."

"아니, 땅 3억, 사무실 보증금 4억이면 7억이지. 왜 5억입니까?"

"땅은 등기를 옮길 때 돈도 들고 문제가 많아요. 우리처럼 현금으로 가져 왔어야죠."

나승만이 오함마를 들고 일어섰다.

"이런 도둑놈의 새끼를 봤나."

이태준은 겁을 먹었는지 슬슬 뒷걸음질쳤다.

"그럼 게임을 하지 말던가."

당승표는 나승만에게 진정하라고 손짓했다.

"알겠습니다. 오늘은 판돈이 크니 현금보다 칩스로 하시죠."

"원하는 바입니다."

"그럼 게임 시작하기 전에 잠시 몇 가지 점검을 하겠습니다."

당승표는 가방에서 작은 전자기기를 꺼내 테이블 위에 올렸다.

"몰래카메라 탐지기입니다. 혹시 모르니 전자기기가 있는지 검사를 해야겠습니다."

이태준이 발끈했다.

"이거 해도 해도 너무하네. 내가 구라로 칠까 봐 그럽니까?"

"당신이 사기도박으로 별을 세 개 단 것을 압니다."

쿵!

당승표의 말에 장단을 맞추듯이 나승만이 오함마를 바닥에 쿵 찧었다.

"내가 전직 경찰인 것 몰랐나?"

이태준은 위축되는지 인상을 찌푸렸다. 당승표는 그런 이태준을 보고 말했다.

"위협할 생각은 없습니다. 전 단지 정정당당한 게임을 하고 싶다는 겁니다. 그러니 양해 바랍니다."

이태준은 의자에 앉아 다리를 꼬고 앉더니 그러라고 손짓했다. 당승표가 조사를 시작하자 이태준이 혼잣말을 했지만 모두 그 소리가 들렸다.

"그래서 카드도 새로 산 거구만…… 그 실력이면 내가 구라를 칠 필요도 없는데 말이야."

이태준도 당승표의 화를 부채질할 작전으로 모함했지만 당승표는 들은 척도 하지 않고 곳곳을 점검하였다. 몰래카메라나 도청장치는 설치되어 있지 않았다.

"좋습니다. 의심 갈 만한 물건은 없네요."

당승표는 가방에 몰래카메라 탐지기를 넣더니 비디오카메라를 꺼내 삼발이를 설치하고 도박 테이블이 비치도록 했다.

"혹시나 모를 손기술을 방지하기 위해섭니다."

이태준은 포기했는지 카메라에 대한 언급 없이 담배를 꺼내 피웠다.

"이제 다 된 겁니까? 도박 한 번 하기 힘드네요."

"네, 다시 말씀드리지만 실화로 쳐야 합니다. 구라는 판돈 압수에 저기 오함마가 손을 아작 낼 겁니다."

쿵!

나승만은 장단을 맞추듯 오함마로 바닥을 쿵 찧었다.

분위기가 그래서인지 게임은 지루했다. 큰 판은 터지지 않고 서로 견제하기 바빴다. 도박판의 짬밥을 무시 못 한다고 이태준은 만만치 않았다. 4시간이 지났을 때, 큰 판이 터지지도 않았는데 김수만 영감은 벌써 3억을 잃고 있었고, 당승표는 겨우 본전을 유지하고 있었다. 하지만 이렇게 계속하다가는 앤티로 5억을 잃을 판이었다. 어느덧 5시간이 지났을 때, 드디어 마지막이 될 빅매치가 찾아왔다. 상황은 어제와 비슷했다.

당승표는 마지막 히든에 10 풀하우스를 완성했다. 확률은 약 0.1% 하루 밤새 쳤을 때, 5번 정도 나올 높은 카드였다.

더군다나 이태준은 바닥에 8, 8, 8, Q을 깔고 있었다. 당승표는 이태준이 8 풀하우스를 들기를 마음속으로 바랐다. 당승표는 1,000만 원을 걸자 이태준은 1,000만 원을 받고 2000만 원을 더 불렀다.

8 풀 하우스를 완성했군. 당승표는 쾌재를 불렀다. 호기롭게 레이스를 쳤다.

"레이스! 도합 1억으로."

당승표의 레이스에도 이태준은 크게 웃었다.

"하하하 좋은 패 들었나 봐요. 여기서 우리의 인연을 끝냅시다. 올인!"

이태준은 자신의 칩스 5억을 밀어 넣었다. 그리고는 연신 겨드랑이를 펄럭인다. '뺑카?' 어제도 당했기 때문에 당승표는 김수만 영감에게 카드 확인 신호를 보냈다. 김수만 영감은 자신이 8을 가졌었다고 신호를 보내왔다.

'그럼 8포카드[11]는 없는 것이다.'

당승표는 자신의 칩스를 힘차게 밀어 넣었다.

"콜, 텐 풀 하우스. 포카드 윈"(당신이 8포카드면 이긴다는 말이다.)

"포카드 아닙니다." 이태준이 말했다.

당승표는 만세를 불렀다.

"만세! 이겼다. 하하하."

"잠깐!"

칩스를 가져가려던 당승표의 손이 이태준의 말 때문에 멈췄다.

"이쪽 카드를 확인해야죠."

---

11 똑같은 카드 네 장이 드는 것. 풀 하우스보다 높은 족보.

이태준은 히든을 제외한 두 장의 카드를 오픈했다. J, Q 였다. 이로써 이태준은 8, 8, 8, Q, Q, J로 8풀 하우스가 되었다. 그것으로는 당승표의 10풀 하우스에는 못 미치는 족보였다. 하지만 이태준은 당당한 표정을 짓고 있었다.

"자 이 히든카드는 무엇일까요?"

당승표는 자신감 있는 이태준의 태도에 히든카드가 Q임을 짐작했다. 액면에 8이 석 장 깔려서 8포카드만 생각한 것이 실수였다. 이태준이 판결을 내리듯 히든카드를 뒤집자. Q가 나왔다. Q, Q, Q, 8, 8로 당승표의 텐 풀 하우스보다 높은 Q 풀 하우스가 된 것이다.

"마담이 한 장 더 있지. 마담 풀 하우스요."

당승표가 진 게임이었지만 오히려 더 날카로운 눈빛으로 변하였다. 당승표는 영화 '타짜'에서처럼 마지막에 오픈된 마담 카드를 컵으로 덮었다.

"나승만 경감님, 준비해 주세요."

나승만도 마지막이 온 것임을 짐작하고 오함마를 어깨에 메고 일어섰다. 당승표가 이번 게임에서 모든 것을 다 잃은 줄 알았는데 도박에 미쳐 있던 당승표의 눈이 어느새 총기로 가득 차 있었다. 나승만도 중저음의 목소리에 더욱 힘을 주어 말했다.

"움직이지 마. 지금부터 손끝 하나 움직이면 이 오함마를 내리칠 것이야."

두 영감은 겁을 잔뜩 집어먹었지만, 닳고 닳은 이태준은 애써 태연한 모습을 보이며 말했다.

"왜 그럽니까? 돈 잃고 속 좋은 사람 없다지만, 도박판에서 폭력을 쓰면 안 되죠. 내 딴 돈의 절반을 돌려줄 테니 여기서 그만 하시죠."

당승표는 자리에서 일어섰다.

"이태준! 사기도박 전과 3범. 당신이 구라를 칠 줄 알았습니다."

이태준은 느긋하게 말했다.

"사기라니요. 당신이 설치한 저 카메라 당장에 돌려 보면 될 것 아니오. 난 결백합니다."

"카메라에 안 걸릴 자신이 있나 보지요?"

"전 구라를 치지 않았으니까요."

당승표는 자신의 가방을 테이블 위에 올리며 말했다.

"당신은 구라를 쳤어요. 저 마지막 카드 Q는 우리가 사용하던 카드가 아닙니다. 당신이 방금 다른 카드에서 꺼낸 것입니다."

"만약 그렇다고 해도 무엇으로 증명하려고요?"

당승표는 테이블에 올린 가방에서 박스를 하나 꺼냈다.

"이것은 지문 채취 도구입니다. 고등학교에서 실험용 키트로 사용하고 있는 것이죠. 몇 시간 동안 사용한 카드에는 우리 넷의 지문이 어지럽게 나와야 정상입니다. 저 마지막 카드 Q도 마찬가지겠죠. 하지만 당신 지문만 나온다면 구라를 친 명백한 증거가 되지요."

당승표의 말에 이태준은 긴장했는지 겨드랑이가 흠뻑 젖어 들어갔다.

"누구 맘대로 조사해? 그건 내 자존심을 짓밟는 짓이라고. 그에 해당하는 무언가 당신을 걸어야 할 겁니다. 당신은 무엇을 걸 겁니까?"

당승표는 부엌으로 가서 식칼을 들고 왔다. 그리고 웃통을 벗어던지고 말했다.

"만약 지문 채취로 네 명의 지문이 나온다면 저 칼로 날 죽이십시오. 난 목숨을 걸 겁니다."

당승표의 선언으로 도박판에는 묘한 긴장감이 흘렀다. 김수만 영감이 당승표를 만류했다.

"이보게, 되었네. 이제 그만 하게나. 자네가 이겼네."

당승표는 화가 나서 소리쳤다.

"김수만 영감, 당신도 한패야. 아마 저 카드에서는 당신 지문도 나오겠지. 카드를 건네준 것은 김 영감 당신이잖아."

김수만의 고개가 자꾸 왼쪽으로 기울어졌다.

"무슨 소린가? 내가 한패라니 섭섭하게 왜 그러나?"

"거짓말! 김 영감님 당신의 고개가 왼쪽으로 기울고 있어요. 거짓말을 하고 있다는 증거죠."

"그게 무슨 소린가?"

"그건 이따 설명해 드리죠. 나승만 경감님, 움직이는 사람에게 오함마 맛을 보여주세요. 그럼 지금부터 지문 채취에 들어갑니다."

당승표는 상자를 열어 알루미늄 분말을 붓으로 묻혀 카드 표면에 살살 발랐다. 카드에서는 두 종류의 지문이 나왔고, 당승표의 예상대로 이태준과 김수만 영감 것이었다.

모두 포기했는지 몸이 축 늘어져 있었다. 당승표는 돈을 챙기면서 설명했다.

"자, 핵심만 설명하도록 하겠습니다. 저는 김 영감님이 자신의 큰돈을 주면서까지 도박에서 잃은 돈을 찾아달라는 것이 의심스러웠어요. 혹시나 세 명이 짜고 내 돈을 탐내나 의심하게 되었죠. 그래서 제가 꾀를 낸 겁니다."

당승표는 미소를 지었다.

"없던 버릇이 있다고 한 것이죠. 당연히 한패였던 김 영감님은 이태준에게 그것을 이야기합니다. 도박에 잔뼈가 굵은 이태준은 그것을 실전에서 역으로 이용했고요. 이태준은 마지막 돈을 걸 때 과도하게 겨드랑이를 강조하더군요. 김 영감님이 그것을 보고 제게 돈을 걸라고 부추길 때는 정말 배신감이 들었습니다."

당승표는 돈 정리가 끝났는지 돈을 넣은 가방들을 바닥에 내리고 테이블 위의 생수를 마셨다.

"김 영감님 버릇도 거짓이었어요. 김 영감님이 거짓말할 때, 고개가 오른쪽으로 기울어지는 것은 없었어요. 그런데 제 말을 자꾸 의식해서였는지 거짓말을 하면서 고개가 왼쪽으로 기울어지더군요. 자신이 거짓말을 할 때, 고개가 오른쪽으로 기울어진다고 생각하니 영감님은 고개를 바로 한다고 했지만 오히려 왼쪽으로 기울어진 겁니다."

나승만이 큰돈을 벌어 신났는지 추임새를 넣었다.

"역시, 우리 추리대왕 당승표야."

"자, 도박판에서 구라를 치면 어떻게 되죠?"

역시 나승만이 대답했다.

"판돈 몰수지."

당승표는 더욱 크게 말했다.

"그리고 뭐죠?"

"평생 도박을 할 수 없게 손모가지를 잘라버려야지."

"맞습니다. 저 세 명의 손을 아작 내 주세요."

나승만이 놀라 당승표를 보자. 당승표가 살짝 윙크했다. 나승만은 당승표의 의도를 깨달았다.

"저를 배신한 죄가 가장 크니 김수만 영감부터 시행하죠."

"오케이 자, 영감 손 올려! 순순히 안 올리면 칼로 하는 수가 있어."

김수만 영감은 벌벌 떨었다.

"왜들 그러나. 돈만 가지고 가면 안 되겠나?"

나승만은 테이블 가운데를 오함마로 내리쳤다. 테이블 위의 칩스와 카드가 어지럽게 날렸다.

김수만 영감은 오줌을 지렸는지 바지가 젖어 들었다. 당승표는 김수만 영감의 어깨에 손을 올리며 말했다.

"왜 그러셨어요. 제게 이런 짓을 한 이유를 말해 주시면 그만둘 용의도 있습니다."

"누…… 누가 시켰네."

당승표도 그 대답을 짐작하지 못했는지 깜짝 놀랐다.

"그게 누굽니까?"

"그건 모르네."

"누가 시켰는데 그걸 모른다는 게 말이 됩니까?"

"미안하네. 나도 늙어서 사기도박에 걸려 집, 땅 모두 날리고 빚만 잔뜩 졌네. 그것 때문에 어쩔 수 없이 시킨 대로 한 거야."

나승만이 다시 한번 테이블을 내리쳤다.

"그러니까 그게 누구냐고?"

옆의 이태준이 대신 말했다.

"그냥 젊은 남잡니다. 그 사람도 누구에게 지령을 받는 듯 했어요. 우리는 그 사람을 정말 모릅니다."

나승만이 다시 나서려고 하자 당승표가 말렸다.

"경감님, 더 이상 알 수 없을 거예요. 이제 가시죠."

나승만은 고개를 끄덕이고 돈 가방들을 들었다. 신나서 돈 가방을 들던 나승만을 당승표가 제지했다.

"경감님 잠시만요. 우리는 탐정이에요. 의뢰를 받고 일을 하죠."

"도대체 무슨 소리를 하는 건가?"

"김 영감은 우리에게 잃은 돈 10억을 찾아달라고 했고, 사례는 10%라고 계약했어요. 10억을 찾아 주었으니 1억만 챙기면 돼요. 이 가방이 1억짜리입니다."

"당 탐정! 이건 우리 돈을 걸고 한 거니. 계약이랑 다른 거야."

"다르지 않습니다. 계약대로 돈을 찾으려고 했을 뿐입니다."

나승만이 어이없어하는 표정을 지었다. 여자의 코가 예뻐서 1억을 깎아 주질 않나, 나쁜 놈을 죽였다고 용서해 주질 않나. 이번에는 돈을 다 따고도 의뢰비만 받겠다니 미치고 팔딱 뛸 일이다. 물론 그런 매력에 빠져 당승표와 같이 지내고 있지만……

"당 탐정, 자네는 알다가도 모를 사람이야. 알겠네."

당승표는 김 영감, 이 영감, 이태준에게 말했다.

"우리는 계약대로 했을 뿐입니다. 원래 계약대로 수수료 1억만 가져가니 더 이상 원한을 갖지 마세요. 그리고 여러분도 복잡한 사정이 있을 텐데 잘 해결되기 바랍니다."

나승만과 당승표는 밖으로 나왔다. 어느덧 밖은 땅거미가 지고 있었다. 나승만은 축배를 들자고 했지만 당승표는 사무실에서 만날 사람이 있다고 했다.

"누굴 만나야 하는데?"

"여자예요. 가 보시면 알아요."

"그건 그렇고 자네 때문에 심장이 약해지겠어. 난 아까 알거지 되는지 알았지 뭐야."

"제가 믿으라고 했잖아요."

"그럼 어제 돈 잃고 도박에 미친 사람처럼 행동한 것도 다 작전이었나?"

당승표는 배시시 웃었다.

"히히 네."

"그럼 나에게 진작에 알려 줬어야 할 것 아닌가?"

"경감님은 솔직해서 연기를 못하잖아요."

"이 사람이? 나도 연기 잘해!"

그렇게 이야기하며 운전하는 나승만은 룸미러를 힐끗 힐

끗 보고 있었다.

"근데 우리 뒤를 미행하는 차가 있어. 정확히 언제부터인지 모르겠지만 계속 따라오고 있네."

당승표는 뒤를 한번 돌아보더니 말했다.

"하하하 나 경감님, 아직 죽지 않았네요."

나승만은 영문을 몰라 어리둥절했다.

"누군데? 아는 사람인가?"

"사무실에서 만나기로 한 여잡니다."

나승만은 답답했는지 차를 길가에 세웠다. 덩달아 뒤를 따라오던 차도 길가에 세웠다. 나승만이 차 문을 열고 나가 뒤차로 가자 창문이 내려졌다. 뒤에 있던 여자는 김민영이었다.

"뭐야. 만나는 여자가 김민영이었어?"

김민영은 나승만에게 인사로 군인의 경례를 흉내 냈다.

"왜 따라오는 거야?"

"당승표 씨가 말 안 했어요?"

"도대체 무슨 소리야?"

둘은 차에서 내린 당승표에게 무언으로 물었다.

"어서 가시죠. 사무실에 가서 이야기해요. 말하자면 길어요."

나승만은 성공을 축하하자며 어디 좋은데 가서 한잔하자고 했지만 김민영도 있고, 신경을 많이 써 피곤하니 사무실로 가자고 했다. 치킨 두 마리를 주문했고, 냉장고에는 마트에서 사다 놓은 수입맥주가 가득 있기 때문에 그것을 마시기로 하였다.

나승만은 캔맥주를 따더니 손을 높이 들었다.

"나한테 감춘 것이 있긴 하지만 일단 성공 축하를 하자고."

당승표와 김민영도 캔맥주를 들었다. 맥주캔의 찬 기운이 손에 전해져 기분이 좋아졌다.

"앞으로의 계속된 영광을 위하여."

당승표도 건배하고 갈증을 없애려 벌컥벌컥 마셨다. 시원한 맥주가 식도를 자극했다. 나승만은 500mL 캔 하나를 단숨에 비우더니 닭다리를 입으로 뜯으며 당승표에게 물었다.

"그래, 이제 김민영이가 왜 있는지 말해 줘야겠지?"

당승표도 치킨 한 조각을 들고 입에 물었다. 닭고기 사이로 따스한 닭기름이 흘러나와 혀에 닿자 최고의 기분이 되었다.

"경감님 오늘 활약이 좋았어요. 역시 나 경감님은 몸 쓰는 것이 제격입니다. 노인네가 어디서 그런 박력이 나오는지 모르겠어요? 하하하."

김민영도 재미있는지 입을 가리고 따라 웃었다.

"뭐? 날 놀려? 헤드락 한번 다시 당해 볼 텐가?"

나승만은 한쪽 팔을 걷더니 이두박근을 보였다.

"아니…… 아니에요."

당승표는 두 손을 흔들었다.

"경감님, 아까 마지막에 이태준이 카드를 바꿔치기한 것을 제가 어떻게 알았을까요?"

나승만이 새로운 맥주캔을 집어 따자 치~익 소리가 났다.

"그러게. 아까는 자네가 시키는 대로 했지만 자네를 믿으니 어떻게든 알아낸 줄 알았지."

"타짜의 손기술을 어떻게 당해 냅니까? 저번에 인천 수인고등학교에 갔었잖아요. 사실 땅을 보자고 했지만 민영 씨를 만나고 싶었어요. 그때 특수 안경으로 보는 카드를 민영 씨에게 보였잖아요. 황 영감 살인사건 때도 힌트를 얻은 것처럼 카드를 아무도 모르게 볼 수 있는 힌트를 얻고 싶었죠."

나승만은 맥주를 들어 시원하게 한 모금 마셨다.

"크~ 그런데 그때는 김민영이도 별 이야기가 없었잖아."

"그날 밤에 민영 씨에게 전화가 왔어요. NFC 어쩌구 했는데 자세한 것은 민영 씨가 설명하시죠?"

김민영은 맥주캔을 내리고 설명했다.

"NFC는 근거리무선통신의 약자예요. 교통카드를 생각하시면 됩니다. 과학의 렌즈, 패러데이 법칙이죠. 자기장이 변할 때, 자기장의 변화를 방해하는 방향으로 전류가 흐른다는 법칙입니다."

나승만은 손을 절레절레 흔들었다.

"그냥 쉽게 설명해 주게나. 자기장, 전류 이런 거만 생각하면 머리에 쥐가 나네."

김민영은 나승만의 표정이 재밌는지 미소를 지었다.

"히히 알겠어요. 요즘 기술이 발달해 중국에서는 지름이 1mm인 NFC스티커를 만들기도 한다더군요. 교통카드처럼 플라스틱 카드 속에 넣는 것은 식은 죽 먹기죠."

당승표가 김민영의 말을 받았다.

"그래서 특수 카드를 만든 겁니다. 그 특수 카드에서는 미세전류가 만들어지죠. 그 미세전류는 무엇으로 보느냐 하면 아까 설치한 특수 카메라로 보는 겁니다. 카메라 상에서는 보이지 않지만 그 영상을 송신 받는 모니터에서는 전류가 생기면 빛나게 되는 거죠."

나승만은 '허' 하면서 감탄했다.

"그럼 몰래카메라 탐지기 운운한 것도 다 이것 때문이었구먼."

"그것도 그렇지만 테이블 아래 검사하는 척하면서 네오디뮴 자석을 몇 개 붙이느라 그랬어요. 자기장이 있어야. NFC가 작동하거든요."

만담을 하듯 김민영이 당승표의 말을 다시 받았다.

"당승표 씨가 제게 부탁했어요. 아무도 믿기 어려운 상황이니 근처에 와서 카메라 영상을 보면서 게임을 하다가 카드가 바뀌면 송신해 달라고요. 마지막 게임 때 그 타짜의 카드에서 전류가 생성되지 않더군요. 카드가 바뀐 것을 알고 전 탐정님께 그걸 송신한 거예요."

당승표는 지름이 2mm 정도인 까만 점을 나승만에게 보였다.

"이게 초소형 스피커입니다. 제 귓속에 있었죠."

나승만은 남아 있는 캔을 들어 모두 마셔 버렸다.

"자네에게는 두 손, 두 발, 다 들었네. 자네가 우리나라 최고인 탐정이네. 그래도 같은 편인 나에게도 말해 주지 않는 것은 너무하네."

"그건 죄송하게 생각합니다. 리얼한 연기가 필요했거든요. 경감님은 어제 1억을 잃고 이성을 잃은 제 모습을 보고 어떤 생각이 드셨죠?"

나승만은 이해를 하겠는지 고개를 끄덕였다.

"난 자네가 도박 때문에 어떻게 되는 줄 알았지 뭐야."

"상대는 그런 모습을 보았기 때문에 카드나 설치된 카메라를 의심하지 않은 것이겠죠."

"그럼 마지막 질문, 특수 제작된 카드는 언제 바꿔치기한 건가? 편의점에서 새 카드를 샀잖아?”

당승표는 히죽 웃었다.

“크크 거 봐요. 나 경감님은 추리보다는 몸 단련을 더 해야 한다니까요?”

나승만은 얼굴이 빨갛게 물들었다.

“잠깐 내가 맞혀 보지. 알았네. 편의점 알바를 돈으로 매수했어.”

당승표는 박수를 쳤다.

“반만 맞았어요. 그 알바가 나중에 불어버린다면 후환이 오게 되죠. 그 알바 어디서 많이 본 것 같지 않아요? 얼굴이 항아리 모양이었죠.”

나승만의 동공이 순간 확장됐다.

“아리. 도박장 아리 사장.”

“맞아요. 어떻게 그런 카드와 카메라를 금방 만들겠습니까? 아리 사장에게 아이디어를 말하자 자신들이 거래하는 카드제작 회사에 의뢰해서 만들었다고 합니다. 우리는 도박을 계속하지 않을 것이기 때문에 이번 한 번만 빌리기로 한 것이죠.”

나승만은 다시 캔맥주를 따더니 높이 들었다.

“역시 당승표 탐정 자네가 최고네. 난 죽을 때까지 자네 뒤를 따라다닐 거야. 하하하”

"이번엔 여기 민영 씨의 활약이 큰 것이죠."

"맞네 맞아. 김민영이도 그 정도 능력이면 학교 관두고 여기로 와."

김민영은 부끄러운 듯 말했다.

"과학 교사가 무슨 탐정입니까?"

당승표가 진지한 표정을 지었다.

"아니에요. 민영 씨의 과학 지식이 추리에 많은 도움이 될 것 같아요."

김민영은 머뭇머뭇하더니 남아 있는 캔맥주를 비워 버렸다.

"사실 학교는 어제부로 계약이 끝났어요. 두 분께서 진짜 괜찮다고 하시면 나당 탐정사무소에 들어오고 싶습니다."

김민영의 말에 나승만은 만세를 불렀다.

"좋아. 그럼 당 탐정, 월급은 어떡하지? 나야 여기서 살면서 돈은 그냥 쓰지만……."

당승표는 아까 가져온 1억이 든 가방을 테이블 위에 올렸다.

"민영 씨 연봉이 얼마죠? 한 5천 되나요?"

김민영은 당승표의 의도를 몰라 고개를 갸웃거렸다.

"그 정도는 아니에요. 4천 정도 될 거예요."

당승표는 가방을 열어 돈을 보였다.

"그럼 5천 쳐 주겠습니다. 2년 계약합시다."

옆에서 나승만이 소리쳤다.

"시원시원해서 좋다. 계약 성립."

이렇게 나당 탐정사무소의 팀원이 한 명 늘게 되었다. 셋은 밤새도록 술을 마셨고 나승만과 김민영은 새벽이 돼서야 취해 잠이 들었다.

당승표는 창가로 와서 어두운 강남대로를 내려다봤다. 밤새 술을 마셔도 취하지 않는 이유는 오늘 자신들을 도박판으로 끌어들여 파멸로 이끌려는 배후 때문이다.

'누굴까? 누가 나에게 원한이 있는 걸까? 도르래 살인사건의 왕사장? 아니야 왕사장은 무기징역을 받았어.'

역시 아무리 생각해도 한 명밖에 없었다. 사이코 킹 구요동의 아들 구민기. 그때 구민기는 집행유예를 받았다. 모든 증거와 범행을 구요동 자신이 뒤집어썼기 때문이었다. 당승표는 심장이 두근거리기 시작했다. 구민기라면 분명히 '정선폐교 살인사건'이나 '교동회관 살인사건'처럼 흥미로운 사건으로 다가올 것이기 때문이다.

'그래. 재미난 사건을 또 만들어와 봐, 구민기. 정말 설레는군.'

당승표는 허공에 주먹을 휘둘렀다.

4

김민영 탐정 데뷔 사건

1

　나당 탐정사무소는 리모델링 중이다. 김민영의 집이 사무
실에서 멀어 아예 나당 탐정사무소에서 살고자 했기 때문이
었다. 나승만의 헬스기구들을 모아두었던 방을 김민영의 방
으로 만들었다. 방문 앞에 선 나승만은 넓은 사무실 한쪽 구
석으로 몰아 놓은 자신의 운동기구들을 보며 툴툴거렸다.

　"김민영이, 60살 영감과 무뚝뚝이 노총각이 있는 데가 뭐
가 좋다고 들어오나?"

　김민영은 방의 살림을 정리하면서 말했다.

　"저도 어엿한 탐정사무소의 식구라고요. 같이 생활해야
의견도 나누고……"

　김민영은 방 밖의 손님맞이용 테이블을 가리켰다.

　"사무실 정리도 하고요. 저래서야 손님이 들어왔다가도
나가겠어요."

　손님맞이용 테이블 위에는 다 먹은 컵라면 용기와 담뱃재

털이가 어지럽게 있었다.

"이제 경감님도 사무실에서 담배를 못 피워요. 깨끗한 사무실을 만드는 데 동의하시죠?"

담배를 못 피운다는 말에 나승만이 펄쩍 뛰었다.

"뭐라고? 그럼 어디서 피운단 말인가?"

"여기가 꼭대기 층이니 옥상으로 가시든가 1층으로 내려가야죠. 아니, 이번 기회에 담배를 끊으세요. 운동을 그렇게 하면 뭐해요? 담배 피우면 다 도루묵인 거 모르세요?"

나승만은 소파에 앉아 있던 당승표를 보았다. 나승만의 눈동자는 당승표에게 도와 달라고 호소하는 듯했다. 당승표는 괜히 헛기침했다.

"담배는 끊는 것이 좋을 것 같습니다. 건강을 생각해야죠."

"자네까지 그러기야? 에잇, 담배나 피우러 나가야겠네."

나승만은 테이블 위에 있던 담배를 낚아채듯 집더니 밖으로 나갔다. 김민영은 자신의 방 정리가 끝났는지 사무실로 나와 테이블 위를 치웠다. 당승표도 읽던 추리소설을 덮고 빗자루를 들었다. 청소를 마친 김민영은 사무실 분위기를 바꾸겠다고 했다. 먼저 꾀죄죄하던 파란색 커튼을 떼어 내고, 멋진 풍경이 새겨져 있는 블라인드를 달았다.

다음은 냉장고를 양문형으로 새로 구입하고 업자를 불러 싱크대를 맞춤형으로 제작하고 파티션을 세워 탕비실을 만

들었다. 책상은 창문을 등지게 배치하고 나승만의 운동기구도 사무실 한쪽으로 파티션을 세워 운동실을 만들었다.

며칠에 걸친 리모델링이 마무리되자 도박단 사무실 같았던 분위기가 안정감 있으면서도 산뜻하게 변했다.

"허허, 역시 여자가 있어야 한다니까? 이렇게 깨끗한 곳에서는 담배를 피울 수 없지. 옥상도 분위기가 좋더라고."

당승표도 바뀐 사무실이 마음에 들었다.

"민영 씨, 고마워요. 사무실 리모델링에 쓰인 돈은 나승만 경감님께 말씀하세요. 그럼 정산해서 드릴 겁니다."

"아니에요. 2년 치 계약금이라지만 너무 많이 주셨어요. 리모델링하는 데 총 1,000만 원 정도 들었는데 저의 선물이라고 생각해 주세요."

나승만도 흐뭇한 미소를 지으며 말을 꺼냈다.

"허허 사양 말게나. 그리고 앞으로 나당 탐정사무소의 회계도 맡아 주게나. 우리 남자들은 돈 관리가 꽝이라서 말이야."

나승만의 말을 들은 김민영의 표정은 편치 않았다.

"네…… 한데 제가 이 사무실에서 하는 일은 정확히 무엇인가요? 청소인가요?"

당승표는 김민영이 무슨 뜻으로 말하는지 알았다. 자신은 청소나 회계만을 하러 탐정사무소에 들어온 것이 아니라는 것이었다.

"저는 김민영 씨의 발산적 생각을 높이 사고 있어요. 당연히 문제해결에 도움을 얻고자 하는 것입니다."

당승표는 분위기를 풀고자 농담을 이어서 했다.

"여기 힘만 쓰는 나승만 경감님보다 도움이 되겠죠?"

"뭐야?!"

나승만이 자리에서 일어서 당승표의 팔을 잡아 뒤로 꺾었다.

"아~ 아퍼요. 농담이에요. 농담. 김민영 씨도 조심하세요. 힘은 노인이 아니에요."

"뭐시, 노인?"

나승만은 당승표의 팔을 더욱 위로 올렸다.

김민영도 둘이 장난하는 모습에 웃음을 터뜨렸다.

"하하 알겠어요. 이제 그만 하세요. 저도 밥값을 해야 하니 청소나 회계 일을 하겠습니다. 하지만 청소는 모두 도와야 해요."

나승만이 꺾던 팔을 서서히 놓고 말했다.

"그래, 이제 우리 나당 탐정사무소의 정식 식구가 되었는데 직책이 하나 있어야지. 가만있자, 무엇이 좋을까? 당 탐정, 나 경감…… '김 실장' 어떤가? 다 큰 처녀 이름을 계속 부르기도 그렇고."

김민영도 마음에 드는지 미소를 보였다. 당승표도 좋은지 김민영을 보며 말했다.

"김 실장님, 앞으로 많은 도움 부탁드립니다."

"헤헤, 저야말로 잘 부탁드려요."

딸랑딸랑.

그때였다. 셋의 웃음을 끊듯이 종소리를 내며 사무실 문이 열렸다. 김민영이 문에 달아 놓은 종이었다.

한 노부인이 들어왔다. 수수한 옷차림이었지만 광대뼈가 툭 튀어나온 것이 왠지 고집스러워 보였다.

"여기가 탐정사무소가 맞나요?"

2

부천의 강남산부인과 간호사 정가람은 자신의 엉덩이를 만지는 느낌을 받았다. 돌아보자 산부인과 전문의 한준현 과장이 모른 척하고 자신의 컴퓨터 화면을 뚫어져라 보고 있다.

정가람은 자신의 엉덩이를 만진 유력한 용의자 한준현 과장의 얼굴을 뚫어져라 바라보았다. 한준현은 따가운 시선을 못 견디겠는지 정가람을 바라보더니 머리를 긁으며 배시시 웃었다. 40대 중반인 한준현 과장은 평생 햇빛을 보지 못했는지 얼굴이 하얗고 찰랑거리는 생머리를 가지고 있어 30대 초중반까지로도 보였다. 배시시 웃을 때에는 눈이 초승달 모양으로 변하며 눈웃음을 치는데 도저히 그 매력에 빠지지 않을 수가 없었다.

"과장님, 손버릇이 나쁘네요."

"오해예요. 손등이 스친 거예요. 자석이라도 달렸나? 손이 저절로 가지?"

말하는 것은 역시 아재다. 하지만 그 모습이 밉지 않아 정가람도 미소를 지어 보냈다.

"정 간호사, 오늘 우리 팀 회식 있는 거 알죠? 정 간호사가 우리 팀에 온 것을 환영하는 환영 파티요."

"네. 과장님."

부천의 강남산부인과. 부천에 위치하면서 이름이 왜 강남산부인과인지 모르겠지만 부천 지역에서는 꽤 유명하고 규모가 크다. 10층 빌딩에 소아과부터 산후조리원까지 포함하고 있고, 시험관 시술 성공확률도 높아서 늘 사람들로 붐볐다. 이 병원은 산부인과 전문의를 중심으로 5~6명의 간호사가 한 팀을 이루는데, 10여 팀이 있는 매우 큰 규모의 산부인과였다.

정기인사와 비정기인사가 이루어지는데 그때마다 간호사들이 팀을 옮겼다. 정가람 간호사는 소아과에 근무하다가 이번에 산부인과 한준현 과장 팀으로 인사이동을 받았다.

그것을 축하하는 회식 자리.

회식은 일본식 이자카야에서 이루어졌다. 달콤한 메로구이와 수제 어묵탕, 소스맛이 특별한 치킨이 나왔다. 한준현 과장이 나이가 있어 어디 감자탕이나 삼겹살을 굽지나 않을지 걱정했는데 뜻밖의 장소여서 과장을 다시 보게 되었다. 새로 배속받은 팀은 한준현 과장과 간호사 5명으로 이루어져 있어 당연히 상사인 한준현 과장의 의견이 절대적이었다.

"자. 잔을 들어요. 정가람 간호사가 우리 팀에 들어온 것을 축하해 줍시다."

간호사들은 맥주가 든 잔을 들었다.

"오늘은 제가 쏘는 거니 마음껏 드세요. 우리 팀을 위하여!"

모두 잔을 세차게 부딪치고 맥주를 시원하게 마셨다. 한준현 과장은 종업원을 불러 사케를 주문했다. 잠시 후 종업원이 사각진 사케팩을 가져오자 한준현은 사케 뚜껑을 돌려 땄다.

"이런 음식에는 준마이 긴죠가 최고죠. 기름진 음식에 잘 어울릴 겁니다. 어때, 드셔 보실 분?"

정가람이 손을 들고 술잔을 받았다. 분위기가 그래서인지 술이 입에 착 감겼다. 여자들만 있어서 주눅이 들 만한데도 한준현 과장은 크게 웃으며 분위기를 주도해 갔다. 정가람은 웃을 때마다 초승달처럼 보이는 한준현의 눈에 점점 빠져들었다.

2차는 노래방에 갔고, 3차는 바에서 칵테일을 마셨다. 밤이 깊어지자 간호사가 하나둘 일어났다. 늦었다며 일어난 송채림 간호사를 끝으로 정가람은 한준현 과장과 둘이 남게 되었다.

한번 호감이 가기 시작하니 한준현 과장의 모든 것이 멋있어 보였다. 나이에 맞지 않은 동안 외모와 잘 빠진 몸매에 어울리는 수트, 가끔씩 던지는 아재 개그에도 웃게 되었다.

한준현 과장이 화장실에 갔다 와서 정가람의 옆자리에 앉았다. 정가람은 시야가 흔들거릴 정도로 취해 있었다.

"가람 씨가 우리 팀에 와서 좋네요."

"저도요. 이렇게 멋진 과장님이 계실 줄은 몰랐네요."

낮은 조도의 주황색 불빛과 조용하고 느린 음악이 분위를 야릇하게 만들었다. 정가람은 한준현의 어깨에 머리를 기댔고 한준현은 입을 포개 왔다.

정가람은 달콤한 키스를 하며 한준현이 유부남인 것이 순간 걱정되었지만 자신의 마음을 통제할 수 있다 생각하고 한준현이 하자는 대로 따랐다.

그렇게 유부남과의 로맨스는 시작되었고, 한 달이 지났을 때, 정가람은 자신의 마음을 통제할 수 없게 되었다.

3

당승표는 노부인을 손님맞이용 테이블로 안내했다. 김민영은 탕비실로 가더니 노부인에게 어울릴 것 같은 재스민 차를 내왔다. 차의 향기를 맡고 한 모금 마시더니 노부인은 입을 열었다.

"내 우리 아들의 손녀를 돌보고 있는데, 손녀가 다니는 유치원에 우리 아들과 똑 닮은 남자 아이가 있어요."

노부인의 말을 종합하면 일을 나가는 아들 부부 대신에 손녀를 돌보고 있는데, 손녀가 다니는 유치원에 자신의 아들을 닮은 남자 아이가 있다고 했다. 아무리 봐도 자신의 아들과 닮아서 그것을 알아보고자 여기에 찾아온 것이다. 노부인은 어떻게 찍었는지 자신의 핸드폰으로 찍은 남자 아이와 아들 사진을 번갈아 가며 보여주었다. 당승표는 노부인의 뜻을 알 수 있었다.

"그러니까 한마디로 친자확인을 해 달라는 것이죠? 혹시 모를 아들의 자식이 아닌가 알고 싶은 거지요?"

"네."

노부인은 고개를 연신 끄덕였다.

당승표는 뒷조사나 친자확인 같은 일을 하고 싶지 않아 적당히 돌려보내려 말했다.

"그래도 말이죠. 확인을 하려면 칫솔 같은 것을 확보하여 유전자 검사를 해야 하는데 단지 닮았다는 이유만으로 그럴 수는 없습니다."

노부인은 고개를 바짝 들더니 확신하는 듯 말했다.

"그 아이 왼손잡이였어요. 우리 아들도 어렸을 적에 자꾸 왼손을 써서 아버지가 두들겨 패면서 오른손잡이로 고쳤어요. 그리고…… 왠지 그 아이에게 친근함이 느껴지는데 여자의 직감이랄까? 아니면 핏줄이라서 끌리는 것일지도 모르죠."

"우리 사무소는 미궁에 빠진 사건을 다루지 뒷조사 같은 일은 하지 않습니다."

그때 핸드폰으로 사진을 보던 김민영이 말했다.

"닮긴 닮았네요."

노인은 환하게 웃으며 김민영을 보았다.

"그렇죠? 우리 아들을 빼다 박았어요. 여자니까 알죠? 여자의 직감!"

당승표는 김민영의 말에 당혹감을 느끼며 만류했다.

"민영 씨, 우리 탐정사무소는 그런 일을 하지 않습니다."

"그런 일이란 뭐죠? 그냥 느낌을 말했을 뿐이에요. 제가 과학교사인 거 아시죠? 여기 귓불을 보세요. 둘 다 부착형이에요. 쌍꺼풀, 이마선 모두 닮아서 그래요."

"민영 씨…… 아니 김 실장님. 더 이상 안 돼요. 그만요."

소파 뒤에서 지켜보던 나승만이 재미있는지 훌훌 웃었다.

"허허허 당 탐정, 그냥 놔 둬 봐. 김 실장 실력 한 번 검증해 보잔 말이야."

당승표는 자리에서 일어나 나승만을 보며 인상을 찌푸렸다.

"아니 경감님까지 왜 그러세요?"

"이번 일은 김 실장에게 맡겨 보자구. 이렇게 저렇게 일을 배워야 할 것 아닌가?"

노부인은 김민영에게 핸드폰을 받아 들었다. 여차하면 나갈 자세다. 노부인이 원하는 일을 해 주는 심부름센터는 많을 것이다. 당승표는 노부인의 얼굴을 잠시 보다가 포기한 듯 소파에 주저앉았다.

"좋아요. 좋습니다. 이번 일은 김 실장에게 맡기죠. 김민영 실장이 맡아 보세요."

김민영은 뭐가 좋은지 생글생글 웃었다.

"오케이 좋아요. 그럼 의뢰를 받고, 이번 일을 제게 일임하는 것이죠?"

당승표는 힘없이 고개를 끄덕였다. 김민영은 생기 있는 눈으로 할머니를 돌아보았다.

"그럼 할머님, 몇 가지 질문할게요."

김민영은 주소, 유치원 위치와 이름, 손녀딸의 이름과 생일 등을 묻고 스마트기기에 기록했다. 신세대답게 수첩 대신 태블릿 PC를 사용하여 빠르게 기록했다.

"손녀가 2011년 11월 10일 생이라고요? 재미있네요. 하루만 늦게 태어났어도 주민등록번호가 111111이었을 텐데요."

다음은 손녀와 아들 부부, 남자 아이의 사진을 자신의 핸드폰으로 전송받았다. 당승표가 보기에도 능숙한 모습이었다. 김민영은 얼추 정리가 된 듯 태블릿 PC를 닫고 노부인에게 물었다.

"근데 할머님. 할머님 생각을 아들 부부도 알고 있나요?"

노부인은 광대뼈를 실룩거리며 말했다.

"내가 아들놈한테만 말했었지요. 혹시 니 다른 곳에 씨 뿌리고 다닌 적 없냐고? 아들놈이 아니라고는 하는데 표정이 이상했어요. 저는 아들의 마음을 꿰뚫어 볼 수 있어요. 분명 무슨 일이 있습니다."

"할머님의 의심도, 아들의 표정이 이상하다는 것은 그냥 할머님의 느낌이지요?"

"그래요."

김민영은 고개를 끄덕이고 궁금한 것을 모두 질문했는지 옆자리의 당승표를 보았다. 당승표는 문득 궁금증이 생겨 노부인에게 물었다.

"그런데 할머니께서는 그 아이가 왜 그렇게 자신의 손자인지 궁금해하십니까? 어차피 다른 집 아이잖아요."

할머니는 잠시 입을 앙다물었다. 광대뼈가 더 튀어나와 보였다.

"내 손자라면 찾아와야지요. 진짜라면 가문의 대를 이을 손자일 텐데."

"대를 이을 손자라면 아들 부부에게 또 낳으라고 하면 되잖아요?"

노부인은 고개를 천천히 가로저었다.

"더 이상 못 낳습니다. 임신이 더는 불가능하다고 판정받았어요."

"죄송한 질문이지만 아드님이요? 며느님이요?"

"며느립니다."

4

정가람 간호사는 행복했다. 비록 우리만의 로맨스였지만

말이다. 산부인과 간호사는 고된 일이었지만, 자신이 사랑하는 한준현 과장을 돕는다고 생각하니 힘이 절로 났다. 힘든 하루 일과가 끝나면 자신의 오피스텔로 가서 와인과 함께 밤늦게까지 사랑을 나누었다. 물론 오피스텔은 한준현 과장이 마련해 준 것이다.

정가람은 자신이 진짜 사랑에 빠질지 몰랐었다. 처음에 자신이 선을 그은 것처럼 연애만 하기로 했지만 주말에 그의 얼굴을 보지 못하자 불만이 쌓여 갔다. 정가람은 한준현 과장과 결혼해서 주말에도 같이 있고 싶고 아기도 낳고 싶었다.

오늘도 평소와 같이 일을 마치고 집에서 저녁을 먹었다. 격렬한 사랑을 마치고 한준현이 말했다.

"오늘 왜 그래?"

아마 정가람이 이상하다는 것을 한준현도 느꼈을 것이다. 정가람은 이것도 기회라면 기회라고 생각하고 앞으로의 관계를 말해 보기로 하였다.

"앞으로 우리 관계는 어떻게 되는 거예요?"

"관계가 뭐? 이대로 좋잖아?"

"아니요. 저는 더 이상 좋지 않아요."

"무슨 말이야?"

"주말에 집에 처박혀서 TV나 보는 것도 지겹고, 나이는

들어 가는데 가능성 없는 사람과 지내고 있으니 제 자신이
한심하네요."

김준현은 옷을 주섬주섬 입었다.

"우리 처음에 선을 그었잖아. 내가 그은 것도 아니고, 가
람 씨 당신이 애인관계만 하자고 했었잖아."

정말 그랬다. 한 달 전에는 멋진 남자와 폼 나게 놀고만
싶었다. 하지만 지금은 아니다. 한준현 과장을 자신의 옆에
만 두고 싶어졌다.

"그랬었죠. 하지만 지금은 아니에요. 정말로 과장님을 사
랑한단 말이에요."

한준현 과장은 거울을 보며 넥타이를 고쳐 맸다. 빗으로
흐트러진 머리카락을 정리하고 정가람을 돌아보며 말했다.

"나도 사랑해. 하지만 상황은 어쩔 수 없어."

"주말은 가끔 저랑 보낼 수 없는 거예요?"

"내 저번에 말했잖아. 장인어른이 정치 하시는 무서운 분
이셔. 그래서 내가 이렇게 잘 나가는 것이지. 주말에는 애
들과 함께 장인어른 댁에 간다고 했잖아."

그것도 들은 얘기다. 이해할 수 있는 이야기였다. 하지만
오늘은 모든 것이 짜증이 났다. 정가람은 애처로운 눈빛을
한준현에게 보냈다.

"오늘은 여기서 주무시고 가면 안 돼요?"

한준현의 눈동자가 커졌다. 아마 오늘따라 정가람이 안 하던 소리를 해서 그럴 것이다. 한준현의 눈동자는 금세 작아졌지만 눈은 짜증스러움을 담고 있었다.

"오늘따라 왜 그래? 여기서 잔 적 한 번도 없었잖아. 그러지 말고 가람 씨도 주말에는 친구도 만나고 해 봐. 운동을 하든지."

정가람은 흥분했는지 자신도 모르게 금기어가 튀어나왔다.

"이혼하세요."

이혼이라는 말에 한준현의 인상이 구겨졌다. 한준현은 외투를 손에 들었다.

"이혼은 안 한다고 했지? 그 말이 나오면 이제 우리 관계는 정리해야 해."

관계를 정리해야 한다니 정가람은 울음이 울컥 터졌다. 두 다리를 팔로 감싸고 고개를 무릎에 묻고 울었다. 한준현도 여자의 울음에는 약한지 침대로 다가왔다. 한준현은 정가람의 어깨를 따스하게 잡아 정가람은 고개를 들었다. 얼굴은 눈물로 엉망이었다.

"그러니 이혼 얘기는 앞으로 꺼내지 마. 알았지?"

정가람은 고개를 끄덕였다.

"내일 시험관 시술이 3개, 제왕절개 수술이 2개나 잡혀 있어. 이런 일로 에너지 쏟지 말자고. 그럼 쉬어."

한준현은 정가람의 이마에 키스했다. 매일 헤어질 때마다 받는 키스였지만, 오늘은 차갑게 느껴졌다. 한준현은 자신의 보금자리로 돌아갔다. 모든 불륜이 그런 것처럼 언젠가 한준현은 자신의 아내와 자식이 있는 집으로 완전히 돌아갈 것이다.

어느 소설에서 본 것처럼 이혼을 요구한 자신에게 싫증을 느꼈을 것이다. 정가람은 후회했다. 일단 내일부터는 그런 부담감은 주지 않기로 다짐했다.

다음 날 병원에서 만난 한준현의 표정은 변함없었다. 괜한 걱정이었나 보다.

"정 간호사, 오늘 시험관 시술할 수정란은 등급이 어떻습니까?"

정가람은 다시 힘을 내자고 속으로 다짐하고 한준현에게 미소를 지어 보였다. 그리고는 차트를 보면서 말했다.

"총 3건 중 A급이 2건, B급이 1건이네요."

수정란은 여자의 몸에서 추출한 난자와 남자의 정자를 시험관에서 수정시킨다. 수정된 수정란은 세포분열을 3번 하여 총 8개의 세포로 된 8세포기 때 자궁으로 착상시키는데 8개의 세포가 뚜렷하게 보이는 수정란은 A급, 6~7개가 보이는 세포는 B급, 그 이하는 C급이다. 물론 상위 등급의 수정란이 착상 확률도 높고 정상 발생할 가능성이 높다.

"A급이 2건이라고요? 하하."

한준현 과장의 웃음을 오랜만에 보는 것 같았다. 정가람도 따라 미소가 지어졌다.

'역시 한준현 과장님은 웃을 때가 가장 멋있지. 내가 당신이 계속 미소 짓게 해 줄게요.'

한준현 과장은 무슨 생각이 들었는지 고개를 번쩍 들었다.

"아! 최동현 씨 댁은 뭡니까?"

정가람은 다시 차트를 보았다. 최동현의 이름 옆에는 A라고 쓰여 있었다.

"네, 과장님. A급입니다."

한준현은 다시 함박웃음을 지었다.

"아, 잘됐네. 최동현 씨 댁은 이번이 네 번째 도전이라 걱정했는데…… A급이라니 다행이네요. 우리 병원뿐만 아니라 내 명성에도 흠이 생길 뻔했는데 이번에는 꼭 성공해야 합니다."

정가람도 고개를 같이 끄덕였다.

그렇게 오전에는 수정란을 자궁으로 넣는 3건의 시험관 시술을 했고, 오후에는 미리 예약된 제왕절개 수술 2건과 다른 과장의 중복된 제왕절개 수술 1건을 받아서 총 3건의 수술을 하였다. 정가람은 마지막 수술이 끝났을 때 녹초가 되었다. 옆의 한준현 과장 얼굴을 보니 예정된 수술보다 더 해서 그런지 핼쑥해졌다.

한준현 과장은 과장 회의가 잡혔다고 하여 정가람은 먼저 퇴근하였다. 핼쑥한 한준현 얼굴이 생각나서 몸보신을 시키기 위한 음식을 만들기로 하였다. 마트에서 삼계탕 거리를 샀다. 특별히 전복과 '먹으면 힘이 솟아나요.'라는 광고가 붙은 국내산 뻘낙지도 추가로 구입했다.

정가람은 오피스텔로 와서 한준현에게 메시지를 보냈다.

[오늘 많이 피곤하시죠? 과장님 기력회복을 위하여 전복과 낙지가 들어간 삼계탕을 준비했어요. 회의 끝나는 대로 오세요 ~ 드시고 힘내세요.♡]

메시지가 전송되었다.

'하필 힘든 날 회의가 잡혀 가지고…'

정가람은 한준현이 불쌍하다는 생각을 잠시 하고 맛있는 삼계탕으로 기력을 회복해 주자고 다짐했다. 핸드폰으로 인터넷을 켜고 검색창에 '전복낙지삼계탕'을 써 넣었다. 여러 가지가 나왔지만 어느 새댁이 쓴 블로그가 마음에 들어 레시피를 선택하였다. 블로그에는 사진과 함께 조리법이 잘 설명되어 있었다.

조리법을 한 번 쭉 읽어 내려갔다. 마지막에 '남편이 굉장히 좋아 했고, 밤새 ♡ 아시죠?'라고 쓰여 있었다. 괜히 한준현의 벗은 몸이 생각나 얼굴이 화끈거렸다.

"그럼 전복부터 손질해 볼까?"

전복낙지삼계탕은 한 시간에 걸쳐 완성되었고, 맛도 그럭 저럭 괜찮은 것 같았다. 냉장고에서 사케도 한 병 꺼냈다. 한준현이 좋아하는 준마이 긴죠 사케였다. 사케로 알딸딸해 진 한준현이 삼계탕으로 회복한 기력으로 자신을 사랑해 주 고, 어제는 어색했지만 평소대로 돌아갈 수 있을 것이라 생 각했다.

"그나저나 회의가 아직 안 끝났나? 왜 이렇게 안 오시지?"

정가람은 한준현에게 연락할 요량으로 핸드폰을 들었다. 메시지가 한 통 들어와 있었다. 요리에 집중하느라 메시지 수신음을 듣지 못했나 보다. 정가람은 재빨리 패턴을 풀고 확인 버튼을 눌렀다.

[오늘 몸이 너무 피곤해서 집으로 갈게. 가람 씨도 피곤할 텐 데 삼계탕 먹고 푹 쉬어.]

메시지는 30분 전에 수신되어 있었다. 정가람은 바로 통 화 버튼을 눌렀다. 잠시 신호가 가더니 한준현 과장의 피곤 한 목소리가 들렸다.

[집으로 간다니까 왜 전화했어? 집에 있을 때 전화는 금기잖 아.]

"아니… 몸이 괜찮나 해서요."

[피곤해. 수술에 회의에 이제 거의 집에 도착했어. 끊어야겠어. 내가 집에 들어갔을 때 전화는 금지인 거 알지?]

금지! 전화 금지! 정가람은 화가 났지만 참았다. 어느 잡지에선가 남자는 가끔 자신만의 동굴로 숨어 버린다고 한 것을 본 것 같았다.

"알겠어요. 푹 쉬세요. 사랑해요."

사랑해라는 말이 메아리처럼 돌아오길 기대했지만, 아무 말이 없었다. 잠시 침묵이 지속되었다.

[내일 보지.]

전화는 끊겼다.

정가람은 사케를 따서 한 잔 가득 따라서 단숨에 마서 버렸다. 알 수 없는 불안감이 싹트기 시작했다. 한 잔, 두 잔 연거푸 사케를 들이마셨다. 알코올이 주는 따가움이 식도를 따라 내려갔다. 눈이 핑핑 돌기 시작했다.

'한준현 넌 내 거야. 내가 너를 위해 어떻게 했는데.'

술에 취하니 용기가 났다. 금기를 어기고 핸드폰을 꺼내 한준현 번호를 눌렀다.

[전화기가 꺼져 있어 소리샘으로 연결됨-]

정가람은 전화기를 침대 위로 던지고 전복낙지삼계탕이 들어 있는 냄비를 들어 음식물 쓰레기통에 부어 버렸다. 정가람은 사케 한잔 마시기와 통화버튼 누르는 것을 번갈아 가며 새벽녘에 잠이 들었다.

다음 날 간호사 유니폼으로 갈아입기 위해 간호사실에 도착했다. 많은 간호사들이 벽 쪽 게시판에 모여 있었다. 인사이동이 발표되었나 보다. 정가람도 대충 옷을 갈아입고 게시판으로 걸어갔다. 자신은 한준현 과장 팀으로 발령받은 지 2개월 정도밖에 되지 않아 당연히 명단에 없을 것으로 생각했다.

[정가람 간호사: 소아과 김신애 과장 팀]

처음에는 상황파악이 되지 않았다. 대뇌가 내용을 인지하고는 분노가 치밀었고, 분노는 눈물이 되어 흘러나왔다. 정가람은 서둘러 화장실로 들어가 문을 잠갔다.

2개월째에 타부서 발령을 어떻게 받아들여야 할까? 더군다나 강등이나 마찬가지인 소아과 발령이라니 이해할 수 없었다. 발령은 아무리 인사과 소관이라지만 담당 과장의 의견을 무시할 수 없었을 것이다.

한준현은 정가람의 소아과 발령 사항을 듣고 아무 말 하지 않았을까? 찰거머리처럼 붙는 자신을 떼어내기 위해 오히려 한준현 과장이 요청했을지도 모른다. 이런저런 생각을 하자 눈물이 말랐다.

화장을 고치고 나가려고 하는데 문 열리는 소리와 함께 간호사들이 들어왔다. 둘은 거울 앞에 서서 말했다.

"아이고, 이제야 산후조리실로 올라가네. 힘든 일도 이제 일주일만 참으면 되네."

"축하해요. 언니."

박승정 과장 팀의 남선아 간호사와 한수아 간호사였다. 정가람은 나가는 타이밍을 놓쳐 그대로 대화를 듣게 되었다.

"나이 먹으니 점점 힘들어져. 나 처음 소아과에서 애들 뒤치다꺼리했을 때에는 산부인과 발령받고 일도 아니라고 생각했었는데 체력이 딸리는지 점점 힘들어져. 이 병원에 들어온 지 10년 만에 올라가네."

"그렇죠? 소아과가 힘들긴 하죠? 저도 애새끼들이 싫어서 그런지 너무 힘들었어요. 근데 산후조리실은 힘든 일 없어요?"

"생각해 봐. 애 낳은 산모들이 뭘 그렇게 요구하겠어? 단지 신생아들 목욕시키고 젖 주는 건데. 제왕절개 수술이나 애 받는 것보다 깨끗하고 힘이 덜 들지."

"아이고, 난 언제 산후조리실 올라가냐……"

"어제 과장들 회의했지? 그때 이번 인사를 결정했나 봐. 인사이동은 과장들의 의견이 절대적이야. 너도 과장님 잘 모셨다가 위로 보내 달라고 해."

"그래야겠네요."

정가람은 다른 소리는 잘 듣지 못했어도 인사이동은 과장 의견이 절대적이라는 말은 선명하게 들었다.

'한준현 과장이 이혼이란 말에 부담을 가졌을까?' 정가람은 발령을 받아들일 수 없었다. 한준현에게 따지고자 문을 벌컥 열고 들어갔다. 한준현은 정가람을 힐끗 보더니 다시 컴퓨터 화면으로 시선을 돌렸다.

같은 팀 간호사들이 진찰실을 정리하고 있어 직접 말은 못하고 메시지를 보냈다.

[얘기 좀 해요.]

[이따 끝나고 하자고. 여긴 병원이야.]

[저를 왜 소아과로 보낸 거죠?]

[공과 사는 구분하자고. 그리고 이따 얘기하자고 했어.]

한준현 과장은 컴퓨터에 시선을 계속 두고 정가람에게 말했다.

"정 간호사, 오늘 시험관 시술 2건이 있는데 수정란 상태는 어때요?"

정가람은 마음에 들지 않지만 일단 일을 하자고 생각하고 차트를 집어 들었다.

"2건 모두 A급이네요."

A급이라는 말에 한준현은 고개를 들고 미소지었다.

"오! 둘 다 A급이라고? 잘됐네요. 역시 난 운이 좋은가 봐. 요즘 부쩍 A급 수정란이 늘었단 말이야."

정가람은 한준현을 노려보았다. 오늘 저녁 만나서 이야기해도 부정적 상황은 되돌릴 수 없을 것 같았다.

난 당신을 위해 모든 것을 바치고, 당신이 잘되도록 노력했는데 이제 단물 다 빤 껌처럼 버리겠다고? 난 못 헤어져. 당신을 다시 내 남자로 만들겠어.

5

당승표와 김민영은 강동구에 위치한 아파트로 가고 있었다. 노부인과 집에서 만나기로 약속했기 때문이다. 먼저 노부인의 아들 유전자를 채취할 필요가 있어서, 노부인이 일하는 아들 집으로 가고 있는 것이다.

한낮이지만 서울의 교통사정은 좋지 않았다. 당승표는 꽉 막힌 도로를 보며 김민영에게 말했다.

"김 실장님은 어떻게 생각하세요? 정말 노부인 아들과 그 남자 아이랑 관계가 있을 것이라 생각해요?"

"글쎄요. 할머니가 아들에게 확인했을 때, 그 아들이 아니라고 말했으니 아닐 가능성이 높겠죠."

"이건 만약인데요. 노부인의 아들과 남자 아이가 유전적으로 관련이 있다면 어떤 가능성이 있을까요?"

김민영은 태블릿을 켜고 정리된 글을 보았다.

"첫 번째로 가장 높은 가능성은 노부인의 아들이 바람을 피운 것이죠. 같은 어린이집이라면 같은 아파트 단지일 것입니다. 가능성이 있죠."

당승표는 고개를 끄덕였다. 강남구를 어렵게 빠져나가자 차가 속도를 높일 수 있었다. 당승표는 운전에 신경 쓰면서 말했다.

"두 번째 가설도 있습니까?"

"가설이야 있죠. 너무 터무니없지만요. 한번 당 탐정님의 의견을 들려주실래요?"

"차라리 바람을 피운 것이라면 당사자들이 잘못했으니 괴로움을 겪어도 상관없다고 생각합니다. 하지만요. 이런 생각을 할 수도 있죠. 남자 아이 아버지가 무정자증 이런 거라서 병원에서 정자를 기증받았는데 하필 노부인의 아들 정자인 거죠."

김민영은 놀란 눈으로 당승표를 보았다. 아마 김민영이 생각한 터무니없는 두 번째 가설을 당승표가 말해서 그럴 것이다.

"김 실장님도 혹시 같은 생각을 하셨습니까?"

"네, 탐정님도 같은 생각을 했다는 것이 더 놀랍네요."

"만약 그렇다면 노부인은 어떤 수를 써서라도 남자 아이를 뺏으려고 할 겁니다. 이럴 경우 정확히 법적으로 어떻게 되는지 모르지만 남자 아이 부모는 무슨 죄로 고통을 얻어야 합니까?"

"설마 그런 터무니없는 생각이 맞겠어요? 아니길 바라야죠."

그렇게 얘기하며 아파트에 도착해 벨을 누르자 노부인이 둘을 맞이해 주었다.

"어서들 오세요. 날씨가 부쩍 추워졌죠?"

김민영은 성큼 들어가며 말했다.

"11월에 접어들었으니 추울 만도 하죠."

노부인은 1회용 커피를 타 왔다. 당승표는 커피를 들고 거실에 걸려 있는 사진을 보았다. 웃는 부부 사이로 빨간 스웨터를 입은 딸이 있었다.

김민영은 커피를 금방 마시더니 다시 태블릿 PC를 꺼내 노부인에게 물었다.

"근데 며느님이 불임이라고 하셨는데 이유가 뭔가요?"

노부인은 불만인지 광대뼈를 실룩거리며 대답했다.

"며느리 몸이 약했는지 임신이 잘 되지 않았어요. 결국 첫째 아이 때, 시험관 시술을 했는데 글쎄 그것이 자궁 외 임신이 되었지 뭡니까. 병원에서는 자연분만이 어렵다고 제왕절개 수술을 했는데 자궁이 망가졌는지 병원에서 두 번째부터는 임신 불가하다는 판정을 받았어요."

김민영은 태블릿 PC에 노부인의 말을 적어 내려갔다.

"어느 병원을 다녔나요?"

"부천의 강남산부인과라는 곳이에요."

"그렇게 먼 곳까지 다녔어요?"

"거기가 시험관 성공률이 그렇게 높답니다. 나도 아들 내외를 따라서 몇 번 가봤죠."

김민영은 이제 유전자를 확보해야겠다는 생각에 화제를 돌렸다.

"제가 유전자 검사하는 곳에 알아보니 칫솔이 좋다고 하더군요. 아드님 칫솔을 가져가도 되겠죠?"

노부인의 얼굴 표정이 좋지 않았다.

"아들이 알면 싫어할 거예요. 제가 유전자 검사 얘기를 했었는데 아들이 엄청 화를 냈었죠. 칫솔이 없어진 것 알면 아들이 눈치챌 거예요."

"괜찮습니다. 머리카락도 돼요. 바로 뽑아 모근이 있으면 좋겠지만 기술이 발달해서 뽑힌 지 오래되어도 3~4가닥이면 DNA 추출이 가능하다고 하더군요. 부부 침실이 어디죠?"

노부인은 무릎을 잡고 힘겹게 일어섰다. 노부인은 부부 침실로 안내했고, 김민영은 안방 입구에서 가져온 가방을 열더니 머리끈을 꺼내 머리를 뒤로 단단히 묶고 어디서 났는지 라텍스 장갑을 끼고 핀셋을 꺼냈다.

당승표는 그 모습에 웃음이 났다.

"푸~ 김 실장님 무슨 살인사건 증거 찾아요?"

김민영이 비장한 표정으로 돌아보았다.

"당승표 탐정님 왜 웃으세요? 우리는 탐정이에요. 확실하게 해야 하잖아요."

"아, 알겠습니다. 계속하시죠."

김민영을 따라 당승표가 들어가려 하자 이를 제지했다.

"탐정님은 여기서 기다리세요. 제가 괜히 이렇게 장비를 착용했겠어요? 자칫 제3자의 머리카락이 빠져 섞이면 안 되니까 조심하는 거예요."

당승표는 팔짱을 끼고 문턱에 서서 벽에 기댔다. 김민영은 침대로 가서는 조심스레 이불을 들쳤다. 침대 위를 살피던 김민영은 노부인을 돌아보며 말했다.

"아드님은 직모에 머리가 짧고, 며느님은 갈색으로 염색하고 긴 파마머리죠?"

"맞아요. 정확합니다. 역시 탐정이시네요."

김민영은 핀셋으로 짚은 머리카락을 지퍼백에 조심스레 넣었다. 그리고는 머리카락이 부족했는지 화장대로 이동해서 바닥과 빗에 붙어 있는 머리카락을 좀 더 수집하였다.

"아드님 것은 충분히 확보되었어요. 이제 그 남자 아이……"

김민영은 말을 하다 말고 자신의 태블릿을 조작했다.

"그 남자 아이 최시우 군의 DNA를 확보하면 됩니다."

노부인은 벽에 걸린 시계를 보았다.

"이제 20분 후면 애를 데리러 어린이집으로 가야 해요. 그때 어떻게 하면 되지 않을까요?"

"참, 그 최시우 군은 누가 데리러 옵니까?"

"그 엄마가 데리러 오더군요."

"그럼 머리카락을 채취하기 쉽지 않을 텐데… 할머님 손녀에 대해 어린이집 선생님께 궁금한 것이 없나요?"

노부인은 눈을 위로 올리고 생각했다.

"그런 것은 없고 손을 어떻게 씻기는지 옷의 손목 부분이 가끔 젖어 있어요. 그게 궁금하기는 했죠."

김민영은 좋은 생각이 났는지 손뼉을 쳤다.

"그럼 오늘 저랑 어린이집을 같이 방문해요. 할머님께서는 저를 이모라고 소개하고요. 선생님께 애 옷 젖은 것을 말하며 화장실을 보자고 하세요. 그때 상황을 봐서 제가 최시우 군의 칫솔을 슬쩍 하겠습니다."

셋은 평소 아이를 데리러 가는 오후 4시보다 10분 일찍 어린이집으로 갔다. 당승표는 멀찍이 놀이터에서 기다리기로 하였다.

어린이집 벨을 누르자 젊은 여자가 나왔다. 여자는 저녁 아이들을 집으로 보내는 담당 교사였다. 여자는 높은 톤으로 과장되게 말했다.

"나연이 할머님 오셨어요? 조금 일찍 오셨네요? 나연이 금방 준비시키겠습니다."

담당 교사는 김민영을 힐끗 보았다. 할머니는 교사의 눈치를 보더니 말했다.

"나연이 이모예요."

"아! 안녕하세요?" 역시 높은 톤이다. 매일 저런 목소리를 내야 한다니 어린이집 선생님도 쉽지 않은 직업이라고 김민영은 생각했다. 김민영은 고개를 끄덕여 인사하고 할머니의 허벅지를 엄지로 살짝 밀었다. 할머니는 김민영의 뜻을 알아채고 작전을 시작했다.

"잠깐요. 선생님. 나연이가 옷의 손목 부분이 매일 젖어서 와요. 어떻게 된 거죠?"

"아, 그랬어요? 죄송해요. 5세 반은 손을 스스로 씻거든요. 담임선생님께 주의하라고 말씀드릴게요."

할머니는 신발을 벗으며 말했다.

"손 씻는 곳을 한번 봅시다. 어떻게 생겼길래 옷이 젖는지. 애가 말도 못 하고 요즘같이 추운 날씨에 얼마나 괴로웠겠어요."

담당 교사는 할 수 없다는 듯이 화장실로 둘을 안내했다. 할머니는 화장실로 가서 안을 둘러보았다. 담당 교사는 미안한 표정을 지으며 말했다.

"죄송해요. 꼭 주의하라고 당부할게요."

김민영도 화장실로 따라 들어가 주위를 둘러보았다. 벽면 한쪽에 칫솔들이 걸려 있었고, 3세 반, 4세 반, 5세 반이라고 쓰여 있었다. 찾으려고 했더니 눈에 확 뜨인다고, 자동차가 새겨져 있는 파란색 칫솔에 '최시우'라고 쓰여 있는 것이 눈에 띄었다.

할머니는 김민영과 눈을 맞추고 담당 교사의 등에 손을 올렸다.

"선생님이 뭔 잘못이요. 난 언제나 감사하게 생각하고 있답니다."

둘이 등을 보이자 김민영은 재빨리 지퍼백을 열고 최시우 칫솔을 넣었다. 이제 친자확인을 위한 DNA는 확보되었다.

"할머님, 오늘 검사를 의뢰하면 2~3일 걸릴 거예요. 결과가 나오면 연락하겠습니다."

"그래요. 일 처리를 잘해 주어 고마와요."

할머니는 나연이 손을 잡고 돌아갔다. 놀이터에서 그네를 타던 당승표가 다가왔다.

"김 실장님, 아이의 칫솔은 확보했어요?"

김민영은 자랑스럽다는 듯이 가방을 열고 칫솔을 보였다. 당승표는 그것을 보고 고개를 끄덕였다. 그리고는 턱으로 어린이집 쪽을 가리켰다.

젊은 엄마와 남자 아이. 남자 아이는 사진으로 보아서 얼굴을 외워버린 최시우였다. 당승표는 무슨 결심을 했는지 김민영에게 따라오라고 말하고 최시우 모자에게 다가갔다.

당승표는 탐정이라고 새겨진 명함을 한 장 꺼냈다. 당승표는 최시우와 눈이 맞도록 무릎을 굽혀 앉았다.

"네가 최시우구나?"

자신의 아들 이름을 알고 있는 남자를 어머니는 의문이 가득한 눈으로 보았다. 당승표는 일어서며 어머니에게 명함을 건넸다. 명함을 보던 최시우 어머니의 얼굴이 새파랗게 변해 갔다. 그리고 명함을 바닥에 그대로 떨어뜨리고 아들의 손을 잡아끌었다.

"최시우 어머님, 잠시 얘기 좀 해요."

당승표가 말했지만 어머니는 아들의 손을 더욱 잡아끌어 아들은 뒤꿈치를 세우고 종종걸음치며 끌려갔다. 당승표도 빠르게 걸어가 모자와 나란히 걸었다.

"어머님? 그러지 말고 잠시 얘기 좀 해요."

최시우 어머니는 뭐가 그렇게 화가 나는지 분노를 한껏 담아 당승표에게 소리쳤다.

"제발 우리를 놔두란 말이에욧!"

6

정가람은 일이 끝나고 한 찻집에서 한준현을 기다리고 있었다. 초조함 때문에 손톱 옆의 굳은살을 이빨로 뜯고 있었다. 정가람은 한준현이 이별을 통보할 것을 알고 있었다.

'어떻게 해야 이 남자를 계속 붙잡고 있을 수 있지?'

딸랑 딸랑.

찻집 현관 종소리가 울려 고개를 돌렸다. 4월 봄의 날씨에 어울리는 트렌치 코트를 입고 한준현이 찻집으로 들어섰다. 텔레비전에서 봤던 외국인 장교처럼 멋있다는 생각이 들었다.

이런 어려운 상황에서도 한준현이 멋있게 보이다니 자신이 단단히 미쳤다는 것을 알 수 있었다. 한준현은 정가람을 보더니 코트도 벗지 않고 자리에 앉았다. 자신의 말만 통보하고 일찍 나가겠다는 심산인가 보다. 종업원이 오자 메뉴판도 보지 않고 카푸치노를 시켰다.

한준현은 카푸치노가 나올 때까지 한마디도 하지 않았다. 적막이 계속되자 정가람은 먼저 말을 꺼냈다.

"다시는 이혼 얘기 꺼내지 않을게요."

"우리는 여기까지야. 쿨하게 끝나자고, 가람 씨 처음에 쿨했잖아?"

한준현은 카푸치노를 한 모금 마셨다. 정가람은 무슨 말을 해야 할지 몰랐다. 어떤 생각인지 모르지만 입에서 저절로 말이 튀어나왔다.

"나 임신했어요."

한준현은 조금도 동요하지 않고 커피잔을 내려놨다.

"나 산부인과 전문의야. 당신은 산부인과 간호사고. 우리 모두 임신이 안 되었다는 것을 알고 있잖아."

"자신할 수 있나요?"

한준현은 상황이 웃긴지 눈이 초승달로 변했다.

"하하, 당신이 임신했다면 내가 당장이라도 이혼하지. 지금 병원으로 가서 검사해 볼까? 이제 그만 해. 당신이랑은 좋은 추억만 가지고 싶어."

한준현은 커피를 한 모금 더 마시더니 자리에서 일어섰다. 정가람은 단호한 목소리로 한준현에게 말했다.

"복수할 거야."

한준현은 상체를 숙여 정가람의 귀에 속삭였다.

"소아과에라도 붙어 있으려면 조용히 지내는 것이 좋을 거야."

한준현은 딸랑거리는 종소리를 내며 사라졌다. 정가람은 알 수 없는 분노가 차올랐다.

'죽여 버리겠어. 죽일 거야. 내가 당신을 위해 어떤 일을 했는데…… 당신 잘되라고……!?'

문득 정가람은 한준현 좋으라고 했던 일이 한준현을 죽일 수 있다는 생각이 들었다.

'아니야…… 부족해. 이제 당신과의 일주일! 당신을 영광에서 끌어내려 버리겠어. 날 가지고 놀아? 지옥으로 떨어뜨려 주지. 흐흐흐…… 그렇게 하면 되겠군.'

다음 날 정가람은 정상적으로 출근하여 아무 일 없는 듯 일했다. 오늘은 산부인과 외래진료가 있는 날이고, 내일은 제왕절개 수술이 있는 날이다. 내일이 복수의 날이 될 거다.

퇴근하는 정가람은 문구점에 들러 백색 지점토를 하나 샀다. 집에 와서 지점토를 이용하여 송편 모양을 만들었다. 지점토가 딱딱하게 군자 병원에서 몰래 훔쳐 온 혈액을 꺼냈다. 아기를 받고 태반을 모아 버릴 때, 조그만 시험관에 혈액을 모았다. 시험관을 열자 혈액이 젤리처럼 굳었지만 상관없다. 어차피 색깔만 빨간색으로 보이게 하면 된다.

정가람은 혈액 젤리를 꺼내 손으로 으깬 다음 하얀 지점토에 묻댔다. 하얀 지점토는 피 칠에 빨간색 조직 덩어리처럼 보였다. 정가람은 빨간 지점토를 들고 바라보며 야릇한 미소를 지었다.

"좋아, 잘 만들어졌어."

정가람은 내일 제왕절개 수술할 때, 이 지점토를 산모 뱃속에 넣을 생각이다. 피 칠을 한 덕분에 인간의 장기와 비슷하게 생겨 한준현은 그냥 꿰맬 것이다. 그리고 한준현은 제왕절개 수술 때, 애가 나오면 주의력이 약해지는 약점이 있기 때문에 작전은 성공할 것이다. 마취가 깬 산모는 배가 아플 것이고 책임을 한준현에게 돌리겠지. 그럼 한준현은 나락으로 떨어지는 것이다.

다음 날 제왕절개 수술이 시작되었다. 한준현은 능숙한 솜씨로 배를 가르고 애를 꺼냈다. 송채림 간호사가 애를 받아 수건으로 닦기고 입에서 불순물을 제거하자 울음소리가 들렸다.

한준현은 우는 애를 바라보더니 다시 산모의 벌어진 배에서 태반을 들어냈다. 이때가 기회다. 태반을 들어내는 것을 도우며 주머니에 숨겨둔 빨간색 지점토를 손으로 집었다. 심장이 쿵쾅쿵쾅 뛰었다.

'괜찮아. 온통 빨간색이라 들킬 리 없어. 빨간색이 눈을

속일 거야.'

정가람은 손바닥에 숨긴 지점토를 가져가 자궁 깊숙이 넣었다. 한준현의 목소리가 들렸다.

"정 간호사?"

들켰나? 정가람은 눈을 들어 한준현을 보았다.

"뭐해요? 봉합 준비 안 하고."

"아, 네……"

정가람은 봉합용 바늘을 한준현에게 건넸다. 한준현은 정성스럽게 봉합했고 그렇게 수술이 끝났다. 작전 성공이다. 이제 산모가 깨어나면 복통을 호소할 것이고, 엑스레이를 찍으면 뱃속에 들어 있는 이물질 때문에 까무러칠 것이다. 한준현 이제 넌 끝이다.

7

당승표는 화가 난 최시우 어머니를 진정시켰다. 탐정이라는 명함을 보고 화를 냈기 때문에 그 이유는 충분히 예상되었다. 그 노부인이 적잖이 괴롭혔을 것이다.

화가 가라앉은 부인을 데리고 인근 프랜차이즈 빵집으로 들어갔다. 최시우는 뽀로로 캐릭터가 그려진 빵을 들고 테이블 사이를 이리저리뛰어 다녔다. 아들을 바라보던 최시우 어머니는 간절한 눈빛을 당승표와 김민영에게 보냈다.

"제발 우리를 놔두세요. 그 할머니는 미쳤어요. 내 속으로 낳은 애를 자기 손자라고 우기니 미쳐 버릴 것 같아요."

당승표는 고개를 끄덕였다.

"충분히 이해합니다. 차라리 유전자 검사를 해서 확실하게 결판내는 것이 어떻습니까?"

어머니의 무슨 말을 하려다 자신의 커피를 마셨다.

"병원에서 애를 낳은 기록이 있는데 유전자 검사를 왜 해요?"

"그런 말을 해 보셨어요?"

"해도 소용없어요. 노인네가 왜 이렇게 고집이 센지. 아무리 말해도 소용없어요. 자기 손자라고 우기고 내가 자기 아들이랑 그렇고 그런 사이가 아닌지 집요하게 물고 늘어져요. 그래서 멀리 이사 가기로……"

어머니는 실수라고 생각했는지 말을 멈췄고, 이를 알아챈 당승표는 손을 들어 안심시켰다.

"걱정 마세요. 이사 이야기는 하지 않을게요."

최시우 어머니는 고개를 숙였다.

"감…… 감사합니다……"

어머니는 감정에 복받치는지 목소리가 떨렸다.

"흑흑…… 할머니 때문에 우리 부부 사이도 점점 멀어져 가고 있어요. 그래서 빨리 이사를 가려고 하는 거예요. 흑 흑……"

당승표는 김민영에게 흐느끼는 어머니를 보라고 턱으로 가리켰다. 당승표는 김민영이 무언가 깨닫기를 바랐다. 불륜이나 친자확인은 이처럼 괴로움을 동반한다는 것을 말이다.

김민영은 냅킨을 가져다가 우는 어머니에게 내밀었다. 어머니는 고맙다는 눈짓을 보낸 후 눈물을 찍어 냈다.

"부탁입니다. 오늘 만난 것은 없던 것으로 해 주세요. 우리만 멀리 이사 가면 모든 것이 끝나니까요."

당승표는 김민영이 느낀 바가 있을 걸로 생각하고 얼굴을 바라보았다. 김민영은 알 수 없는 표정이었다. 최시우는 엄마가 우는 것을 아는지 모르는지 테이블로 와서는 케이크 타령을 하였다.

"엄마 내 생일에 뽀로로 케이크 사 줘. 뽀로로."

"알았어. 3일 후면 생일이니 그때 꼭 사 줄게."

김민영은 태블릿을 켜더니 화면을 이리저리 손가락으로 문질렀다. 그러더니 고개를 들고 말했다.

"어머니 시우 생일이 11월 11일이에요?"

"네, 맞아요."

"그럼 주민등록번호가 111111, 1일 여섯 개네요."

"네, 재미있죠? 그럼 이제 일어나야겠네요. 애 아빠가 올 때가 되었거든요."

최시우 어머니는 손가방을 들더니 아들을 불렀다.

"시우야 집에 가자. 아빠 보러 가자."

아들은 달려와 어머니 품에 안겼다.

"그럼, 부탁드립니다."

김민영은 뭐가 아쉬운지 어머니를 불러 세웠다.

"최시우 어머님?"

어머니가 뒤를 돌아보았다.

"시우는 어느 병원에서 낳았나요?"

"부천의 강남산부인과입니다."

그렇게 최시우 모자와는 헤어졌다.

8

며칠이 지났다. 나른한 오후, 나당 탐정사무소에 등기우편이 도착했고, 김민영은 그것을 받아들었다.

"나승만 경감님, 당승표 탐정님, 모여 보세요."

김민영의 부름에 자신의 책상에서 추리소설을 읽던 당승

표와 운동실에서 운동을 하던 나승만이 손님맞이용 소파로 모였다.

김민영은 나란히 앉아 있는 나승만과 당승표가 볼 수 있도록 등기우편으로 받은 봉투 세 개를 펼쳐 놓았다. 궁금한지 나승만이 특유의 중저음으로 말했다.

"김 실장, 이게 뭔가?"

"이것은 저번에 노부인이 의뢰한 친자확인 결과입니다. 오늘 드디어 결론이 나네요."

"그래? 결과가 어떻게 나왔나?"

"방금 등기로 결과가 온 거예요. 저도 아직 모릅니다."

나승만은 결과가 들어 있는 봉투를 뜯으려 했지만, 김민영이 이를 제지했다.

"경감님, 잠시만 기다려 보세요. 여긴 탐정사무소예요. 우리 결과를 추리해 봐요."

당승표는 재미있는지 얼굴에 미소가 지어졌다. 김민영은 무언가 일을 꾸몄다. 노부인의 아들과 최시우 군의 친자확인이라면 결과 봉투가 하나여야 할 텐데 세 개의 봉투가 있으니 말이다. 당승표는 그것이 아까부터 궁금했다.

"김 실장님, 친자확인 결과가 왜 세 개죠?"

김민영은 대답했다.

"그걸 벌써 이야기하면 재미없으니 조금만 기다리세요.

자, 당승표 탐정님! 결과가 어떨 것 같아요?"

재미있는지 나승만이 나섰다.

"좋아. 우리 내기를 하자. 오늘 저녁은 비싼 소고기를 먹는 것이 어떤가?"

김민영도 재미있겠는지 환하게 얼굴이 펴졌다.

"좋아요. 소고기 좋네요. 전 가장 비싼 특수부위를 먹을 거예요?"

나승만은 손바닥으로 테이블을 한 번 쳤다.

"좋아. 난 당 탐정에게 걸겠네."

"에이, 본인의 의견을 말하지 않고요?"

"추리의 왕 당 탐정을 어떻게 이길 수 있나?"

"그럼 2:1이니 제가 불리하죠. 탐정님의 의견을 따르려면 경감님은 내기로 금연하는 것을 거세요."

"헉! 금연?"

나승만은 당승표를 쳐다보았다. 당승표는 소파에 파묻었던 몸을 일으켜 허리를 세웠다.

"그런데 김 실장님, 우리의 의견이 같다면 내기가 성립되지 않잖아요."

"호호호, 전 탐정님의 의견과 다르게 내겠습니다. 먼저 추리를 말씀하세요."

"대단한 자신감인데요. 며칠간 조사를 많이 했나 봐요?"

"탐정 일도 재미있던데요?"

결심했는지 당승표는 나승만을 보고 말했다.

"좋아요. 나 경감님, 금연을 거세요."

"자네, 자신 있나?"

"아까 경감님 저보고 뭐라고 그랬어요? 추리의 왕이라면서요?"

"에잇 모르겠다. 그럼 한배를 타겠네. 오늘도 부탁하네."

당승표는 결과지가 들어 있는 봉투를 한 번 훑어보더니 말했다.

"자, 그럼 제 추리를 말해 보겠습니다. 아이들 부모는 공통점이 있었어요. 모두 부천의 강남산부인과에서 아이를 낳았죠. 저번에 차에서 말했던 우려가 현실이 된 겁니다."

당승표는 옆자리에 앉아 있는 나승만을 보며 물었다.

"나 경감님, 자신이 배 아파 낳은 아이를 자기 손자라고 우기는 할머니가 나타났다면 일반 사람들은 어떻게 대응할까요?"

"그야 화가 날 테니 친자확인을 한 후 법적으로 대응하겠지."

"맞아요. 하지만 최시우 어머니는 그렇지 않았습니다. 자신들이 이사 가기로 했죠. 그 말인즉슨, 뒤가 켕기는 겁니다. 최시우 아버지가 무정자증이었고, 강남산부인과에서 정자를 기증받은 겁니다. 그 정자가 하필 노부인 아들 거였던 거죠. 노부인 말로는 손녀도 시험관으로 낳았으니 정자를 채취했었을 겁니다. 병원에서는 나연이 아버지 정자를 이용한 것이죠."

김민영은 고개를 끄덕였다.

"그러면 제가 친자확인 검사를 세 개나 했는데 무엇인지 아시겠어요?"

"그 문제는 어렵군요. 하지만 굳이 추리하자면 하나는 노부인 아들과 최시우 군일 테고, 두 번째는 어떻게 유전자를 확보했는지 모르겠지만, 최시우 군과 그 친아버지 것입니다. 김 실장은 누가 진짜 유전자 제공자인지 알고 싶었던 거죠?"

김민영은 알 수 없는 표정으로 세 번째 봉투를 바라보았다. 하나는 무엇이냐고 무언으로 묻는 것 같았다. 당승표는 조용히 대답했다.

"그건 어려운 문제군요. 추리한 결과를 말하자면 그것은 나 경감님 또는 저와 최시우 군의 친자 검사일 겁니다. 나이를 고려한다면 저일 확률이 높겠죠. 김 실장님께 감사드려야겠네요. 선한 거짓말을 해 주시는 것에 대해서요."

무슨 말을 하는지 영문을 모르겠다는 나승만이 안달을 떨었다.

"뭔 말이야? 아무튼 당 탐정 추리가 맞는다는 거야?"

당승표는 자신감 있는 표정으로 다시 소파에 기댔다.

짝짝짝.

김민영은 손뼉을 쳤다.

"역시 추리의 왕답네요. 그리고 여기 탐정사무소에 들어온 것이 다행이라고 생각되네요."

김민영은 봉투 하나를 뜯었다. 서류에는 '두 유전자는 친자 관계가 아님.'이라고 쓰여 있었다.

"이건 당승표 탐정님과 최시우 군의 친자확인 서류예요. 당연히 친자 관계가 아니라고 나오겠죠. 나승만 경감님께 당승표 탐정님 이야기를 많이 들었습니다. 법보다 인간적인 것으로 사건을 판단한다고요. 그 말은 저도 공감하는 바입니다. 그래서 당승표 탐정님의 머리카락을 슬쩍했죠."

나승만은 궁금한지 목소리를 높였다.

"그러니까 김 실장은 당 탐정과 최시우 군의 친자검사를 한 건데 왜 그랬나?"

김민영은 말없이 두 번째 봉투를 뜯으려 들었다.

"이건 최시우와 노부인 아들의 친자 검사 결과입니다. 저도 아직 확인하지 않았지만 당승표 탐정님의 추리가 맞을 거예요."

김민영은 봉투 속의 결과가 적힌 종이를 꺼내 테이블에 올렸다. 서류에는 두 유전자의 일치율이 99%로 친자 관계일 것이라고 판단된다고 쓰여 있었다. 나승만은 잇몸을 보이며 웃었다.

"하하하 그럼 당 탐정이 이긴 거네? 그런데 당 탐정과 친자확인은 왜 한 거지?"

당승표가 김민영 대신 말했다.

"김 실장은 저와의 결과를 노부인에게 보내려는 겁니다. 제가 괜한 걱정을 했었네요."

"뭐시? 그럼 김 실장도 당 탐정 자네처럼 인간적인 것을 더 따진다는 거야?"

김민영은 얼굴이 살짝 붉어졌다.

"당승표 탐정님까지는 아니겠지만 저도 인간적이랍니다."

"그런 마음은 돈이 안 돼. 아무튼 이번에도 추리의 왕 당승표가 이겼으니 오늘 저녁 소고기는 김 실장이 내는 거다."

나승만이 일어서려고 하자 김민영은 마지막 하나의 봉투를 들었다.

"잠깐만요. 아직 결과는 몰라요."

나승만은 다시 자리에 앉았다. 당승표도 눈이 커졌다. 다른 가능성이 이제 없을 텐데 말이다. 김민영은 봉투를 흔들며 말했다.

"이 봉투에는 당승표 탐정님이 추리한 대로 최시우와 그

아버지의 검사 결과가 들어 있지 않아요. 저는 혹시나 하는 다른 가능성이 하나 생각났어요. 강남산부인과로 인터넷 검색을 해 보니 재미있는 기사가 있었더군요."

김민영은 자신의 핸드폰으로 기사를 검색해서 당승표에게 보여주었다. 기사를 보자 강남산부인과 의사가 간호사를 죽였다는 기사였다.

"제가 요약해서 알려 드릴게요. 강남산부인과의 전문의가 간호사를 목 졸라 죽였어요. 의사는 강남산부인과의 잘나가는 에이스였나 봐요. 시험관 시술 확률이 특히 높았대요. 이 의사가 하루아침에 살인자가 되었는데 그 이유가 뭔지 알아요? 의사와 간호사는 내연관계였는데 의사가 관계를 정리하고자 이별을 통보했어요. 이에 원한을 가진 간호사가 제왕절개 수술 때 뱃속에 돌 같은 것을 넣었나 봐요. 산모는 마취에서 깨어 배가 아파서 난리를 쳤고, 긴급 수술로 돌을 빼냈지만 결국 장 천공 그런 걸로 산모가 죽었어요. 가족에게 돈으로 입막음을 하려고 했는데 간호사가 돌이 뱃속에 들어있는 X-레이 결과를 기자들에게 뿌리고 그랬나 봐요. 의사는 병원에서 쫓겨나고 하루아침에 알거지가 되어 그 분노 때문에 간호사를 목 졸라 죽인 겁니다."

당승표는 김민영의 이야기를 듣고 그녀가 무슨 말을 하려는지 어렴풋이 이해할 수 있었다. 당승표는 눈을 감았다.

김민영은 최시우의 생일 때문에, 주민번호가 111111이라는 것을 재미있어했다. 기억을 좀 더 앞으로 돌려보자 노부인은 손녀 생일이 11월 10일이라고 했다. 그때 김민영이 '하루만 늦게 태어나면 1이 여섯 개일 텐데요.' 하고 말했었다. 생일이 하루 차이라면 거의 비슷하게 임신이 되었다는 것이다. 노부인의 손녀는 시험관 시술로 태어났다고 했었다. 그래. 드디어 퍼즐이 맞춰졌다.

"김 실장님, 그 마지막 검사는 최시우와 노부인의 며느리 검사 결과지요?"

"오, 역시 당 탐정님. 맞아요. 그럼 결과를 볼까요?"

김민영은 봉투에서 결과를 꺼내 테이블에 올렸다. 검사결과는 친자관계 성립이었다. 최시우는 노부인의 아들과 며느리와 친자관계가 성립되었다. 즉, 강남산부인과에서는 노부인의 아들 내외의 수정란으로 최시우 어머니에게 착상시켰던 것이다.

당승표는 김민영의 능력에 새삼 놀랐다. 패러데이 법칙으로 트럼프를 만들고, 자신은 생각하지 못했던 다른 사람의 수정란이 옮겨졌다는 발산적 생각을 하였다. 김민영의 얼굴을 보자 가슴이 뛰었다. 김민영의 외모는 평범했지만 뛰어난 추리를 하는 모습에 매력을 느꼈다.

"도대체 뭔 소리야?" 답답한지 나승만이 말했다.

당승표는 김민영의 눈을 한참이나 보다가 나승만에게 설명했다.

"노부인의 손녀와 최시우 모두 시험관 시술로 낳았는데요. 강남산부인과의 그 의사가 노부인 아들 부부의 수정란을 최시우 어머니에게도 넣은 겁니다. 제가 알기로도 실패 확률 때문에 수정란을 3개 이상 만든다고 했어요. 그것을 사용한 것이죠."

"어허, 어찌 그런 일이."

당승표는 자리에서 일어나 김민영에게 박수를 보냈다.

"졌어요. 대단합니다. 설마 인터넷 기사로만 그런 추리를 한 것은 아니죠?"

"어제 병원도 가 보고 인천교도소에 가서 의사도 만났습니다. 의사 말로는 간호사가 모두 꾸민 짓이라고 하더라고요."

"나승만 경감님, 우리 탐정사무소에 보물이 들어왔네요. 탐정 시험은 합격입니다. 그리고 이제 경감님은 금연이에요."

"뭐, 금연? 난 니코틴 파워가 없으면 안 되는데."

"아무튼 나가요. 오늘 소고기는 제가 근사하게 쏘겠습니다."

9

한준현은 힘겹게 빌라 계단을 올라갔다. 현관에는 음식점 광고들이 덕지덕지 붙어 있어 마치 모자이크 예술을 보는 것 같았다. 언론이 잠잠해질 때까지 잠시 이 허름한 빌라에서 숨어 지내기로 했다. 여자 하나 잘못 만나서 인생이 지옥의 나락으로 떨어졌다.

다행히 정가람 간호사가 의도적으로 돌을 숨겼기 때문에 한준현의 과실이 조금밖에 인정되지 않았다. 하지만 강남산부인과에서는 병원 이미지 때문에 나가 달라고 하였다. 여러 군데 산부인과에 이력서를 넣었지만, 워낙 이슈가 되었던 문제라서 받아 주는 병원은 없었다.

아내와 장인어른에게도 그동안의 일을 다 들켜서 이혼도 당했다. 정가람을 경찰에서 수배하고 있지만 어디로 갔는지 잡히지 않고 있었다.

드디어 꼭대기 4층에 도착했다.

띠띠띠띠.

현관의 번호키를 누르고 안으로 들어갔다. 평소 집안의 느낌이 아니었다. 평소에는 탁한 무언가가 있었지만 오늘은 깨끗해진 느낌이 들었다.

한준현은 안방 문을 살짝 열었다가 기절할 뻔했다. 정가람이다. 정가람이 침대 위에 누워 자고 있었다. 한준현은 가슴속 깊은 곳에서 분노가 끓어올랐다. 한준현은 폐에 공기를 가득 들이마시고 강력하게 음파를 내뱉었다.

"야이 미친년아!"

정가람이 깜짝 놀라 깨어났다.

"왔어요?"

"여기가 어디라고 들어와. 벼룩도 낯짝이 있지. 당장 나가지 못해!"

정가람은 미소를 지었다.

"이제 이혼도 했겠다. 나랑 살면 되잖아요. 꼴이 그게 뭐예요? 한준현 씨는 제가 옆에서 보살펴야겠어요."

한준현은 정가람이 단단히 미쳤다는 것을 알았다.

"당신 진짜 돌았어? 당신은 범죄자야. 경찰에 수배된 것 몰라? 아니지, 당장 내가 경찰에 신고해야지."

한준현은 핸드폰을 서둘러 꺼냈다. 그래도 정가람은 동요하지 않았다.

"경찰에 전화하면 한준현 당신의 의사 면허는 영원히 박탈될 거예요."

"뭐라고?"

"일단 전화를 끊으시죠."

한준현은 정가람의 당당함에 의아함을 느끼고 전화를

끊었다.

"무슨 소리야?"

"당신 저랑 만나고부터 A급 수정란이 많아지지 않았나요?"

"이 여자가 도대체 무슨 소리를 하는 거야?"

"난 당신의 시험관 시술 확률을 높이기 위해 C급 수정란이 만들어진 부부에게 A급 수정란으로 바꿔치기했어요. 물론 부모의 혈액형을 고려했기 때문에 친자확인을 하지 않는 이상 걸리지는 않을 거예요."

미쳤다. 완전히 미쳤어. 이것이 알려진다면 의사면허는 진짜 취소될 것이다.

"몇 명이나 그렇게 했지?"

"몇 명이라뇨? 모두예요. 내가 당신이랑 있었던 2개월 동안이니 100여 명 되지 않겠어요?"

한준현의 머릿속은 새까맣게 변했다. 아무 생각이 나지 않아 그대로 털썩 주저앉았다. 정가람은 침대에서 일어서 한준현 옆으로 와서는 무릎 꿇고 앉더니 한준현을 가슴으로 안았다.

"모두 당신을 위해 한 일이에요. 당신은 나 없으면 아무것도 못 해요. 나에게 다시 돌아오세요."

정가람은 넋이 나가 있는 한준현의 입술에 자신의 입술을 포갰다. 정가람의 혀를 느낀 한준현은 정신이 번쩍 들었다.

앞에 있는 여자는 악마 그 자체였고, 가만두면 앞으로 무슨 일을 저지를지 모른다는 생각이 들었다. 한준현은 정가람을 밀치고 위에 올라탔다. 두 손으로 목을 강하게 움켜잡았다.

"미친년아 죽어! 죽으란 말이야!"

한준현의 팔은 가늘었지만 터져 나오는 분노 때문인지 정가람의 숨을 멈추게 하기에는 충분했다. 2012년 여름의 일이었다.

5

왕 게임 사건

1

여느 때와 같은 한가한 오후다. 다른 점이 있다면 탐정사무소에는 당승표 혼자 있다는 것이다. 나승만은 등산을 하겠다고 새벽부터 나갔고, 김민영은 어머님 생신 때문에 어제 부모님 집에 갔다. 당승표는 아무도 없는 사무실에서 오랜만에 독서의 즐거움을 느끼겠다고 전에 사 두었던 추리소설을 꺼내 읽고 있었다.

해가 중천을 지나 서쪽으로 가고 있을 때, 몸이 꼬이기 시작했다. 책장이 넘어가는 속도가 느려지고 글자가 눈에 들어오지 않았다. 당승표는 책을 덮어 버렸다. 소설의 몰입도가 낮은 것보다는 매일 부대끼던 탐정사무소 사람들이 없어서 허전한 마음이 더 컸기 때문이었다.

당승표는 책상에서 일어서 창가로 갔다. 강남대로를 달리는 차들을 멍하니 보았다.

'나승만 경감님 말대로 지금부터라도 운동을 해 볼까?'

당승표는 따분함을 주체 못 하고 나승만의 운동기구들이 있는 운동실로 갔다. 여러 운동기구가 있지만 벤치프레스[1]가 눈에 들어왔다.

"나 경감님이 이걸 해서 가슴 근육이 그렇게 나왔나?"

당승표는 벤치에 누웠다. 역기를 양손으로 부여잡고 힘을 주었지만 역기는 강력본드로 붙여 놓은 듯 꿈쩍하지 않았다.

"아, 영감님이 힘이 장사야. 도대체 몇 킬로그램을 드는 거야?"

당승표는 벤치에서 일어나 역기 양쪽에 걸린 바벨을 보았다. 한쪽에 20킬로그램짜리 바벨 2개와 10킬로그램짜리 1개 도합 50킬로그램이었다. 양쪽으로 같은 무게니 가운데 봉까지 합친다면 100킬로그램이 넘는 역기를 드는 것이다. 당승표 자신의 몸무게가 60킬로그램 전후를 왔다 갔다 하는 것을 생각하니 나승만이 대단하다는 생각이 들었다.

역기에서 바벨을 빼냈다. 양쪽 10킬로그램 하나씩 남겨두고 다시 벤치에 누웠다. 역기를 단단히 부여잡고 힘을 주었다. 역기는 꿈틀거리며 올라갔지만 당승표가 감당할 수 있는 무게가 아니었다. 그때 사무소 현관이 열리며 종소리가 울렸다.

---

1 긴 의자, 벤치에 누워서 역기를 들어 가슴운동을 하는 기구

띠링 띠링.

김민영이 달아 놓았던 종소리, 등산을 갔던 나승만이 돌아왔을 거라 생각하고 역기를 내려놓았다. 당승표는 운동실을 나오며 말했다.

"경감님, 이제 저도 운동……"

당승표의 예상과는 다르게 현관에는 검정색으로 통일한 듯한 옷을 입은 사내 세 명이 있었다. 이런 부류의 사람은 빤하다. 그리고 예상되는 부분이 있었다. 당승표는 구요동의 아들, 구민기가 드디어 손을 쓴다는 직감이 들었다.

가운데 사내가 선글라스를 벗었다. 사내는 흰머리가 희끗희끗하지만 단정하게 정리되어 있었다. 몸매는 호리호리하고, 날렵해 보이지만 얼굴의 잔주름과 치아 색으로 보아 40을 넘어 50을 바라보는 나이일 것으로 보였다. 사내는 웃는 얼굴로 당승표를 향해 말했다.

"당신이 당승표 씨?"

"네, 제가 당승표입니다."

당승표는 손님맞이용 응접소파에 앉으며 자리를 권했다.

"앉으시죠."

사내는 뭐가 좋은지 허허 웃었다.

"허허 역시……"

사내는 당승표의 맞은편에 앉았고 나머지 두 사내는 가운데 사내의 양쪽에 섰다. 마을을 지키는 장승처럼 보였다. 분위기를 압도하려는 것이지만 당승표는 침착함을 유지하였다.

"피차 좋은 일로 오신 것 같지는 않으니 차 대접은 생략하겠습니다. 필요하시면 탕비실 냉장고에 여러 가지 음료가 있으니 드십시오. 그래 무슨 일로 오셨습니까?"

"허허허, 급하기는. 목이나 먼저 축입시다."

사내가 말하자 한 장승이 탕비실로 가더니 냉장고에서 생수를 꺼내왔다. 사내는 생수를 받아 목을 한번 축이고 내려놨다.

"그래, 내가 무슨 일로 왔는지 예상이나 한 것 같소."

당승표는 단도직입적으로 말했다.

"구민기가 보냈습니까?"

사내는 고개를 끄덕였다.

"반은 맞고, 반은 틀렸어. 내 이름은 임설송. 올해로 52세지. 구민기와 관련된 것은 맞지만 구민기가 보냈다기보다는 구민기 부탁으로 왔다네."

임설송은 안주머니에서 담배를 꺼내 물었다. 당승표는 적잖이 놀랐다. 구민기가 부탁했다는 말이 맞는다면 임설송은 생각보다 거물일 것이다. 일이 커질 것 같은 예감이 들었다.

"구요동을 아십니까?"

"교정국 구요동 단장, 잘 알고 있지. 자네가 보내 버렸잖아. 나와는 친한 친구였네. 능력이 뛰어난 친구였는데 욕심이 너무 과했어."

"혹시 무슨 일을 하시는지 물어봐도 될까요?"

"자넨 탐정이잖아. 직접 알아보게나."

구요동과 친한 친구라면 대단한 거물이고 구요동과 다를 바 없는 악인일 것이다.

"구민기가 복수를 부탁했군요."

"그런 셈인가? 하지만 걱정 말게나. 우리 세계에도 규칙이 있다네. 그걸 떠나서 난 구요동처럼 무의미한 살인을 하지 않는다네. 재떨이 없나?"

당승표는 나승만이 김민영 몰래 담배를 피울 때 사용하려고 숨겨두었던 재떨이를 찾아와 테이블 위에 놓았다. 임설송은 담배를 껐다.

"구요동, 구민기 부자도 말했지만, 자넨 참 재밌는 친구야. 돈에 욕심도 없고 그렇다고 법을 칼 같이 지키는 것도 아니고 이형오, 김수만 영감들 기억하나?"

의문의 도박판 사건, 그걸 기획한 사람은 구민기가 아니라 여기 있는 임설송이었던 것이다. 계획을 실패한 이형오, 김수만은 어떻게 되었을까?

"영감님들은 어떻게 되었나요?"

"핀트에 안 맞게 여기서 왜 영감들 걱정을 하나? 걱정 말게나. 자네가 아량을 베풀어 잘 살고 있다네. 그리고 그 도박판은 내가 돈을 댔지만 기획한 것은 구민기야. 보고를 받아 보니 자네가 재밌다는 생각이 들어. 그래서 게임을 하려고 왔네."

임설송이 장승처럼 서 있는 사내에게 손을 내밀자 안주머니에서 트럼프 카드 한 벌을 꺼내 손에 올렸다.

"자네 카드 도박을 잘하더군. 아마추어가 타짜를 이기다니 말이야."

임설송은 카드를 뜯어 테이블 위에 무지개 모양으로 쫙 펼쳤다.

"어때, 나와 게임 한판 하겠나?"

아마 당승표에게는 거부권이 없을 것이다. 구요동과 같은 부류라면 어떻게든 게임을 하게 만들 것이다.

"쓸데없는 질문이라고 생각되지만 제가 당신과 왜 게임을 해야 하나요?"

임설송은 씨익 웃었다. 사악한 미소다. 안 한다고 한다면 여기서 날 죽일까?

"그냥 부탁하네."

"그래도 이유를 알려 주십시오. 뭘 알고 게임을 해야지. 제가 너무 불리하다고 생각됩니다."

임설송은 당승표를 지그시 보았다.

"좋아. 자네가 게임을 더욱 집중할 수 있도록 해 주지. 그래야 나도 재미있으니까. 주변 사람 중에서 지금까지 연락이 되지 않는 사람이 있지 않나?"

당승표는 김민영의 얼굴이 떠올랐다. 서둘러 핸드폰을 꺼내 김민영의 번호를 눌렀다. 신호는 가지만 전화는 받지 않았다. 화가 치밀어 주먹으로 테이블을 내리치며 자리를 박차고 일어났다.

"왜 상관도 없는 사람을 엮는 겁니까?"

당승표의 도발에 두 장승이 움직이자 임설송은 손을 들어 제지했다.

"자넨 인간적인 감정이 있군."

"인간이니 당연히 인간적 감정이 있는 거 아닙니까?"

"그건 약점이 될 거야."

"상관없어요! 난 인간이니까!"

"자 진정하고 자리에 앉게나. 그 사람이 자네에게 그렇게 중요한가?"

당승표는 자리에 앉았다. 김민영을 생각하며 이렇게 화를 낼지 몰랐다. 추리소설을 즐겨 읽고, 사건을 추리해 가던 김민영의 밝은 얼굴이 떠올랐다.

"게임에서 이기면 그 사람을 풀어주지. 어때, 진지하게 게임을 할 마음이 생겼나?"

"하자는 게임은 뭡니까?"

임설송은 펼쳐진 카드에서 킹 카드 2장, 조커 2장 그리고 10, 8, 6 숫자 카드도 각각 2장씩 골라냈다.

"왕게임을 하자고."

임설송은 K(킹), 10, 8, 6, 조커 5장을 모아 세트로 만들어 당승표 쪽에 놓았다. 그리고는 카드를 하나씩 예로 들면서 게임의 규칙을 설명했다.

"K는 킹, 숫자는 시민, 조커는 노예야. 계급대로 킹은 시민을 이기고, 시민은 노예를 이기지. 그리고 아무것도 잃을 것이 없는 노예는 킹을 이긴다고 가정하지. 카드를 1장씩 내서 계급을 겨루는 거야. 한 번 제출한 카드는 회수하지 못해. 순서대로 5장의 카드를 내면서 킹을 잡으면 게임의 승자가 되는 거야. 어때, 규칙은 이해가 되나?"

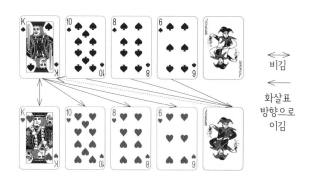

텔레비전 프로그램이든 소설이었던 간에 비슷한 게임을 본 것 같았다. 얼핏 운이 작용하는 게임 같지만 분명 아닐 것이다. 당승표는 킹 카드를 손가락으로 가리켰다.

"결국 킹이 잡히면 죽는다, 만약 제가 킹 카드를 내고 당신이 시민 카드를 낸다면 제가 킹 카드를 처분하기 때문에 최소한 지지는 않겠군요."

킹이 없어 최소한 지지 않음.

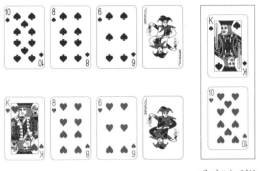

낸 카드는 처분

"역시 이해가 빠르구먼."

"카드는 누가 먼저 냅니까?"

"번갈아 가며 낸다네."

당승표는 고개를 끄덕였다.

"좋아, 이 게임은 중세 유럽에서 즐겨 하던 놀이로 인간의 심리, 습관을 통찰해서 상대방이 내는 카드를 예상하는 고도의 심리 게임이지. 자네의 실력을 한번 보여주게나. 총 세 게임을 해서 한 번만이라도 자네가 이긴다면 자네의 승리로 쳐 주지."

"좋습니다. 잘 데리고 있겠지만 혹시나 해서 묻습니다. 김민영 씨는 어디에 있죠?"

"가까운 곳에 있다네."

임설송은 다시 카드를 모아 5장을 만들어 카드 내용이 보이지 않게 뒤집어 건넸다. 세 게임에 한 게임만 승리해도 승리로 인정한다니 대단한 자신감이다. 그리고 심리, 습관 운운한 것도 밑밥을 깔아 진실을 숨기겠다는 전략일 것이다. 임설송은 카드를 볼 수 있을 것이다.

당승표는 자신의 카드 뒷면을 뚫어지게 보았다. 도박판 사건 때, 사기도박은 충분히 공부했다. 카드 뒷면의 무늬를 미세하게 바꾸어 카드 내용을 표시하는 표시목이 있었기 때문이다.

임설송은 당승표의 행동을 보더니 말했다.

"표시목은 아니라네."

당승표의 눈에도 특별한 무늬는 눈에 띄지 않았다. 이어서 5장의 카드를 화투를 잡는 것처럼 펼쳐서 왼손으로 쥐었다.

"순서는 어떻게 하겠나? 먼저 내겠나?"

"그러겠습니다."

당승표는 구라가 아니라는 가정 하에 게임의 본질을 탐색했다. 이 게임은 킹 카드와 조커(노예) 카드를 언제 내느냐가 관건이다. 킹 카드를 적절히 내서 처리해 킹이 잡히지 않아 패전을 모면하는 것이다. 그리고 노예 카드로 상대의 킹 카드를 잡는 것, 그것이 게임의 본질이다.

당승표는 처음에 킹 카드를 내면, 이길 확률이 높다는 결론에 도달했다. 상대가 다섯 카드 중에서 조커 카드만 내지 않는다면 최소한 비기기 때문이다. 상대가 숫자(시민) 카드를 내면 킹 카드를 처리하게 돼서 이기고, 킹 카드를 내도 비기기 때문이다.

당승표는 펼쳐진 카드 중에서 오른손 손가락으로 킹 카드를 집었다.

'하지만 상대도 그것을 알고 있을 거야. 그것을 간파하고 역으로 조커를 낸다면……'

킹 카드를 집었던 손가락을 옮겨 옆의 숫자(시민) 카드로 옮겼다. 당승표의 생각이 깊어졌다. 상대가 조커 카드를 처음에 사용해 실패해 버린다면 자신의 킹 카드를 잡을 수 없어 패배의 확률이 높아진다. 킹을 잡을 수 있는 조커 카드를 함부로 쓰지 못한다는 것이다.

당승표는 다시 손가락을 옮겨 킹 카드를 보이지 않게 내려놓았다. 임설송은 당승표가 카드를 내놓자 자신의 카드 1장을 앞으로 내려놓았다.

"흐흐흐, 생각이 길어도 소용없네. 난 킹을 잡는 조커야."

임설송은 자신의 카드를 오픈했다. 당승표의 킹이 잡혀 첫 게임을 허무하게 져 버렸다. 당승표는 눈을 감고 생각했다. 임설송은 이길 확률이 적은 조커 카드를 처음에 냈다. 당승표가 낸 카드를 알고 있다고 봐야 한다. 특수렌즈를 써서 보는 렌즈목일까? 아니면 자신이 도박판 사건 때 개발한 NFC 칩을 이용한 전자기 유도 카드일까? 도박판 사건을 구민기가 기획했다고 했지만 뒷돈을 댄 임설송도 내용을 자세하게 파악했을 것이고, 전자기 유도를 이용한 카드의 존재도 파악했을 것이다.

'임설송은 내가 사기를 친 카드를 역이용해서 게임을 제안하고, 그것을 어떻게 대응하는지 보는 것이다. 일종의 시험일 것이다. 이것이 가장 논리적으로 맞다. 그런데 김민영을 구하려면 게임을 이겨야 한다. 어떻게 하면 게임을 이길 수 있을까?'

당승표는 생각을 좀 더 앞으로 돌렸다. 처음에 임설송이 던져 주는 카드의 뒷면을 확인한다고 주의를 기울이지 못했다. 카드를 임설송이 던져 준 그대로 집어 들어 왼손으로 펼친 것이다. 그때 임설송은 자신의 카드를 확인하지 않고 당승표의 얼굴을 관찰하고 있었다. 심리, 관찰 운운했지만 얼굴을 보는 것이 아니다. 당승표가 왼손으로 들고 있는 카드를 보는 것이다.

당승표는 카드를 받고 섞지 않고 바로 펼쳐 들었다. 실수다. 임설송은 어떠한 트릭도 쓰지 않았다. 단지 던져 준 카드 순서를 알고 있었고, 그걸 그대로 손으로 들어 올린 당승표의 실책이었던 것이다.

임설송은 고민하고 자책하는 당승표의 표정이 재밌는지 허허 웃었다. 임설송은 카드를 정리하여 5장을 당승표 앞으로 던졌다.

"허허허. 그렇게 고민할 게 뭐 있나? 이번에는 내가 먼저 내야겠지?"

임설송은 카드 하나를 집어 내려놓았다.

'킹 카드일까? 아니지. 임설송은 내가 한 번만 이겨도 승리로 쳐 준다고 했어. 내가 전 게임처럼 조커를 낸다면 패가 확정되니 절대 킹 카드를 내지 못할 것이다. 내가 역으로 킹 카드를 내자. 임설송은 처음에는 절대 조커를 내지 않을 거야.'

당승표는 킹 카드를 집었다. 생각이 깊어지니 의심이 끝도 없이 따라왔다.

'아니야. 난 게임을 이겨야 해. 킹 카드를 내면 게임이 끝

날 수도 있어. 더 알아볼 것이 있으니 이번엔 시민을 내자.'

당승표는 심호흡을 한 후 시민 카드를 오픈했다.

"전 시민입니다. 설마 처음에 킹을 내지는 않았겠죠?"

"후후, 그 설마네."

임설송은 자신의 킹 카드를 오픈했다. 이제 상대는 킹 카드가 없으므로 당승표는 승리할 수 없다. 하지만 킹 카드를 잘 내보낸다면 최소한 비길 수 있다. 뒤로 가면 승산이 낮아진다고 생각한 당승표는 임설송이 보이지 않도록 카드를 등 뒤로 가져가 섞은 후 킹 카드를 내려놓았다.

임설송은 당승표가 테이블에 내려놓은 카드를 노려보더니, 손을 뻗어 테이블 위의 담배를 집어 들었다. 담배를 한 개비 뽑아 입에 물고 불을 붙였다.

"자네 진짜 재미있는 캐릭터구먼. 구민기가 자네에게 왜 그렇게 집착하는지 알 것도 같네."

임설송은 담배를 입에 물고 카드를 하나 꺼내 내려놓았다. 당승표는 자신의 카드를 오픈했다.

"킹입니다."

"난 조커네. 후후후"

이번 게임으로 당승표는 확신했다. 임설송은 카드를 보는 것이다. 당승표는 다시 눈을 감고 생각을 되돌렸다.

'임설송은 자신의 카드를 내려놓기 전에 담배를 집었

어…… 담배를 집을 때 뭔가 부자연스러웠는데…… 시계!
그래 그거군.'

당승표는 소파에서 일어섰다.

"카드에 이상이 있는지 확인하겠습니다."

카드를 정리하던 임설송은 행동을 멈췄다.

"그러게나."

당승표는 자신의 책상으로 가서 서랍을 열고 안경을 꺼냈
다. 도박단 사건 때 마련했던 특수 화학 물질을 볼 수 있는
안경이었다.

안경을 끼고 오는 모습을 본 임설송이 말했다.

"렌즈목을 의심하고 있군."

"한번 확인해 보겠습니다."

당승표는 10장의 카드 앞뒷면을 면밀히 관찰했다.

"이상이 없군요."

"당연한 것 아닌가. 이것은 고도의 심리 게임이라고."

당승표는 10장의 카드를 분리해 임설송에게 5장을 주고
자신도 5장을 받았다.

"이번에는 제가 먼저 카드를 내야겠죠?"

"그렇네. 이번이 마지막 게임이야. 날 실망시키지 말게
나."

당승표는 카드를 다시 섞은 후 1장을 선택하여 테이블에

조심스레 내려놓았다.

"후후, 나도 마지막이 되니 긴장되는군."

임설송은 다시 담배를 집어 입에 물고 불을 붙였다. 임설송은 폐 깊숙이 연기를 마시더니 후 하며 내뱉었다. 그리고는 카드를 하나 집어 앞으로 냈다.

"자네의 우직함은 인정해야겠네. 여러 가지 상황파악이나 의심, 게임의 본질을 깨닫고 가장 높을 확률에 베팅하는 것. 하지만 게임에서 진다면 다 소용없는 일이야. 어떤 게임은 이기지 못하면 죽을 수도 있어."

임설송은 담배를 재떨이에 비벼 끄고 자신의 카드를 오픈했다.

"난 조커네. 자네는 처음에 낼 수 있는 가장 안전한 카드 킹을 냈겠지."

"마치 제 카드가 킹이라는 것을 아는 듯한 말투군요. 확신하실 수 있습니까?"

"여유로워. 긴박한 상황에서 보이는 침착함이라⋯⋯. 좋아, 만에 하나라는 말도 있으니 99% 확신한다고 하겠네. 어서 카드를 오픈해 봐."

당승표는 천천히 카드를 오픈했다. 킹 카드가 나오면 지는 것이다. 당승표가 카드를 뒤집자 무언가 반짝이는 종이가 펄럭이며 떨어졌다. 모기향 모양의 은박지였다.

카드는 시민 카드였다. 시민 카드를 확인한 임설송은 눈이 튀어나올 것처럼 커졌다.

"뭐야. 거기서 왜? 자네 카드에 무슨 짓을 한 거야?"

"카드는 당신이 가져온 겁니다."

임설송의 인상이 심하게 구겨졌다. 자신이 카드를 가져왔으니 더 할 말은 없을 것이다.

"그래, 카드를 내가 가져왔지……. 하지만 아직 게임이 끝나지 않았네. 이제 나는 이기지는 못하겠지만 비길 수는 있지. 자네는 조커로 내 킹을 잡아야 이기는 거야."

"알고 있습니다. 카드를 어서 내시죠?"

임설송은 보기 드물게 오랜 생각을 하였다. 생수통을 들고 벌컥벌컥 마신 후 카드 한 장을 냈다. 당승표는 임설송이 낸 카드를 유심히 보았다.

"이 카드는 킹 카드죠?"

"어떤가? 그런 것 같은가? 그렇게 확신한다면 자네는 조커를 내게."

"상식적이라면 지금 순서에서 킹 카드를 내지 않겠죠. 예상하셨겠지만 저는 카드의 비밀을 알았어요. 이 카드는 제가 도박판 사건 때 사용했던 NFC 칩이 들어 있는 전자기 유도 방식의 카드예요. 당신은 도박판 사건을 분석하여 카드의 비밀을 알아냈고, 전자기 유도 방식의 카드를 만들어서 가져 오신 겁니다. 맞죠?"

임설송은 부정하지 않고 이야기를 가만히 듣고 있었다.

"여태 당신의 행동을 관찰한 결과 당신은 오른손잡이예요. 하지만 시계는 오른손에 차고 있죠. 보통 오른손잡이는 왼손에 시계를 차게 마련입니다. 아까 담배를 가져갈 때 그것이 부자연스럽다고 생각했습니다. 당신이 시계를 오른손에 차는 이유는 그 시계는 전자기 유도를 체크하는 기계이기 때문입니다. 제가 카드를 낼 때마다 담배를 피우는 것이, 담배를 잡으러 테이블로 손을 올리며 제 카드를 스캔한 겁니다."

임설송은 자신의 오른 팔목에 있는 시계를 물끄러미 쳐다보았다. 당승표의 설명이 이어졌다.

"정확히 어떤 방식인지는 모르겠지만 아마 가장 중요한 카드인 킹 카드를 알려 줄 겁니다. 전자기 유도방식은 전기가 통할 수 있는 얇은 코일을 카드에 삽입하는 것이죠. 저는 안경을 가지러 간다고 하고 책상 속 껌 은박지를 코일 모양으로 잘랐고 시민 카드에 침으로 붙여 낸 겁니다. 운이 좋았는지 당신의 시계는 제 시민 카드를 킹 카드로 표시해 주었죠."

"그랬군. 이 시계는 킹 카드와 조커 카드를 표시해 준다네. 카드의 중요도로 생각한다면 그 정도면 된다고 생각했지. 내 자네를 과소평가했었네. 구요동, 구민기 부자의 패배가 단지 실수는 아니었구먼. 자. 하지만 자네는 조커로 내 킹을 잡아야 한다네. 어쩔 텐가? 내가 낸 카드가 킹일까?"

"상식적이라면 카드를 스캔할 수 있는 당신은 일단 안전한 시민을 내고, 다음 제 차례가 되었을 때, 제가 제시한 카드를 시계로 스캔하고 안전하게 킹 카드를 낼지 그 여부를 결정하겠죠."

"말이 너무 많네. 그래서 지금 자네는 무슨 카드를 내겠나?"

"전 조커를 내겠습니다."

당승표는 조커 카드를 테이블 위에 던졌다. 당승표가 낸 조커카드를 본 임설송의 눈빛이 미세하게 흔들렸다.

"내가 낸 카드가 킹이라는 것을 확신할 수 있나?"

"확신해요. 목숨을 걸 수도 있어요."

임설송은 당승표의 얼굴을 빤히 보았다. 그리고 무언가 깨달았는지 동공이 확대되었다.

"그 안경!"

당승표는 안경을 벗어 임설송에게 건넸다. 임설송은 안경을 쓰고 카드를 살폈다. 당승표의 재치가 좋았는지 임설송은 개구쟁이 표정으로 변했다.

"마침 도박판 사건 때 쓰던 특수 잉크가 서랍에 있어 검지에 잉크를 찍고 카드를 확인하는 척하면서 당신의 모든 카드를 알아볼 수 있도록 표시했던 겁니다."

"대단해. 대단해. 상황 대처 능력이 이렇게 뛰어날 줄이야."

임설송은 안경을 벗고 박수를 쳤다.

"자네라면 금방 탈출할 수 있을 거야."

"탈출이라뇨?"

임설송은 한쪽 장승에게 손을 내밀자. 장승은 핸드폰을 꺼내 잠시 조작하더니 임설송의 손에 핸드폰을 올렸다.

"일단 영상을 보게나. 구민기가 자네에게 보내는 일종의 선전포고라네."

임설송은 플레이 버튼을 눌러 동영상을 재생시키고 테이블 위에 올렸다. 영상에는 구민기의 모습이 보였다. 구민기는 얼굴 살이 빠졌는지 조금 야위어 보였다.

[당승표! 정선 폐교에서는 탐정 놀이를 좋아하는 얼빠진 추리 작가로 봤었는데 놀랐어. 난 지금 굉장히 화가 나. 당신이 우리 아버지를 그렇게 만들어서 그런 것은 아니야. 그 이유는 내 천재적인 작전을 당신이 알아챘다는 것이지. 정선 폐교 사건도 교동회관 사건도 당신이 모두 알아냈다니…… 그래서 마지막 대결을 제안한다. '곤지암 정신병원'으로 와라. 목숨을 걸 만한 게임을 하기에 적합한 장소겠지? 흐흐흐, 아무튼 여기서 당승표

당신이 이긴다면 내 패배를 인정하고 더 이상 괴롭히지도 원망
하지도 않겠다.]

영상은 그렇게 끝났다. '곤지암 정신병원'이라니…… 깊은
생각에 빠진 당승표를 향해 임설송이 말했다.

"거기 곤지암 정신병원은 유명한 폐가로 알려져 있지. 거
기로 가서 자네 사람을 구하게나."

"이건 구민기의 시나리오인가요?"

"그렇다네. 난 재미있을 것 같아서 뒷돈만 댔지."

"아까 게임에서 이긴다면 김민영을 풀어준다고 했잖습
니까?"

"난 약속을 지키는 사람이네."

임설송은 전화기를 꺼내 통화 버튼을 눌렀다. 잠시 후 상
대방이 전화를 받자 근엄한 목소리로 말했다.

"그래. 여자는 풀어주게." 임설송은 전화를 끊었다.

당승표는 의아했다. '여자는' 풀어주다니 그럼 또 누가 잡
혀 있단 말인가? 그때 나승만의 얼굴이 떠올랐다.

"이런 영감탱이, 매일 운동만 하면 뭐해."

"자네의 단짝은 나승만인 줄 알았는데, 나승만은 구하지
않을 겐가?"

임설송은 당승표가 곤지암 정신병원으로 가지 않을까 봐
걱정되는 눈빛을 보였다.

"가야죠. 저에게는 동료이자 아버지 같은 분이니 구해야죠."

"다행이군. 난 자네가 구민기가 꾸민 음모를 어떻게 탈출할 수 있을지 궁금하다네."

임설송은 담배를 하나 피워 물었다.

"자네는 참 재밌는 친구야. 아무튼, 곤지암 정신병원으로 가서 동료를 구하라고. 그리고 구민기에게 지지 말게나. 이제는 나도 자네에게 관심이 생겼으니까."

딸랑딸랑.

김민영이 들어왔다. 머리는 헝클어져 있었고, 눈이 빨갛게 충혈되어 있었다. 김민영은 검정색 사내들을 보고 주춤했다. 당승표는 서둘러 소파에서 일어서 김민영에게 달려갔다. 김민영의 양손을 잡고 물었다.

"김 실장님, 괜찮아요? 어디 다친 데는 없어요? 저들이 해코지는 하지 않았나요?"

김민영은 고개를 끄덕이며 계속 임설송 패거리를 보았다.

"괜찮아요. 걱정하지 마세요."

임설송도 담배를 끄고 자리에서 일어섰다.

"그럼 파이팅 하게나."

임설송 패거리도 당승표와 김민영을 지나쳐 밖으로 나갔다. 김민영은 당승표에게 잡힌 손이 부끄러운지 슬쩍 뺐다.

당승표도 헛기침을 했다.

"허험. 다치지 않았다니 다행이네요. 일단 소파에 앉으시죠."

당승표는 컵에 양주를 반 정도 따르고 나머지 반은 뜨거운 물을 넣었다. 그리고 설탕을 두 스푼 넣어 휘휘 저었다.

"김 실장 많이 놀랐을 텐데 따뜻한 알코올이 진정하는 데 도움이 될 거예요."

김민영은 술을 받아들고 한 모금 마셨다.

"저 사람들은 누구예요?"

"얘기하자면 길어요. 저는 지금 곤지암 정신병원으로 가야 해요."

김민영은 걱정되는 눈빛을 보였다.

"곤지암 정신병원이라면 폐병원이잖아요. 저들이 위험한 술수를 꾸민 거죠? 그렇죠? 꼭 가야 해요? 위험한 사람들 아니에요?"

"위험해도 가야 합니다. 나승만 경감님이 잡혀 있어요. 경감님도 구해야 하고, 지금 구민기와의 악연을 매듭짓지 못한다면 지금처럼 김 실장님이 위험한 상황이 또 닥칠 거예요."

"경찰에 신고해요. 그러면 되잖아요."

"그 사람들은 경찰도 소용없어요."

김민영은 들고 있는 술잔을 지그시 보더니 단숨에 마셔 버렸다. 그리고 무언가 결심한 굳은 표정으로 말했다.

"그럼 저도 가겠어요."

"미쳤어요? 목숨을 걸어야 해요."

"갈 거예요. 저도 나당 탐정사무소 식구라고요."

당승표는 김민영의 눈에서 말릴 수 없음을 알 수 있었다.

"알았어요. 일단 가기는 하지만 제 말을 꼭 들어야 해요. 그리고 도망가야 할 상황이 만들어지면 뒤도 돌아보지 않고 가야 해요. 그걸 약속한다면 같이 가는 것을 허락하겠습니다."

김민영은 새끼손가락을 내밀었다.

"좋아요. 그럼 서둘러 떠납시다. '곤지암 정신병원'으로."

그렇게 당승표와 김민영은 최후의 전쟁을 치르기 위해 자동차에 올라탔다. 주차장에서 도로로 나오자 어느새 사위는 어두워져 있었다. 당승표는 붉은 노을을 뒤로하고 서울을 빠져나갔다.

'곤지암 정신병원, 구민기! 도대체 무엇을 꾸미고 있냐? 이것으로 질긴 악연은 끝내자.'

당승표는 왠지 모를 힘이 넘쳐나 액셀을 더욱 세게 밟았다.

6

최후의 대결

1

곤지암 정신병원은 CNN에서 선정한 세계 10대 흉가라고 알려졌다. 더욱이 곤지암 정신병원을 배경으로 하는 영화가 만들어져 흉가로 더욱 유명세를 치르고 있다. 당승표는 곤지암 IC를 빠져나와 어두운 시골길을 운전했다.

"김 실장님은 흉가, 귀신을 믿으세요?"

"제가 여기 들어오기 전에 무슨 직업을 가지고 있었는지 잊으셨어요?"

김민영은 과학 선생님이었다. 과학적으로 설명할 수 없는 귀신은 믿지 않는다는 말이었다.

"잘됐네요."

내비게이션이 안내하는 대로 운전하자 논, 밭 사이로 인가와 음식점이 드문드문 있는 시골길이 나타났다. 멀리 배경으로 보이던 산이 점점 가까워졌다. 한참을 가자 저녁 시골 분위기와 어울리지 않게 사람들이 모여 있었다. 사람들

사이로 철망으로 된 문이 보였다. 낡은 철망에는 '출입금지', '사유지 침입 시 신고'라는 문구가 빨간색 페인트로 칠해져 있었고, 쇠사슬과 큰 자물쇠로 봉쇄되어 있었다. 내비게이션의 위치상 여기가 곤지암 정신병원으로 들어가는 입구였다. 당승표는 차를 한쪽 공터에 세웠다. 당승표가 내릴 생각을 않자 김민영이 물었다.

"당 탐정님, 왜 안 내리세요?"

당승표는 턱으로 사람들을 가리켰다.

"어차피 저들은 구민기와 관련이 없는 사람입니다. 손에 카메라를 들고 있어요. 저들은 그냥 흉가체험을 하러 온 뜨내기들에 불과해요."

당승표의 말이 끝나자 할아버지 한 명이 무리를 향해 갔다. 손에는 지팡이가 들려 있었다.

"야, 이놈들, 아직도 있어! 우리 주민들도 조용히 좀 살자. 어서 썩 꺼지지 못해!"

무리가 할아버지를 돌아보았다. 대부분 할아버지 반대편으로 도망갔지만 몇 명은 카메라의 방향을 할아버지 쪽으로 돌렸다. 할아버지 모습을 셀카봉으로 동영상 촬영하는 사람도 있었다. 아마 공포체험을 주제로 하는 유튜버일 것이다.

"이놈들, 내 사진을 왜 찍어! 내, 사진기를 다 부숴 버린다."

할아버지는 지팡이를 휘두르며 다가갔다. 하지만 젊은이들은 그에 아랑곳하지 않고 일정한 거리를 두며 뒷걸음질쳤다. 아마 손에 든 카메라로 계속 촬영 중일 것이다. 할아버지의 몸놀림을 보건대 젊은이들을 잡지 못할 것이다.

할아버지는 소기의 목적을 달성했는지 욕지거리를 크게 뱉어 내더니 돌아서 정문에서 10여 미터 떨어진 2층 양옥집으로 들어갔다. 당승표의 눈이 할아버지를 따라가다 양옥집 옥상의 남자를 보았다. 남자는 동네와 어울리지 않게 검정색 양복을 입고 있었고, 어둠에도 선글라스를 쓰고 있었다.

"실장님, 저기 할아버지가 들어간 양옥집 옥상을 보세요."

김민영도 금방 남자를 찾았다.

"저 남자, 우리를 보고 있는데요?"

"가시죠. 어울리지 않는 저 남자가 우리를 구민기에게 안내할 겁니다."

당승표는 시동을 끄고 차에서 내렸다. 옥상 위의 남자는 계속 팔짱을 끼고 바라만 볼 뿐 움직임이 없었다.

"탐정님, 이제 어떡하죠?"

"저 집으로 들어가 봅시다."

당승표와 김민영이 양옥집 대문을 열고 들어가자 아까 소리치던 할아버지가 마당에 있었다.

"저기 말씀 좀 묻겠습니다." 당승표가 말했다.

할아버지는 뒤를 돌아 당승표와 김민영을 훑어보더니 옥상의 사내를 올려다봤다. 옥상 사내는 고개를 살짝 끄덕이더니 아래로 내려왔다. 덩치가 큰데다가 온통 검정색으로 입고 있어 위협이 되었다. 아까 임설송 옆의 장승들과 비슷한 분위기를 풍겼다.

"당신들의 이름은?"

"저는 당승표이고 이쪽은 김민영입니다."

"여기 온 목적은?"

"구민기에게 초대를 받았습니다."

"따라오시오."

남자는 짧게 말하더니 집 안으로 들어갔다. 검정색 남자는 마루를 지나 뒷문으로 나가더니 허름한 문을 통해 지하실로 들어갔다. 다시 지하실의 문을 열고 습한 지하통로를 한참이나 걸어갔다. 남자의 구두 소리가 저벅저벅 지하실 벽을 때렸다.

어둡고 습기 찬 지하통로는 어디로 이어져 있을까? 방향을 고려하건대 철망 안쪽의 곤지암 정신병원 쪽으로 가는 것이다. 김민영이 두려운지 당승표의 팔을 잡고 작게 속삭였다.

"탐정님 이렇게 따라만 가도 되는 거예요? 스스로 무덤 속으로 들어가는 것이 아닐까 걱정돼요."

"걱정 마세요. 제가 아는 구민기는 무작정 우리를 죽이려고 하지는 않을 겁니다. 아까 임설송이 보여준 구민기는 영상 속에서 마지막 게임을 하자고 했어요."

10분쯤 걸어가자 막다른 곳이 나왔고, 거기에는 철문이 달려 있었다. 남자는 철문에 열쇠를 넣고 돌리더니 문을 열었다. 계단을 올라 밖으로 나오니 폐병원 건물이 보였다. 정말 으스스했다.

"저기 정신병원 현관으로 들어가서 3층 끝으로 가면, 손잡이가 없는 철문이 나올 거요. 거기로 가시오."

남자는 손전등을 하나 건네더니 왔던 곳으로 다시 사라졌다. 아마 문지기 역할을 하는 것인가 보다. 병원 건물은 귀신에 시달린 것처럼 낡았고, 온전한 창문이 하나도 없었다. 현관에는 빨간 페인트로 낙서가 되어 있었다. '들어오면 죽어!', '죽어 간 영혼들이 기다린다.' 저 글은 누가 쓴 것일까? 당승표는 머리가 핑 돌았다. 공포심에 발걸음이 떨어지지 않았다.

"뭐 하세요? 안 들어가고."

뒤에서 김민영이 재촉했다. 당승표는 심호흡을 하고 발걸음을 뗐다. 이곳이 왜 이렇게 변했는지 천장도 곳곳이 무너져 있었고, 복도에는 소파에 가구 등이 버려져 있었다. 버려진 장애물을 피해 가기도 쉽지 않았다. 어두운 복도 저

끝에 누군가 서 있는 느낌을 받는가 하면 창문에서는 누가 주시하는 것 같았다. 심장은 아까부터 낼 수 있는 최고속도로 뛰고 달리고 있었다. 머뭇거리는 당승표에게 김민영이 말했다.

"탐정님, 혹시 무서우세요?"

당승표는 이마의 땀을 닦았다.

"무섭다니요. 천재 탐정 당승표에게 공포란 없습니다."

"그럼 왜 이렇게 느리게 가세요?"

"장애물 때문에 그렇습니다. 신중해서 나쁠 것은 없잖아요."

"그래요? 조금 서둘러 주세요. 빨리 나 경감님을 구해야죠."

"알겠습니다."

당승표는 다시 마른침을 꼴깍 삼키고 걸었다. 위층으로 올라갈 수 있는 중앙계단에 도착했다. 손전등으로 계단 위쪽을 비추자 푸르게 빛나는 눈이 당승표를 바라보았다. 귀신이었다.

"으악!"

당승표는 손바닥으로 눈을 가리며 주저앉았다. 김민영도 놀랐지만 당승표가 떨어뜨린 손전등을 들어 계단을 비추었다. 검은 고양이가 창문을 넘어 나가는 것이 보였다.

"천재 탐정도 약한 것이 있군요."

당승표는 눈을 가리고 있던 손을 뗐다.

"분명히 빛나는 눈이 나를 쨰려봤다니까요?"

"고양이 눈에는 반사판이 있어서 빛을 비추면 그렇게 보입니다."

당승표는 옷을 털며 일어섰다. 사실 당승표는 추리소설 마니아지만 공포 소설은 보지를 못했다.

"에헴. 인정합니다. 부끄럽지만 실장님께서 앞장서시죠."

김민영은 계단을 성큼 성큼 올라갔다. 당승표는 늦춰질세라 따라 올라 김민영의 옷을 잡았다. 당승표가 잡은 옷 때문에 걸음걸이가 방해되었다. 김민영은 제자리에 서더니 손을 내밀었다.

"탐정님 차라리 손을 잡으세요. 빨리 가야 할 것 아닙니까?"

"그럼 죄송……"

당승표의 손은 방금 씻은 것처럼 젖어 있었다. 우여곡절 끝에 3층 복도 끝에 도착했다. 손잡이가 없는 철문은 그에 맞추어 덜컹 소리를 내며 열렸다.

철문 안쪽에는 엘리베이터가 있었다.

"저걸 타는 건가 봐요."

둘이 엘리베이터에 오르자 문이 닫히고, 아래로 내려가기 시작했다. 하필이면 자신이 약한 공포라니, 당승표는 어떻게 구민기와 싸울지 걱정이 되었다. 공포심에 제대로 된 추리를 못 할 것이기 때문이다. 천천히 내려가는 엘리베이터는 지하 1층까지 내려갔다. 어떤 공포스러운 장치가 기다릴까?

띵 소리가 나며 엘리베이터가 멈추고 문이 열렸다. 귀신이라도 나타날까 당승표는 팔을 교차해 방어 자세를 취했다. 하지만 걱정과 달리 지하 1층의 분위기는 매우 달랐다. 폐병원과 달리 안쪽은 깨끗하고 밝았다.

여기도 입구에서와 마찬가지로 온통 검정색 옷을 입고, 선글라스를 쓴 덩치가 다가왔다.

"당승표 씨?"

"네, 맞습니다."

"혹시 무기가 될 만한 것을 소지하고 있습니까?"

"무기라고 함은?"

"총, 칼 등 단시간에 생명을 빼앗을 수 있는 것을 말합니다."

"그런 것은 없어요."

덩치는 옆의 김민영을 보았다.

"이쪽 아가씨는?"

"저도 없어요."

덩치는 말이 없었다. 하지만 선글라스 속의 눈동자를 움직이며 당승표와 김민영의 말을 확인하고 있을 것이다.

"따라오시오."

덩치는 한쪽에 있는 문을 열고 들어갔다. 이곳과 마찬가지로 깨끗한 응접실이 나왔다. 거기에는 임설송이 앉아 있었다.

"호~ 당승표 탐정. 빨리도 왔군."

여기서 일어나는 일은 모두 구민기의 시나리오겠지만 돈은 임설송이 댔다고 했다. 어쩌면 임설송이 여기 있는 것은 당연한 것이다.

"나승만 경감님을 빨리 구하기도 해야겠지만, 구민기와 악연을 빨리 정리하고 싶습니다."

"그렇구먼."

임설송은 김민영을 힐끗 보았다.

"예상대로 여자를 데려왔군. 자네 사무실에서도 말했지만 자네의 인간적인 감정이 약점이 될 거야. 저 여자는 이번 게임에서 불리한 요소가 되겠군."

"저보다 더 똑똑한 여자입니다. 오히려 구민기에게 불리한 요소가 될 것입니다."

임설송은 당승표의 말을 확인하는 듯 김민영을 살폈다.

"좋아. 난 중립에서 두 사람의 두뇌 싸움을 보고 싶을 뿐이니까. 그럼 게임에 대해 설명을 하겠네. 자리에 앉지.”

셋은 테이블이 있는 소파에 앉았다. 임설송은 테이블 위에 있던 태블릿을 조작하여 영상을 하나 보여줬다. 사무소에서 본 구민기 영상을 다시 보여주었다.

“이 영상은 아까 보여주었지만, 큰 화면으로 다시 보게나. 혹시 아나? 무슨 단서라도 있을지.”

임설송은 플레이 버튼을 눌렀다. 구민기는 역시 얼굴이 많이 야위어 보였다.

[당승표! 정선 폐교에서는 탐정 놀이를 좋아하는 얼빠진 추리 작가로 봤었는데 놀랐어. 난 지금 굉장히 화가 나. 당신이 우리 아버지를 그렇게 만들어서 그런 것은 아니야. 그 이유는 내 천재적인 작전을 당신이 알아챘다는 것이지. 정선 폐교 사건도 교동회관 사건도 당신이 모두 알아냈다니…… 그래서 마지막 대결을 제안한다. ‘곤지암 정신병원’으로 와라. 목숨을 걸 만한 게임을 하기에 적합한 장소겠지? 흐흐흐, 아무튼 여기서 당승표 당신이 이긴다면 내 패배를 인정하고 더 이상 괴롭히지도 원망하지도 않겠다.]

영상이 끝났다. 새로울 것도 없다. 다만 구민기는 분노를 표출하는 말투를 보였지만, 이면에 어떤 침착함이 느껴졌다.

“자, 구민기가 자네에게 보내는 영상이 하나 더 있네.”

[당승표. 여기 곤지암 정신병원까지 잘도 왔군. 자, 그럼 여기서 최후의 게임을 하자고. 게임 내용은 뭘까? 정선 폐교와 교동회관에서 했던 게임과 비슷해. 당신은 진범을 밝히고 동료인 나승만을 구하면 되는 거야. 후후 방심하지 말라고. 이번에는 진짜 목숨을 걸어야 할 거야. 자, 이제 게임을 시작하자고. 게임에 참여할 여러 사람들을 초대했지. 안으로 들어가면 반가운 얼굴들이 기다리고 있을 거야. 후후후.]

영상은 짧게 끝났다. 첫 번째 영상과 마찬가지로 분위기는 조금 바뀌었지만 살이 빠지고 야윈 모습은 비슷했다. 임설송이 담배에 불을 붙이며 말했다.

"구민기 말로는 자네라면 부연설명을 하지 않아도 된다던데 게임에 대해 궁금한 점 없나?"

구민기는 영상 속에서 진범을 밝히라고 했다. 그리고 정선 폐교와 교동회관에서와 비슷한 상황을 만들었다고 했다. 바로 살인이 일어난다는 것이다. 추리를 통해 그 진범을 찾으라는 것이다. 살인 게임을 하자는 것인데 구민기는 다시 무고한 살인을 하려고 하는 것이다. 이번에 확실히 마무리해야 한다.

"대충 알 것 같습니다. 빨리 시작하시죠."

"허허 대담성, 상황 파악 능력, 공포를 즐기는 마음, 역시 자네는 재미있는 캐릭터야. 그럼 미션을 인지한 것으로 알고 시작하지."

그들을 처음 맞이했던 검정색 장승이 테이블로 다가왔다.

"따라오시오."

당승표가 임설송을 보자 고개를 끄덕였다. 검정색 장승은 몇 개의 문을 통과하더니 은행 금고처럼 견고한 철문 앞에 섰다. 그리고 원형으로 된 손잡이를 돌리자 덜컹 하고 문이 열렸다.

깨끗한 응접실에는 몇몇 사람이 있었다. 그중에 아는 얼굴도 있었다. 구민기는 영상에서 반가운 얼굴이라고 했지만 실제 반가운 얼굴은 아니었다.

"오, 마지막 참가자가 당승표 당신이었어? 그리고 옆은 김민영 씨?"

몸매가 훤히 드러나는 빨간색 원피스에 화려한 화장을 한 여자는 심혜인이었다. 정선 폐교에서 사사건건 반대하는 아주 독특한 캐릭터였다. 그나저나 돈이면 무슨 짓이든 할 수 있는 심혜인이 여기 왔다는 것은 구민기가 돈을 많이 투자했다는 것이다. 그리고 다른 사람들도 돈이면 무엇이든 할 사람들일 것이다. 당승표 옆의 김민영이 반가워하며 앞으로 나갔다.

"심혜인 씨 아니세요? 반가워요."

"오, 김민영 씨 맞구나? 근데 둘이 아는 사이야?"

김민영은 고개를 돌려 당승표를 한 번 보더니 다시 시선을 심혜인에게로 돌렸다.

"그렇게 됐어요. 어, 저기 최준영 씨도 있네요."

소파에 앉아 있던 최준영이 김민영에게 손을 흔들었다. 최준영도 추리퀴즈게임 예선 참가자였는데 심혜인과는 사이가 별로 좋지 못했었다. 심혜인은 못마땅한지 인상을 구기고 말했다.

"그러게나 말이야. 어제의 용사가 다시 모였지 뭐야."

재회의 기쁨을 막듯 검정색 장승은 둘을 가로막았다.

"자, 재회는 나중에 천천히 하시고, 다들 가운데로 모이시오."

홀의 크기는 크지 않았다. 크기가 작은 소파 8개가 가운데 협탁을 사이에 두고 4개씩 배치되어 있었다. 홀의 세 면에는 문이 있었는데 문 가운데 명찰이 붙어 있었다. 당승표도 정면의 가운데 방에서 자신의 이름을 찾을 수 있었다.

"지금부터 게임을 시작합니다. 보시다시피 여러분의 행동 일거수일투족을 감시합니다."

검정색 장승이 천장을 가리켰다. 천장에는 검정색 돔 모양이 달려 있었는데 빨간색 점이 보였다. CCTV였다.

"CCTV는 방에도 있으니 알아서 행동하시기 바랍니다."

심혜인이 손을 들었다.

"방에도 CCTV가 있으면 어떡해요? 사생활이란 존재하지 않는 겁니까?"

"당신은 지금 캠핑이라도 왔소? 이건 특별한 게임이라고 말했잖소. 당신들 행동을 관찰하기 위해 감시카메라는 반드시 필요합니다. 그리고 그건 이미 말했고. 허나 지금이라도 늦지 않았으니 하기 싫으면 나가시오."

"아니, 누가 하기 싫다고 했나……"

방에도 CCTV로 감시하는 체제에 여자 참가자들이 아무 말 못 한다. 정선에서와 마찬가지로 큰돈을 벌 수 있기 때문에 더는 말을 못 하는 것이다.

"그럼 계속 설명하겠습니다. 여기는 지하층이고, 1층에는 휴게실과 식당이 있습니다. 저 계단을 통해 올라가면 됩니다."

당승표는 장승이 가리킨 곳을 보았다. 홀 한쪽에 계단이 있었다. 1층이라니 마음만 먹으면 탈출할 수 있을까?

당승표의 생각을 알아챘는지 장승은 경고하는 목소리를 냈다.

"여러분은 여기 지하와 1층 이외의 곳에는 갈 수 없습니다. 만약에 간다면… 뭐, 여러분의 상상에 맡기겠습니다."

장승은 옆에 있던 007가방을 테이블에 올리고 열었다. 가방 안에는 5만 원짜리 다발이 많았다. 참가자들은 돈을 보더니 표정이 밝아졌다.

"그럼 약속대로 첫 계약금으로 이천만 원씩 드리지요."

장승은 지폐 다발 네 개씩을 사람들 앞으로 던졌다. 당승표에게도 지폐 다발을 던지고 말했다.

"여자는 당신이 데리고 온 것이니 여자에게 줄 돈은 없소."

당승표는 더러운 돈을 받고 싶지 않았지만 게임의 원만한 진행을 위해서 일단 받았다.

"자, 계약금 지급은 끝났고, 게임을 잘해서 3일 후 나갈 때는 이 가방을 하나씩 가져가게 될 겁니다. 그럼 열쇠를 나누어 줄 테니 자신의 이름이 쓰여 있는 방으로 들어가십시오."

한 통통한 아줌마가 손을 들었다.

"무슨 게임을 하는지 알려 줘야 하지 않나요?"

"방에 들어가면 알게 됩니다. 한 가지 힌트를 준다면 지시와 명령에 반드시 따르라는 겁니다. 지시와 명령을 잘 따르면 여러분은 3일 후 1억을 손에 쥐게 될 겁니다."

검정색 장승은 참가자들의 이름이 적혀 있는 열쇠들을 꺼내 각각의 참가자들에게 전달했다. 그리고 건투를 빈다 말하고 다시 들어왔던 철문으로 나가 문을 잠갔다. 참가자들은 말도 없이 받은 열쇠를 이용하여 자신의 방으로 들어가 버렸다. 김민영이 당승표에게 다가왔다.

"이게 무슨 일일까요? 경감님은 어디 있을까요?"

"잘 있을 겁니다. 아무튼 실장님, 무엇이든지 조심하시고, 신중하게 행동하세요. 아무거나 막 먹어도 안 됩니다."

"아, 알겠어요."

"한데, 심혜인 씨는 저도 알겠는데 다른 참가자들을 알겠어요?"

참가자는 둘을 제외하고 다섯 명이었다.

"아까 손을 흔든 과체중에 머리가 베토벤처럼 긴 사람 이름이 최준영이에요. 실전추리퀴즈에서 같은 조에 속했던 사람입니다."

"그럼 나머지는요. 고도비만 남자 한 명, 키가 큰 젊은 여성, 통통한 아줌마는 아는 사람입니까?"

"글쎄요. 본 것 같기도, 처음 보는 것 같기도 해요."

"알겠어요. 이따 사람들이 모이면 잘 생각해 봐요. 일단 우리도 각자의 방으로 들어가 봅시다. 방에 들어가면 문을 항상 잠그세요."

"네, 그럼 이따 봬요."

당승표는 김민영이 방에 들어가 문을 잠그는 소리를 확인하고 자신의 방으로 들어갔다. 방은 넓지 않았다. 한쪽에 일인용 침대에 맞은편으로 책상이 있었다. 문 반대쪽에는 옷장과 수납장이 있었다. 눈에 띄는 것은 천장에 달려 있는 감시카메라였다. 홀에 있는 것과 같이 검정색 돔에 빨간색 빛이 비쳤다. 당승표는 침대 밑, 옷장을 살피다가 책상 위에 있는 종이를 발견하였다.

> ✓ 당승표 탐정의 미션
>
> • 무슨 일이 있어도 미션을 해결하면 나승만을 살려줍니다.
> • 진범을 찾아 나승만을 구하라.
> • 김민영은 세 번째 타깃이다.

정확한 의미를 알 수 없었지만 세 번째 글이 마음에 걸렸다. 아까 구민기는 게임을 준비했다고 영상 속에서 말했다. 그 게임은 살인 게임이라고 생각하는 것이 좋을 것이다. 그렇다면 김민영을 세 번째로 죽인다는 말인가? 당승표는 종이를 접어 가방 깊숙한 곳에 숨겼다.

당승표는 자신의 방에서 나와 김민영 방을 노크했다. 잠시 후 문이 열렸다.

"실장님, 이렇게 아무 경계도 없이 문을 여시면 어떡합니까?"

"경계라뇨? 무슨 일이라도 일어났어요?"

김민영은 느긋하지만, 괜한 두려움을 심어줄 필요는 없다.

"아니요. 그런 것은 아니지만 혹시 모르니 문을 여실 때, 최소한 누군지는 물어보세요. 아니다. 제가 노크를 두 번, 세 번, 두 번 이렇게 노크하겠습니다."

똑똑 똑똑똑 똑똑.

당승표는 열려 있는 문에 노크했다.

"알겠어요. 들어오실래요?"

"잠시 둘러보겠습니다."

김민영 방도 당승표의 방과 별다를 것이 없었다. 감시카메라와 옷장, 침대, 책상이 있었다. 그때 김민영이 옆으로 와서 말했다.

"방에도 감시카메라가 있다니 불쾌하네요."

"음. 구민기나 아까의 임설송이 감시카메라를 설치한 것은 여기 사람들의 행동을 관찰하기 위함이지 다른 의도는 없을 겁니다. 옷을 갈아입거나 할 때는 이불 속에서 갈아입으세요."

당승표는 아무것도 없는 책상 윗면을 손으로 문질렀다.

"그나저나 실장님 책상 위에는 아무것도 없었나요?"

김민영의 얼굴에 얼핏 어색함이 스쳤다. 그리고 주머니에서 종이를 하나 꺼내서 건넸다.

"이런 게 있었어요. 도대체 뭐 하자는 건지 모르겠어요."

✓ 김민영 씨의 미션

• 무슨 일이 있어도 미션을 해결하면 나승만을 살려줍니다.

• 당승표를 유혹하는 다른 여자로부터 지켜라.

당승표 자신에게도 김민영에게도 미션 비슷한 것이 있다. 그렇다면 다른 참가자들도 미션이 있다고 보는 것이 논리적이다. 혹시 사람을 죽이라는 미션이 있을까? 그런 미션이 있다면 정말 수행할까? 정선 폐교, 교동회관을 생각한다면 충분히 가능했다. 아까 장승도 지시와 명령을 따르면 1억을 준다고 했다. 분명히 참가자들은 돈을 위해 불나방이 되어 모닥불 속으로 뛰어들 것이다.

"탐정님? 뭔 생각을 이리 골똘히 하세요?"

"아, 아닙니다."

"탐정님도 이런 메시지가 있었나요?"

"네, '진범을 찾아 나승만을 구하라.'입니다."

세 번째 메시지는 생략하고 말했다.

"다른 사람들에게도 이런 메시지가 있을까요?"

"구민기가 게임을 하자고 했으니 가능성이 높습니다. 아무튼 아무도 믿지 말고 의심부터 하는 거 잊지 마십시오."

그때 밖에서 심혜인의 목소리가 들렸다.

"모두들 나와서 인사나 하지요."

2

홀 소파에 게임 참가자들이 모여 앉았다. 남자 셋, 여자 넷이 서로 탐색이라도 하듯 바라보았다. 심혜인이 게임을 이끌기라도 할 것처럼 의욕적으로 말했다.

"서로 아는 분도 있지만 다시 한번 자기소개를 하도록 하죠. 저는 심혜인입니다. 나이는 31살이죠."

정선폐교에서 나이를 속인 것이 부끄러운지 당승표와 김민영을 슬쩍 보았다. 옆에 있던 최준영이 나섰다.

"한데 심혜인 씨는 저번 실전추리게임 2차 예선에서 29살이라고 하지 않았나요?"

심혜인이 최준영을 째려봤다.

"그래요. 거짓말했어요. 그때 우리는 특수한 게임을 했었어요. 그 정도 거짓말은 괜찮다고 봅니다."

최준영은 거만하게 소파에 기댔다.

"어쩐지, 겉늙었다 생각해서요. 하하하."

"뭐욧! 이 3류 그림쟁이가. 말이면 다야?"

"뭐? 3류? 당신이 웹툰에 대해 뭘 안다고 지껄여?"

공격하던 최준영이 오히려 얼굴이 빨개졌다. 흥분하는 최준영에게 이겼다고 생각했는지 심혜인이 오히려 안정을 찾았다. 심혜인은 주변을 둘러보며 말했다.

"호호, 여기 최준영 씨 웹툰 본 사람 있나요?"

심혜인은 김민영과 눈이 마주치자 윙크했다. 조용히 있으라는 것이다. 김민영은 계속 놔두면 또 싸움이 일어날 것을 알고 나섰다.

"자, 우리 상대방을 자극하는 말은 하지 말도록 하죠. 저는 김민영입니다. 탐정사무소에서 일하는데요."

김민영이 옆자리의 당승표를 가리켰다.

"이 분이 당승표 탐정님입니다."

당승표는 사람들에게 고개를 숙여 인사했다. 당승표가 특별한 말이 없자 김민영은 사람들에게 계속 이야기했다.

"여기 탐정님은 작년 겨울 떠들썩했던 정선 폐교의 생존자이십니다. 심혜인 씨도 거기 있었죠? 저와 최준영 씨도 2차 예선까지는 참여했었어요."

그때 뚱뚱한 아줌마가 손을 들었다.

"나도 2차 예선을 참여했어요. 감마 팀에 있었지요. 이름은 김연자입니다."

김민영은 심혜인, 최준영과 함께 베타 팀이었다. 다른 팀 사정은 잘 모르지만 저런 아줌마 캐릭터가 분명히 있었다.

그때 나머지 참가자인 젊은 여자와 고도 비만 남자가 손을 들었다.

"저도 참가했어요."

"저도 이 여자분과 알파 팀에 있었습니다."

구민기가 말했던 반가운 사람들이 있을 거라는 뜻을 알 것 같았다. 아무튼 실전추리게임에 참가했던 사람들이 여기 온 것이다.

당승표의 생각이 깊어졌다. 구민기는 게임을 하자고 했다. 실전추리게임에는 1차, 2차, 3차를 황윤종이라는 이름으로 직접 게임에 참여하였다. 분명 여기에도 살인을 지시한 자신의 꼭두각시 역할을 넣었을 것이다.

누가 구민기의 마리오네트일까? 당승표는 사람들의 얼굴을 찬찬히 둘러보고 김민영에게 귓속말로 물었다.

"실장님, 게임 2차 예선에서 저들을 모두 본 기억이 나나요?"

김민영도 확인하는지 사람들을 둘러봤다.

"심혜인 씨, 최준영 씨는 같은 팀이었고, 김연자 아줌마는 본 것 같아요. 고도비만 남자와 젊은 여자는 전혀 기억이 없어요."

당승표는 고개를 희미하게 끄덕이고 자리에서 일어섰다.

"여러분! 다시 저를 소개하겠습니다. 제 이름은 당승표라고 합니다. 실전추리게임 최종단계에 초대되었었죠. 혹시, 황윤종이라고 아시는 분 계시나요? 젊은 남자이고 2차 예선 참가자입니다."

셋 중 아줌마 김연자가 손을 들었다.

"황윤종은 우리 감마 팀 팀장이었어요. 욕심이 많아 혼자만 잘 보이려고 했었어요. 그런데 그건 왜 묻죠?"

당승표는 시선을 젊은 여자와 고도비만 남자에게로 돌렸다.

"특별한 것은 없어요. 그냥 누가 거짓말을 하나 찾고 있을 뿐이에요."

당승표의 도발에도 젊은 여자는 미소를 지었다.

"탐정이라고요? 거짓말하는 것을 왜 찾으시죠?"

"그냥 탐정으로서 직업병입니다. 소개부터 해 주시죠."

"호호, 제 이름은 한채린이에요. 제가 2차 테스트에 참가했다고 한 것이 거짓말 같나요?"

"여기 참가자들이 아무도 보지 못했다면 거짓말이겠죠."

한채린은 당승표의 도발에도 평정심을 잃지 않았다. 차분한 얼굴로 김연자를 보더니 말했다.

"아주머니 저 기억 안 나요? 둘째 날 아침 등산할 때, 제가 산에서 초콜릿 드렸잖아요."

김연자는 손뼉을 치며 호들갑을 떨었다.

"그 처자구만, 그때는 운동복을 입고 있어서 몰랐지. 지금처럼 이쁜 색시인지 몰랐네."

한채린은 시선을 당승표에게 돌렸다. 그리고 고도비만 남자를 가리키며 말했다.

"여기 지영민 씨는 저와 같은 알파 팀이었어요."

고도비만 남자가 불만스러운 말투로 말했다.

"당신이 탐정이면 탐정이지 누가 거짓말을 한다고 의심하는 겁니까? 그리고 거짓말 좀 한다손 그것이 무슨 문제가 됩니까?"

당승표는 손을 들어 미안함을 표시했다.

"일단 의심은 죄송합니다. 아무도 다치지 않기 위함이니 노여움을 푸세요. 그럼 먼저 심혜인 씨, 여기에 어떻게 초대받게 되었죠?"

"전화를 받았어요. 실전추리게임을 다시 해 보지 않겠냐고요."

"물론 큰돈을 주기로 했겠죠?"

"당승표 당신도 같은 거 아니었나요? 아까 계약금을 받았잖아요."

"일단 주는 돈은 받았지만 저와 김민영 씨는 조금 다른 이유에서입니다. 심혜인 씨도 알고 있는 나승만 경감님을 구하기 위해서 왔죠."

"그 말 많은 전직경찰은 잘 알고 있어요. 그러니까 그 분을 구하기 위해 왔다 이거죠?"

"그렇습니다. 여기 주최자가 납치를 했어요."

"자, 당승표 씨. 이제 됐어요. 우리는 당신의 탐정 놀이를 방해할 생각 없으니 알아서 전직경찰을 구하세요. 그럼 소개도 끝났으니 모두 1층 식당으로 올라가서 늦은 저녁을 먹어 볼까요?"

심혜인의 말에 모두들 주섬주섬 일어서 계단으로 올라갔다. 심혜인이 당승표에게 다가왔다.

"당승표 씨 조용히 얘기 좀 할까요?"

심혜인은 팔짱을 끼고 김민영을 보았다. 당승표 옆에 있는 김민영에게 비켜 달라는 뜻이었다.

"실장님, 먼저 올라가 계세요."

김민영이 1층 계단으로 사라지자 심혜인은 조용히 말했다.

"아까 검정 덩치도 말했지만, 여기서 3일만 버티면 1억을 받을 수 있어요. 아까 계약금으로 이천만 원도 받았고요. 당신이 무엇을 걱정하는지 알지만 이제 조용히 좀 있으시면 안 되나요?"

"무슨 뜻인지?"

"당신과 나는 정선폐교에서 최종전까지 경험을 했어요. 주최 측이 같다면 우리가 살아남을 가능성이 높다는 겁니다. 괜히 사람들을 들쑤셔서 경계심을 심어주지 말라는 겁니다."

정선에서도 느낀 거지만 이 심혜인이란 여자는 무서운 사람이다. 이 게임의 실체를 파악한 것이다. 돈이면 사람도 죽일 태세다. 구민기가 심은 마리오네트에 심혜인 가능성도 넣어야겠다.

"알겠습니다. 하지만 전 누가 다치길 원하지 않습니다."

"물론 저도예요. 하지만 희생자가 생긴다면 제가 아니어야 하겠지요."

3

김민영과 심혜인이 저녁 식사 준비를 한다고 했다. 저녁이라 봤자 냉장고에 있는 즉석 음식을 데우는 것뿐이었다. 저녁이 준비되는 동안 당승표는 1층을 살펴보기로 했다. 1층은 총 두 개 구역으로 나뉘어 있었다. 1층은 하나의 커다란 공간이었다. 한쪽에 식사를 할 수 있도록 부엌처럼 되어 있었고, 구석에 휴게실로 들어가는 문이 있었다. 식당의 커다란 냉장고에는 음식과 술, 물이 가득했고, 싱크대, 인덕션, 그리고 큰 식탁이 마련되어 있었다.

당승표는 휴게실로 갔다. 들어가는 문은 미닫이문이었는데 문은 열려 있었고, 닫으려 해도 닫히지 않았다. 문에서 보는 휴게실 안쪽 벽에는 큰 거울이 붙어 있었는데 문 앞에 서면 휴게실 안쪽이 훤히 비쳐 보였다.

창문은 총 2개 있었는데 휴게실 안쪽에 큰 창과 식당에서 볼 수 있는 창문이 있었다. 창문이 커서 밖이 훤히 보였지만 유리창 밖에 방범창이 달려 있었다. 누가 들어올 수도 없지만 위급 시 탈출도 쉽지 않을 것이다.

당승표가 식당 창문으로 하늘에 떠 있는 반달을 보고 있었다. 알파벳 D자 모양으로 보였다. 한채린이 옆에 와서 섰다.

"반달이 참 이쁘네요."

한채린은 키가 컸다. 당승표와 거의 눈높이가 같았다. 화장의 기술인지 이목구비가 뚜렷하여 이쁜 얼굴의 모델 같아 보였다.

"이름이 한채린 씨라고 했죠?"

"네, 그쪽은 탐정 일을 하신다고요?"

"탐정이라고 하지만 일거리가 없어 한량이나 다름없습니

다. 채린 씨는 무슨 일을 하시나요?"

"호호, 무슨 일을 할 것 같나요? 탐정의 눈썰미를 보여주세요."

당승표는 다시 한번 한채린을 훑어보았다. 큰 키에 마른 체형, 뚜렷한 이목구비는 모델에 어울렸다.

"모델을 하면 어울릴 것 같습니다만."

"정말 눈썰미가 좋네요. 키가 이렇게 크니 운동선수 아니면 모델밖에 할 수 없었죠."

"운동선수보다는 모델이 확실히 어울리네요."

"그건 칭찬인가요?"

"하하하, 당연하죠."

그렇게 대화하고 있을 때, 김민영이 다가왔다. 둘의 미묘한 분위기를 느꼈는지 당승표에게 말을 하고 있지만 눈으로는 한채린을 훑어봤다.

"탐정님, 식사 준비됐어요."

키가 큰 한채린은 김민영을 내려다보고 피식 웃었다.

"그럼." 한채린은 식탁으로 가면서 당승표의 어깨를 스치듯 만지며 친밀감을 표현했다.

김민영은 한채린의 뒷모습을 한참이나 보다가 당승표의 얼굴을 빤히 보았다.

"좋아 죽네요."

"뭐, 뭐가요?"

"누구든 믿지 말고, 조심하라고 말한 사람은 탐정님이에요."

"그, 그냥 타, 탐색이었어요. 아, 배고프다. 식사하러 가시죠?"

당승표는 김민영의 대답도 듣지 않고 식탁으로 와서 자리를 잡았다. 식사는 피자였다. 커다란 냉장고에 잔뜩 들어 있는 냉동피자를 전자레인지에 녹인 것이다.

심혜인이 냉장고에서 캔맥주 몇 개를 가져왔다.

"피자에는 맥주죠."

가져온 맥주를 식탁에 올리고, 그 중 한 개를 땄다. 맥주캔에서는 '칙' 하는 소리가 나며 거품이 살살 올라왔다. 그나저나 저 심혜인이란 여자는 기억력이 나쁜 건지 겁이 없는 건지 모르겠다. 정선폐교에서는 술에 치명적인 메탄올이 들어 있었다. 구민기가 설계한 이곳에 어떤 장치가 되어 있을지 모르니 조심해야 하는데 걱정이 되었다.

"캬~ 좋네요. 모두들 한잔씩 하세요."

사람들 하나둘 맥주캔을 따기 시작했다. 한채린도 맥주를 하나 잡고 한 모금 마셨다. 주저하는 당승표에게 말했다.

"당승표 씨는 술을 싫어하시나요?"

"술을 싫어하지는 않습니다. 다만 상황이……"

군이 위험에 처하지도 않았는데 위험을 경고할 필요는 없을 것 같아 더 이상 말을 잇지 않았다. 한채린은 맥주를 들어 한 모금 더 마시더니 묘한 미소를 지으며 말했다.

"술을 마시기 두려우시나요?"

"글쎄요."

"혹시 술에 독이 들었을까 봐 걱정되시나요?"

쪽지에는 진범을 찾아 나승만을 구하라고 되어있었다. 분명히 술에 독이 없더라도 술에 취한다면 무슨 일이 일어날지 모르는 것이다.

"……그런 게 아니라 술이 들어가면 논리적 판단을 할 수가 없어서."

"논리적 판단력이 흐려져야 우리가 친해질 수 있지 않을까요?"

그때 옆자리의 김민영이 거칠게 일어서더니 냉장고에서 맥주를 꺼내 왔다. 당승표가 말릴 새도 없이 김민영은 맥주 캔을 따서는 시원하게 들이켰다. 그리고는 둘에게는 관심이 없다는 듯 몸을 돌려 만화가 최준영과 대화를 시작했다.

"당승표 씨는 탐정이라고요?" 다시 한채린이 말을 걸어왔다. 김민영의 뒷모습이 마음에 걸렸지만 일단 한채린에게 시선을 돌렸다.

"추리소설을 쓰다가 탐정이 되었습니다."

"추리소설이요? 저도 추리소설을 좋아해요. 히가시노 게이고를 좋아해요."

"그래요? 히가시노 게이고의 어떤 작품이 가장 좋은가요?"

"여러 작품이 있지만 뭐니 뭐니 해도.『악의』아니겠어요?"

"오! 저랑 취향이 비슷하네요."

당승표는 맥주를 땄다. 비슷한 취향을 가진 사람을 오랜만에 만나니 반가웠다. 그렇게 몇 캔을 마시며 추리소설 이야기를 했다. 추리소설이라면 몇 시간이라도 이야기할 수 있었다.

저녁 식사는 이상한 분위기로 흘러갔다. 김민영은 당승표와 한채린의 친한 모습을 보더니 일찌감치 일어서 아래층 방으로 들어갔고, 아줌마 김연자와 만화가 최준영도 밤이 깊어지자 방으로 내려갔다. 심혜인과 지영민에게는 묘한 기류가 흘렀다. 눈을 보건대 심하게 취했음을 알 수 있었다. 잠시 후 둘은 휴게실로 들어갔다. 심혜인이 고도비만의 남자에게 흥미가 있는지 몰랐다.

"채린 씨, 시계 있나요?"

한채린은 가느다란 손목에 차고 있는 시계를 보았다.

"새벽 두 시네요."

"너무 늦었네요. 이제 들어가야겠어요."

"술도 깰 겸 잠시 창문을 보고 들어가요."

한채린이 자리에서 일어서 창가로 갔다. 당승표도 따라 일어섰다. 머리가 핑 돌았다. 술기운이 올라온 것이지만 논리적 판단을 흐릴 정도는 아니었다. 한채린은 밤하늘을 이리저리 살피고 있었다.

"없어졌어요."

"무엇이 없어졌다는 것이죠?"

"달이요. 아까 저쪽 하늘에 보이던 반달이 없어졌어요."

당승표도 하늘을 둘러보았다. 정말 달이 없어졌다. 그렇다고 구름이 낀 것은 아니었다. 맑은 하늘에 별이 총총히 박혀 있었다. 서울 하늘에서 보이던 별의 숫자와는 차원이 달랐다.

"그러게요. 구름이 낀 것도 아닌데 아까의 반달은 어디로 갔을까요?"

"아무렴 어때요. 별이 저렇게 많은데요."

한채린은 당승표 옆으로 다가오더니 팔짱을 끼고 어깨에 머리를 기댔다. 콧속으로 꽃향기가 들어왔다. 당승표의 고개가 무의식적으로 돌아갔다. 코를 한채린의 부드러운 머리카락에 댔다. 아마 술기운도 있겠지만 여성의 향기를 느껴본 적이 없어서 그럴 것이다.

그때 한채린이 고개를 들었다. 자연스레 입술의 거리가 가까워졌고, 누가 먼저라 할 것 없이 키스를 하게 되었다.

고개를 서로 비스듬히 하고 깊은 프렌치 키스를 하였다. 입술에서 전해 오는 부드러운 느낌이 머릿속을 온통 헤집었다. 술기운이 더욱 기분을 묘하게 만들었다.

시간이 얼마쯤 흘렀을까? 김민영 얼굴이 자꾸 떠올라 당승표는 눈을 떴다. 한채린의 귀가 보였다. 하얀 귀였다. 예쁜 여자는 귀도 예쁘다고 생각하는 순간 귓구멍의 털이 보였다. 솜털이 아니라 머리카락처럼 굵은 털이 귓구멍에 두 가닥 솟아 있었다. 다시 눈을 감고 키스에 집중하려 해도 귀털이 이미지로 눈앞에 떠올랐다. 더 이상 좋은 기분이 들지 않았다.

당승표는 손으로 밀어 한채린을 떼어 냈다.

"이제 들어가야겠어요. 밤이 늦었어요."

한채린은 무언가 말하고 싶어 하는 눈치였지만 당승표를 잡지 않았다.

"저는 별을 더 보다 내려갈게요. 먼저 내려가세요."

당승표는 지하층으로 내려왔다. 김민영의 방 앞에 섰다. 괜히 김민영에게 죄를 지은 느낌이었다.

"뭐, 우리가 사귀는 건 아니니까. 그나저나 문은 잘 잠그고 자겠지?"

당승표는 조용히 손잡이를 잡고 돌렸다. 문은 잠겨 있었다. 당승표는 자신의 방으로 와서 침대 위에 쓰러졌다. 그리고 깊은 잠으로 빠져들었다.

4

첫째 날 늦게 자서 그런지 참가자들 모두 늦잠을 잤다. 아침 겸 점심으로 모여 라면을 끓여 먹고 있을 때였다. 아줌마 김연자가 소리쳤다.

"앗 따거! 벌이 있어요. 다리를 쏘였어요."

옆자리의 한채린이 상체를 식탁 아래로 숙여 김연자의 다리 쪽을 보았다. 손가락만 한 말벌이 있었다.

"어멋! 말벌이에요." 한채린이 소리쳤다.

김연자는 다시 벌에 쏘였는지 자리를 박차고 일어났다. 의자가 뒤로 넘어지면서 와장창 소리를 냈다.

"어마! 따거! 진짜 벌이 있어."

김연자는 손을 마구 흔들고 자신의 다리를 때리며 호들갑을 떨었다. 벌에 놀랐는지 한채린도 자신의 자리에서 창가로 뛰어갔다. 사람들이 우왕좌왕 일어섰다. 김연자는 다리가 따갑다면서 괴성을 질러 댔다.

"아, 아퍼! 벌이야! 진짜 말벌이 있다고."

다른 사람들도 창가로 대피했다. 당승표는 위화감이 들었다. 조심히 의자를 치우고 식탁 밑바닥을 보았다. 거기에는 커다란 말벌 두 마리가 있었다. 거의 어른 검지만 한 크기에 노란색 줄무늬가 선명했다. 크기와 색깔로 보건대 말로만 듣던 장수말벌인가 보다. 벌은 김연자의 호들갑 떠는 손에 죽었는지 움직임이 없었다. 단, 배 끝에 뾰족한 침이 보이는 것이 강력한 창처럼 보였다. 당승표는 혹시 몰라 젓가락으로 말벌을 건드려 죽은 것을 확인하고, 식탁 밑, 식탁 바닥까지 꼼꼼히 살폈다. 더 이상 벌은 보이지 않았다.

"이제 괜찮아요. 말벌은 죽었어요."

김연자는 벌에 쏘인 곳이 아픈지 바닥에 드러누웠다.

"아이고, 나 죽네."

심혜인이 김연자에게 다가가 물었다.

"어떻게 아픈데요? 어디가 불편하세요?"

"벌에 쏘인 곳이 불에 달군 쇠꼬챙이로 찌른 것 같고, 가슴이 답답해지고, 머리도 아파요."

말벌에 쏘였을 때, 나타나는 전형적인 증상이다. 당승표는 물을 갖다 주었다.

"김연자 씨, 진정하시고 심호흡을 하세요. 괜찮으시다면 벌에 쏘인 곳을 보고 싶습니다."

"아이고, 나 죽네."

김연자는 바지를 걷어 허벅다리가 보이게 했다. 상태는

심각했다. 모기 물렸을 때 부어오른 모양처럼 부어올라 있었다. 다만 모기와 다른 점은 부어오른 크기가 손바닥만 하다는 것이다. 김연자는 자신의 허벅다리를 보더니 더 자지러지며 뒹굴었다. 흥분해서 그런지 온몸에 붉은 반점이 생기기 시작했다. 작은 점은 점점 커지더니 100원짜리 크기로 부어오르기 시작했다. 김연자의 얼굴은 군데군데 부어오른 모습으로 흉측하게 변했다.

당승표도 이런 모습을 텔레비전 프로그램에서 본 적이 있다. 열대지방 오지에 가서 자급자족하는 프로그램이었는데 거기서 벌레에 물려 이런 상태가 됐었다. 거기서는 의사가 주사를 놓고, 안정을 시켰었다. 그리고 기시 유스케의 소설 『말벌』에서도 보았다. '아나필락시스 쇼크'. 말벌의 만다라 톡신이라는 신경독에 의한 쇼크가 오는 것이다.

"말벌 독에 의한 과민 반응이에요. 큰일이네요."

김연자의 눈이 뒤집혀 흰자가 보이기 시작했고, 거친 숨소리를 내기 시작했다. 한채린이 바닥에 주저앉아 김연자의 머리를 받치고 생수를 먹였다. 하지만 김연자의 상태는 점점 심각해질 뿐이었다. 한채린이 사람들에게 소리쳤다.

"가만히 있지 말고 어떻게 좀 해 봐요!"

한채린의 외침에 김민영이 CCTV에 대고 손을 흔들며 소리쳤다.

"큰일이에요. 살려 주세요. 사람이 죽고 있어요. 문을 여세요!"

최준영도 가세하여 손을 흔들며 소리쳤다. 하지만 검정색 CCTV는 빨간 눈을 깜박일 뿐 아무도 오지 않았다. 당승표는 구민기의 살인게임에 초대받았다. 아무리 우연 같아 보여도 심각한 사건이 발생했다면 구민기의 시나리오를 생각해 봐야 한다.

당승표는 사람들을 관찰하기 시작했다. 한채린은 김연자를 돌보고 있고, 김민영과 최준영은 흥분하여 소리치고 있다. 하지만 심혜인과 고도비만의 남자 지영민만이 방관자로 이 상황을 지켜보고 있다.

섣부른 판단은 금물이지만 심혜인과 지영민을 유력한 용의자로 봐야 한다.

김연자는 15분 만에 의식을 잃었다가, 30분 만에 숨이 끊어졌다. 몰골이 말이 아니었다. 밖에서 보고 있는 임설송은 관여할 생각이 없는지 아무 조치가 없었다. 우연한 사고라도 사망자가 발생했으므로 사건이라고 봐야 한다. 당승표는 김연자의 시체 처리를 핑계로 김연자의 방을 조사하고자 했다.

"우리가 언제까지 있어야 할지 모르지만 김연자 씨를 이리 둘 수는 없어요."

당승표가 누구에게 말하지 않았지만 심혜인이 대답했다.

"시체를 김연자 씨 방으로 옮기죠."

"좋습니다. 누구 도와주실 분?"

당승표의 말에 만화가 최준영이 나섰다. 시체를 양쪽에서 들고 겨우 지하층으로 내려와 김연자의 방 침대에 눕혔다. 최준영은 힘든지 바닥에 주저앉았다. 당승표도 힘들었지만 쉴 시간은 없었다. 바로 책상 서랍과 소지품을 뒤졌다. 김연자도 처음 받았던 미션지가 분명히 있을 것이다.

"뭐 하세요?" 최준영이 물었다.

"최준영 씨도 책상에 뭔가 미션지가 있지 않았나요?"

"뭐……"

대답을 못하는 것이 미션지가 있음을 알려 주었다.

"김연자 씨의 미션지를 찾는 겁니다. 자세한 이야기는 이따 모두 모여서 얘기하시죠."

당승표는 구석구석 뒤졌지만 미션지는 나오지 않았다. 마지막 뒤져보지 않은 부분은 김연자의 몸이었다. 당승표는 김연자의 바지 주머니에 손을 넣었다. 미션지는 거기에 있었다. 서둘러 미션지를 읽었다. 확실해졌다. 김연자의 사망은 우연이 아니다. 구민기의 시나리오가 확실했다.

> ✔ 김연자 씨의 미션
>
> • 무슨 일이 있어도 미션을 해결하면
>   약속된 돈을 지급합니다.
> • 한채린을 2차 테스트에서 보았다고
>   해라
> • 둘째 날 점심 식사 때, 일부러 벌에
>   쏘인 것처럼 행동하라

"사람들을 모아야겠어요."

*

당승표의 의견대로 사람들이 처음 자기소개를 했던 지하
층 공간에 모였다. 사람이 죽어서 그런지 모두의 표정이 굳
어 있었다. 어떻게 말할까 생각하는데 심혜인이 말을 시작
했다.

"당승표 씨! 탐정놀이를 시작하자는 건가요?"

무엇이든 시비 걸기 좋아하는 성격이 나오기 시작했다.

"사람이 죽었습니다. 우리는 이상한 공간에서 이상한 미
션을 받았고요. 더 이상 희생자가 발생하면 안 됩니다."

희생자라는 말에 사람들이 놀랐는지 숨을 죽였다. 심혜인도 침을 꿀꺽 삼키고 물었다.

"희생자라뇨? 아까 김연자 씨는 벌에 쏘여서 죽은 거잖아요."

"심혜인 씨는 벌에 쏘여서 죽은 사람 봤습니까? 사고라면 저 사람들이 가만히 있었겠어요?"

당승표는 들어오는 철문을 손가락으로 가리켰다. 심혜인은 반문하려는 듯 입을 벌렸지만 할 말이 없는지 다시 다물었다. 다른 참가자들도 마찬가지였다. 그때 바로 옆 김민영이 입을 열었다.

"탐정님 왜 그러세요? 아까 김연자 씨의 상태는 분명히 알레르기 쇼크가 맞아요. 고등학교 면역반응에서도 분명히 배우는 내용이에요."

"그건 저도 알고 있습니다. 김연자 씨의 상태는 말벌 독인 만다라 톡신에 의한 아나필락시스 쇼크가 맞습니다. 하지만요. 김연자 씨 방에서 이런 미션지를 발견하였습니다."

당승표는 모두가 볼 수 있도록 김연자의 미션지를 가운데 테이블에 올렸다. 미션지를 읽은 사람들의 표정이 각양각색으로 변했다. 아마 '벌에 쏘인 것처럼 행동하라.'가 마음에 걸릴 것이다. 당승표는 사람들을 둘러보며 말했다.

"자, 여러분들은 여기 어떻게 초대되었나요? 아니 왜 오셨나요?"

사람들은 서로 눈치만 볼 뿐 대답이 없었다. 당승표는 목소리에 힘을 주었다.

"돈이죠. 분명 큰돈을 벌 수 있다는 것 때문에 여러분들은 여기 곤지암 정신병원으로 온 것입니다. 하지만요. 김연자 씨처럼 목숨을 걸어야 한다는 겁니다."

당승표는 새침하게 앉아 있는 심혜인을 바라보았다.

"심혜인 씨는 저와 정선폐교를 경험하셨잖아요. 분명 다음 시나리오가 진행되고 있을 것입니다."

"그래서 어쩌자는 거죠? 난 상관없어요. 난 내가 받을 돈만 받으면 돼요."

정선폐교의 죽음을 경험하고도 여기 다시 오는 정신 상태를 가진 여자가 심혜인이다. 돈이면 어떤 짓이든 하는 여자. 어쩌면 구민기에게 거액을 약속받고 일을 꾸밀 수도 있을 것이다. 가만히 이야기를 듣고 있던 최준영이 심혜인을 비꼬았다.

"실전추리게임 예선 때도 그랬지만 정말 대단하네. 목숨보다 돈이 중요하다니……"

"3류 그림쟁이는 가만히 있으시지, 당신도 돈이 필요해서 여기 왔을 것 아니야?"

항상 먼저 시비를 건 최준영이 흥분한다. 아마 3류 웹툰

작가라는 것이 역린일 것이다. 최준영은 자리에서 벌떡 일어났다.

"이 여자가 말이면 단 줄 알아? 난 당신처럼 돈 때문에 몸을 팔지는 않아, 이 창녀야."

"이 미친놈이 말이면 다인 줄 아나."

심혜인이 자리에서 벌떡 일어서더니 최준영에게 따귀를 날렸다.

짝!

최준영은 따귀를 맞았지만 이에 굴하지 않았다.

"흐흐 여러분, 내가 어젯밤에 무엇을 봤는지 아세요?"

최준영은 심혜인 옆자리의 고도비만 남자 지영민을 손가락으로 가리켰다. 그리고 심혜인에게 한 발 다가섰다.

"어제 늦은 밤에 목이 말라 물을 가지러 1층에 올라갔을 때, 난 봤어. 저 남자와 휴게실에서 재미 좋던데? 저 남자에게는 무얼 받기로 했지?"

심혜인의 손이 또다시 최준영의 뺨을 때렸다. 최준영은 오른뺨을 맞으면 왼뺨을 내밀라는 속담처럼 왼뺨을 다시 내밀었다.

"어디 더 때려 보시지?"

짝!

당승표는 진범을 잡을 단서를 찾고자 둘을 지켜보고 있었는데, 더 이상 분란이 일어나면 수습이 어려울 것 같아 일어서 최준영을 잡았다.

"그만이요. 다른 분들도 심혜인 씨를 말려 주세요."

사람들이 겨우 둘을 뜯어말렸다. 자리배치를 바꿔 최준영과 심혜인은 가장 멀게 배치하고 친한 사람들끼리 소파에 앉았다. 심혜인이 화가 가라앉았는지 당승표에게 물었다.

"자, 탐정님, 무슨 말을 하고 싶은 거죠? 아니 범인이 있을 리도 없겠지만 범인은 찾으셨나요?"

"더는 희생이 없도록 하나하나 상황을 짚어 보자는 겁니다."

당승표는 옆자리의 김민영을 가리킨 후 모두에게 말했다.

"전에도 말했지만 여기 김민영 씨와 저는 여기 온 이유가 여러분들과 조금은 다릅니다. 우리 탐정사무소의 동료 나승만 경감님이 구민기에게 납치되었어요. 구민기가 무슨 일이든 꾸몄을 겁니다. 아까 말했었죠?"

심혜인이 툴툴거렸다.

"그래요. 그래서 어떻다는 건데요?"

"아무튼, 우리는 그 분을 구하러 왔어요. 이 모든 것을 꾸민 자는 구민기예요. 정선 폐교에서 황윤종이란 이름의 대학생이었지요."

심혜인과 최준영은 황윤종이 기억이 나는지 고개를 끄덕였다.

"저와 구민기는 악연이 좀 있습니다. 구민기는 여기서 최후의 대결을 하자고 했어요. 여기 김연자 씨가 받았던 미션지를 저도 받았습니다. 진범을 잡아 나승만을 구하라고 쓰여 있었어요. 김연자 씨가 죽은 것은 구민기의 시나리오가 아닐까 생각돼요."

심혜인이 반문했다.

"하지만 아까는 사고였잖아요. 범인은 말벌인데요."

"그건 인정합니다. 하지만 김연자 씨의 미션지를 보면 둘째 날 점심식사 때, 일부러 벌에 쏘인 것처럼 행동하라고 했어요. 한데 진짜 말벌이 나타났고 쏘였죠. 뭔가 인위적인 냄새가 난다 이겁니다. 말벌이 어디서 들어왔을까요? 말벌을 가지고 온 사람이 구민기의 시나리오를 수행하는 진범이 아닐까요?"

"좋아요. 탐정 놀이에 동참하죠. 김연자 씨의 미션지 두 번째 '한채린을 2차 테스트에서 보았다고 하라.'는 어떻게 해석하죠? 한채린 씨는 거짓말을 했습니다. 그럼 범인은 한채린 씨인가요?"

심혜인은 한채린을 보며 말했다.

"당신은 왜 참가도 하지 않은 실전추리퀴즈게임에 참여했다고 말했죠?"

한채린은 당황하며 손사래를 쳤다.

"전 실전추리퀴즈게임에 진짜 참여했어요. 김연자 씨에게 초콜릿을 준 것도 사실이란 말이에요."

"그럼 저런 미션지가 왜 있죠?"

"저야 모르죠."

"거짓말!"

심혜인은 소파에 몸을 깊숙이 묻었다.

"당신처럼 늘씬한 사람이 있었다면 기억이 안 날 리가 없어."

당승표가 나서 심혜인을 제지했다.

"잠깐만요. 그건 한채린 씨의 말이 맞아요. 구민기의 시나리오대로 최초 희생자가 김연자 씨라면 미션지로 혼란을 줄 수 있는 겁니다."

당승표의 변호에 심혜인과 김민영이 매서운 눈빛으로 째려봤다. 심혜인은 그렇다 쳐도 김민영까지 불신이 붙었으니 큰일이다. 어젯밤에 한채린과 같이 있어서 그럴 것이다.

"자, 모두 냉정해지자고요. 한채린 씨 자신을 증명하는 겁니다. 실전추리퀴즈게임에서 있었던 일을 말해 보세요. 거기 있었던 사람만 기억나는 그런 거요."

한채린은 잠시 생각에 잠겼다가 말했다.

"등산을 마치고 펜션으로 돌아왔을 때, 동물이 있었어요. 송아지 1마리, 새끼 돼지 1마리, 대형견 1마리, 오리 1마리,

닭 2마리가 있었죠. 먼저 베타 팀의 우락부락한 덩치 남자가 닭을 잡아서 산 속으로 갔어요. 아, 저기 최준영 씨가 그 남자를 따라 산으로 들어갔어요. 그리고 감마 팀의 젊고 마른 남자가 새끼 돼지를 끌고 산 속으로 들어갔어요. 우리 팀은 결국 굶었지만요."

이렇게 세세한 내용까지 기억하는 것으로 보아 그 자리에 없었다고 할 수 없다. 하지만 다시 한번 확인해 볼 겸 나승만에게 들었던 이야기를 생각해서 자신도 모르는 내용을 한 가지 더 물었다.

"채린 씨, 그때 펜션에 도착해서 세미나실로 들어갔다고 하는데 모둠 탁자와 의자가 어떻게 생겼죠?"

"원형 탁자였어요. 의자는 플라스틱으로 되어 있고, 빨강, 파랑 색으로 편의점 야외에서 볼 수 있는 그런 의자였어요."

당승표는 사람들을 둘러봤다. 모두 그때 기억이 나는 듯 고개를 끄덕였다. 한채린의 이야기는 사실인 것이다. 아무리 구민기가 자신의 꼭두각시를 만들었어도 의자 색까지는 말하지 못했을 것이다.

"한채린 씨는 거기 있었던 것이 맞는 것 같네요. 여기에 다른 의견 있으신 분 계신가요?"

사람들은 더 이상 반문하지 못했다. 당승표는 진범을 잡고자 하나의 제안을 했다.

"자, 그럼 진범을 잡기 위해 제안을 하나 하겠습니다."

사람들의 시선이 당승표에게 쏠렸다.

"미션지를 모두 공개하죠."

"그건 안 돼요."

"아니 싫어요."

여러 사람들에 의해 당승표의 의견은 묵살되었다. 미션지 공개로 미션을 수행하지 못한다면 1억 원을 받지 못한다는 이유에서였다. 이렇다 할 이야기가 진행되지 않자 사람들이 하나, 둘 일어났다. 김민영도 말없이 일어나 자신의 방으로 들어가 버렸다. 삐친 것이 틀림없다. 구민기와의 싸움에 집중해도 모자랄 판에 동료까지 저러니 당승표는 한숨을 푹 쉬었다.

"고맙습니다."

돌아보니 한채린이었다.

"아까 편들어 줘서 고맙다고요."

"아, 그거요?"

편을 들었다기보다 뭐든지 확실히 하고 싶었다. 논리적으로 맞지 않는 사람이 진범일 가능성이 있기 때문이다.

"당승표 씨, 1층에 가서 차 한잔 할까요?"

모델 같은 외모, 쭉 뻗은 몸매. 하지만 당승표의 눈은 한채린의 귀로 갔다. 귓구멍에서 나온 미세한 머리카락이 보였다. 당승표는 고개를 흔들었다.

"아니요. 죄송합니다. 피곤해서 좀 쉬어야겠어요."

당승표는 한채린을 뒤로하고 방으로 들어가 누웠다. 진범이 누구일까 이런저런 생각을 하다가 깊은 잠에 빠져들었다.

5

민영은 침대에 누웠지만 잠이 오지 않았다. 계속 당승표가 신경 쓰였다. 탐정사무소에서 같이 생활할 때는 별 생각이 없었는데 어제 당승표가 한채린과 웃고 즐기는 모습을 보니 가슴속 어딘가 찌르르 울렸다. 키가 전봇대만 한 여자가 뭐가 좋다고…… 그렇게 침대를 뒹굴고 있을 때 노크 소리가 났다.

똑똑똑.

당승표의 신호가 아니었다. 김민영은 일어서 얼굴을 문에 가까이 댔다.

"누구세요."

"저 한채린이에요."

김민영은 냉큼 문을 열었다. 늘씬한 한채린이 서 있었다. 김민영은 한채린의 얼굴을 보기 위해 고개를 들어야 했다.

"웬일이시죠?"

"잠시 얘기 좀 할까요?"

한채린의 시선은 김민영의 방이었다. 한채린을 들일 이유는 없었지만 김민영 자신의 미션인 '당승표를 유혹하는 다른 여자로부터 지켜라.'를 수행하는 것이라고 생각하고 들어오게 했다. 한채린은 책상의자를 빼서 앉았다.

"당승표 씨가 운영하는 탐정사무소에서 일하신다고요?"

"그래요."

"당승표 씨를 좋아하시나요?"

김민영은 순간 갈등했다. 대답의 여부가 아니라 실제로 당승표를 좋아하는지 확실치 않았기 때문이다.

"아니라면요?"

"거짓말, 어제 당승표 씨를 바라보는 당신의 눈은 그렇지 않았어요."

"뭐, 당신이 어떻게 생각하는지는 자유지요."

"당승표 씨가 명탐정이라지만 여자에게는 약하더군요."

자신에게 넘어왔다고 자랑이라도 하는 것일까? 김민영은 불쾌함이 서서히 차올랐다.

"그 말 하자고 여기 온 겁니까?"

"어젯밤 저와 무슨 일이 있었는지 아세요?"

사실 어젯밤 창가에 있는 둘을 보았다. 당승표 자신이 그렇게 경계하라고 말하고는 미인계에 홀라당 넘어간 것이다. 김민영은 손으로 문을 가리켰다.

"할 말 없으면 나가세요."

한채린은 의자에서 일어섰다.

"오늘밤 10시에 1층 휴게실에서 당승표 씨와 다시 키스를 할 겁니다."

"그걸 왜 저한테 말하는 거지요?"

한채린은 야릇한 미소를 지었다.

"재미있을 것 같아서요."

"하든지 말든지 맘대로 하세욧!"

"10시예요."

"빨리 나가세욧!"

*

사망자가 발생해서 그런지 모이거나 식사를 하자는 사람이 없었다. 저녁이 되자 김민영도 배가 고팠다. 뭔가 먹을 만한 것을 가지러 1층 식당으로 올라갔다. 식당에는 최준영이 있었다.

"어, 김민영 씨. 식사하시려고요?"

"네, 뭔가 먹을 만한 게 있나요?"

"즉석 컵밥이 있어요."

최준영은 컵밥과 양주를 챙기고 있었다.

"술 드시려고요?"

"오늘밤 실컷 취하려고요. 같이 마시고 싶지만 걱정되는 부분도 있어서 방에서 혼자 마시려고 합니다."

최준영이 지하층으로 내려가고 김민영도 즉석 컵밥 하나를 데웠다. 당승표 것도 챙길까 하다가 괜히 괘씸한 생각이 들어 자신의 것만 챙겼다.

방에 와서 식사를 하고 이렇다 할 일이 없으니 잠이 왔다. 얼마나 잤을까? 눈을 떴다. 시간은 어느덧 9시 반을 넘기고 있었다. 한채린이 말한 10시가 다가오고 있었다.

김민영은 고민했다. 침대에서 일어서 나가려고 몇 번을 문 손잡이를 잡았다. 하지만 자존심도 쉽게 허락하지 않았고, 왠지 올라가면 그 여자의 술수에 말려드는 것 같아서 망설여졌다. 그렇게 망설이는 시간이 흘러갔다.

김민영은 책상에 넣어 두었던 미션지를 다시 꺼냈다.

✔ 김민영 씨의 미션

• 무슨 일이 있어도 해결하면 나승만
  을 살려줍니다.

• 당승표를 유혹하는 다른 여자로부
  터 지켜라.

마음에 들지 않았지만 미션을 지켜 나가는 것이 나승만을
구하는 일이어서 자리를 박차고 일어섰다. 시계를 보니 10
시 10분을 지나고 있었다. 당승표가 여자의 술수에 말려들
지 않았기를 기도하며 1층으로 올라갔다.

식당에는 아무도 없었다. 휴게실로 들어가는 문 앞에 섰
다. 입구에 고개를 디밀자 반대편 벽에 붙어 있는 거울로 휴
게실 안쪽이 훤히 보였다.

거울에는 창문으로 보이는 D자 모양의 상현달과 함께 키
스하는 남녀가 보였다. 가슴이 철렁 내려앉아 입을 막았다.
하지만 남자의 몸이 당승표 사이즈가 아니었다. 뚱뚱했다.
키스하고 있는 남녀는 바로 지영민과 심혜인이었다.

당승표가 아니라 다행이었다. 일단 조용히 지하층으로
내려가 방으로 들어갔다. 방으로 들어가 몇 분이 흘렀을까?
날카로운 비명소리가 울렸다.

김민영도 반사적으로 일어나 밖에 귀를 기울였다. 사람들이 모여 웅성거리는 소리가 들려 김민영도 밖으로 나갔다.

사람들은 최준영의 방 앞에 모여 있었다. 사람들을 사이로 반쯤 문밖으로 나와 있는 최준영이 보였다. 최준영은 엎드려 있었는데 등에 기다란 회칼이 박혀 있었다.

말벌은 그렇다 치고 이번에는 명백히 살인이다. 옆의 당승표를 보자 매서운 눈빛으로 사람들을 관찰하고 있다. 탐정의 눈으로 돌아온 것이다.

6

당승표는 날카로운 비명이 들리자마자 문을 박차고 나갔다. 한채린이 몸이 굳은 채 서 있었고, 최준영이 엎드러져 있었다. 등에 긴 회칼이 박혀 있었다. 칼날이 누워 있는 것이 갈비뼈 사이로 들어가 심장을 갈라놨을 것이다.

당승표는 최준영의 방으로 들어갔다. 술을 마셨는지 빈 양주병이 있었다. 침대에 피가 흥건히 묻은 것으로 보아 침대에서 살해되고 옮겨진 것을 알 수 있었다. 당승표는 미션지를 찾기 위해 최준영의 가방을 뒤졌다. 가방 안쪽 지퍼를 열자 미션지는 거기에 있었다.

✔ 최준영 씨의 미션

• 무슨 일이 있어도 해결하면 약속된 돈을 지급합니다.

• 심혜인을 화나게 해서 따귀를 5대 맞아라. 단, 당신은 손을 대면 안 된다.

• 둘째 날 밤에는 실컷 취해라.

미션지를 보니 어제 심혜인을 화나게 한 이유나 방에서 술을 마신 이유를 알 수 있었다. 최준영은 계속 미션을 수행하고 있었던 것이다. 돈이 뭔지 너도나도 미션을 수행하고 있다. 당승표의 불안감이 스멀스멀 올라왔다. 당승표의 미션지에는 김민영이 세 번째 타깃이라고 쓰여 있었다. 벌써 두 번째 희생자가 생겼다. 김민영을 살리려면 서둘러 진범을 잡아야 한다.

"자, 여러분 이번엔 누가 봐도 살인입니다. 저기 소파에 앉아 얘기 좀 하시죠. 여기 최준영 씨 시체를 방 안으로 넣겠습니다. 모두 동의하십니까?"

이번에는 심혜인도 심각한지 떨리는 목소리였다.

"경찰이 올 때까지 기다려야 하지 않을까요?"

이 여자는 참으로 앞뒤 분간이 되지 않는 사람인가 보다. 밖에서 지켜보고 있는 임설송과 구민기가 참으로 친절하게 경찰에 신고하겠다.

"아마 경찰이 올 리는 없을 것 같은데 뭐, 찜찜하면 그냥 둬도 됩니다. 저는 시체를 보고 있어도 상관없습니다."

사람들의 시선이 최준영의 등에 꽂힌 칼에 닿아 있었다. 아마 저런 처참한 모습을 계속 보고 있지는 못할 것이다.

"자, 그럼 시체를 방으로 넣겠습니다."

당승표는 최준영의 양쪽 다리를 잡아끌었다.

"자, 이제 모두 이야기 좀 해 보시죠. 그럼 소파에 앉을까요?"

심혜인이 고개를 흔들었다.

"여기는 시체가 두 구나 있으니 꺼려지네요. 식당으로 가시죠."

"좋습니다. 올라가시죠."

당승표는 잠시 방에 들어가서 처음에 받았던 이천만 원을 꺼냈다. 잘 될지는 모르지만 쓸 데가 있어서다.

참가자들이 식당의 식탁에 앉았다. 마치 편을 나눈 것처럼 마주 보게 되었는데 심혜인과 지영민이 한쪽으로, 당승표, 김민영, 한채린이 반대쪽으로 앉았다.

첫 사망자가 발생하고 침착한 모습을 보여줬던 두 사람과 마주 앉아 있다. 심혜인, 지영민 중 누가 범인일까? 물론 최준영을 최초로 발견한 한채린도 염두는 해야겠지만 아무래도 확률은 낮을 것이다. 구민기가 넣은 살인자는 누구일까? 생각해도 소용없다. 범인의 실수를 찾아야 한다. 아니 실수를 하게 만들어야 한다. 당승표는 최준영의 미션지를 식탁 위에 놓았다. 사람들은 미션지를 보며 저마다 고개를 끄덕이거나 깊은 생각에 빠진 듯 팔짱을 꼈다.

"자, 알리바이를 알아보죠. 최준영의 등에 칼을 꽂은 사람을 찾아보자고요. 제가 법의학자는 아니지만 추리소설을 쓰기 위하여 이론은 많이 공부했었습니다. 시체는 아직 사후경직은 오지 않았고요. 체온도 상당히 있었습니다. 살해된 지 얼마 되지 않았다는 건데요. 최준영 씨를 가장 최근에 보신 분 계신가요?"

김민영이 손을 들었다.

"저녁 6시쯤이었어요. 식당에 왔었는데 그때 최준영 씨가 있었어요. 술을 마셔야 하는데 무서워서 방에서 마신다고 했었어요. 결국 미션을 해결하려 그랬었던 것이죠."

"그럼 6시까지는 살아 있었군요. 사실 언제 죽었는지 중요하지는 않습니다. 침대에 피가 홍건했는데 거기서 살해되고 옮긴 흔적이 있었거든요. 시체를 옮긴 사람이 제가 찾는 진범입니다."

한채린이 의아한 표정을 지으면서 물었다.

"살인한 사람과 시체를 옮긴 사람이 다를 수도 있지 않나요?"

"좋은 질문입니다. 하지만 그럴 가능성은 낮다고 생각합니다."

"왜죠?"

"범인을 찾으려는 저를 기준으로 삼겠습니다. 저는 앞에서 말했듯이 동료인 나승만 경감님을 찾으러 여기에 왔습니다. 그러니 당연히 저는 범인이 아닙니다."

당승표는 옆자리 김민영의 어깨에 손을 올렸다.

"그리고 이분은 제가 믿는 사람입니다. 절대 범인일 수 없습니다."

한채린이 김민영을 보며 말했다.

"믿는 도끼에 발등을 찍힌다는 말도 있잖아요."

김민영이 일어섰다. 당승표는 김민영의 손을 잡고 자리에 다시 앉혔다.

"그럴 리 없습니다. 전 김민영 씨를 믿습니다."

김민영이 복잡한 눈으로 당승표를 보았다.

"민영 씨도 저를 믿죠?"

"흥, 어서 진범이나 잡으시죠."

"좋습니다. 최준영 시체는 한채린 씨가 발견했어요. 자작

극으로 범인 스스로 발견할 수도 있지만 구민기가 그런 저급한 시나리오를 썼을 리가 없습니다."

한채린은 자신이 의심받지 않아서인지 입술 끝이 살짝 올라갔다. 당승표는 앞에 있는 심혜인과 지영민을 보았다.

"낮은 가능성이겠지만 두 분의 합작 가능성이 있습니다."

범인으로 지목받자 서로 불쾌한 듯 얼굴색이 변했다. 지영민은 투실투실한 손으로 식탁을 내리쳤다.

"당신이 뭔데 의심을 하고 그래? 난 그때 휴게실에 있었어!"

김민영이 당승표를 말렸다.

"잠깐만요. 탐정님, 말씀드릴 것이 있어요."

김민영은 자신의 시계를 보며 말했다.

"현재 시간 10시 40분. 아까 10시 10분에 휴게실에 올라왔었어요. 거기에 심혜인 씨와 지영민 씨가 있었어요. 두 사람을 목격하고 바로 제 방으로 들어간 후 몇 분 안 되어 한채린 씨의 비명소리가 들렸습니다. 1층에 갔다가 방으로 들어갈 때까지는 최준영의 시체가 나와 있지 않았어요."

지영민이 의기양양해졌다.

"거봐, 당신이 믿는 저 여자가 내 결백을 증명했잖아."

당승표는 김민영을 보았다.

"진짜예요? 심혜인 씨와 지영민 씨가 휴게실에 있었어요?

착각은 아니죠?"

"확실해요. 휴게실 입구 벽에 큰 거울이 있잖아요. 입구로 조금만 들어가면 휴게실 전체가 훤히 보입니다. 분명히 거울에 비친 상현달도 봤어요. 저기 저렇게 상현달이 떠 있잖아요."

김민영은 식당 한쪽에 있는 창을 가리켰다. 창문으로 D자 모양의 상현달이 선명하게 보였다.

"김 실장님은 왜 그 시간에 휴게실에 갔죠?"

김민영은 머뭇거리며 한채린을 바라보았다.

"한채린 씨 때문이에요. 이유는 묻지 마세요."

무슨 말 못 할 사정이라도 있는가 보다. 10시에 휴게실에 간 것은 중요한 사항이 아니니 넘어가자.

"한데 방에 들어오자마자 비명 소리가 났다고요?"

"네, 맞아요. 만약 저 둘이 범인이라면 저를 따라 내려와 시체를 빼고 자신들의 방으로 숨고, 다시 한채린 씨가 나와 시체를 발견해야 해요. 그러기에는 시간이 촉박해요."

당승표가 듣기에도 둘이 범행을 저지르기에는 힘들다.

"자, 그럼 나는 용의자에서 제외되는 것인가?" 지영민은 긴장이 풀렸는지 냉장고에서 맥주를 꺼내 와 마셨다.

당승표는 머리가 복잡해졌다. 좀 더 깊게 생각해야 한다. 당승표는 히든 카드를 꺼내듯 5만 원짜리 다발 네 개를 심혜인 앞으로 밀었다. 당연히 심혜인의 눈동자가 커졌다.

"이게 뭐죠?"

"당신의 미션지를 돈으로 사겠습니다."

돈이면 뭐든지 하는 심혜인은 반드시 응할 것이다. 잠시
생각하더니 자신의 주머니에 있는 미션지를 꺼냈다.

"뭐, 공개해도 나의 미션 해결에는 큰 문제는 없으니. 여
기 있어요."

심혜인은 들고 있는 미션지를 꺼내 당승표에게 건넸다.
그리고 지폐 다발을 자기 쪽으로 끌어당겼다.

> ✔ 심혜인 씨의 미션
>
> • 무슨 일이 있어도 해결하면 약속된
>   돈을 지급합니다.
> • 리더가 되어 게임을 이끌어라.
> • 지영민을 꼬셔서 키스를 하라.

당승표는 모두가 볼 수 있도록 심혜인의 미션지를 최준영
의 미션지 옆에 올려놓았다. 그리고 손가락으로 심혜인의
미션지 세 번째 미션을 가리키며 김민영에게 물었다.

"아까 휴게실에서 목격하신 장면이 이건가요?"

"네."

심혜인의 미션지를 읽은 지영민의 얼굴색이 변했다. 아까 심혜인과 지영민이 휴게실에 있었다. 지영민은 심혜인에 대한 마음이 진심이었을까? 심혜인은 별거 아니란 듯이 지영민에게 말했다.

"죄송하게 되었어요. 전 게임에 참여한 것이고, 키스도 게임의 일부라고 생각해요."

지영민은 치욕을 누르는 듯 심호흡을 했다.

"괜찮습니다. 덕분에 알리바이를 확실히 만들었잖아요."

심혜인과 지영민도 같은 편이 아닌 것 같다. 하지만 가장 유력한 용의자인 지영민과 심혜인의 알리바이가 있다니 그럼 범인은 시체를 최초 발견한 한채린이란 말인가? 당승표는 한채린에게 말했다.

"한채린 씨의 미션지도 보여줄 수 있나요?"

"이제 제가 용의자가 되는 건가요?"

"그냥 하나의 과정이라고 생각해 주세요."

"모두 공개한다면 저도 공개할게요. 당승표 씨 먼저 공개해 보시죠."

미션지를 공개할 수 없다. 만약 구민기가 범인에게 '세 번째 타깃을 찾아 죽여라.'라고 했다면 김민영이 세 번째 타깃임을 알려 주는 꼴이 된다.

"그래요? 그럼 미션지 공개는 좀 더 생각해 보자고요."

당승표는 다시 김민영을 보았다.

"김 실장님, 아까 휴게실에 있는 사람의 얼굴을 확실히 봤나요?"

"지금 여기서 남자는 탐정님과 지영민 씨 둘이에요. 체형은 극과 극이죠. 지영민 씨가 확실합니다."

"그럼 여자도 심혜인 씨가 확실한가요?"

"확실해요. 달 모양도 확인했…"

김민영은 무언가 생각난 것처럼 얼어붙었다. 당승표도 김민영이 심상치 않음을 알 수 있었다.

"왜 그러세요? 무언가 생각이 났나요?"

"잠시만요. 생각 좀 정리할게요."

그때 당승표가 계속 자신을 의심하는 것이 불쾌한 지영민이 말했다.

"아니, 당신은 아까부터 진범을 찾는다고 하는데 나의 입장에서는 당신들 둘이 수상해. 당신이 죽이고 나에게 뒤집어씌우려는 거 아니야? 굉장히 불쾌하다고."

"불쾌하다면 죄송합니다. 이상하게 들리겠지만 전 누가 죽든 상관이 없습니다. 구민기와의 게임에 집중하고, 저의 미션인 진범을 찾아 동료를 구하는 데 목적이 있을 뿐입니다."

"암튼 이제 난 들어갈 테니 탐정 놀이를 계속하든지 말든지 하라고."

김민영이 자리에서 일어서며 외쳤다.

"상현달!"

"그래, 달이 뭐 문제 있나요?"

"제가 거울로 본 달은 분명 상현달이었다고!"

당승표는 식당의 창문으로 떠 있는 달을 다시 확인했다.

"김 실장님, 지금 저 밖에 떠 있는 달도 상현달이라고요. 그러니 아까 본 휴게실에서의 달도 상현달이 맞잖아요."

"아니에요. 거울상은 달라요. 거울은 좌우가 반전되어 보여야 합니다. 여러분도 아실 겁니다. 거울을 보고 오른손을 들면 거울 속의 나는 왼손을 든다는 것을요. 분명히 거울에 비친 달은 알파벳 D자 모양의 상현달이었어요. 지금 밖에 상현달이 떠 있으므로 거울에는 D자 반대 모양인 하현달 모양으로 보여야 해요."

김민영은 자신이 앉고 있던 의자를 들고 휴게실로 갔다.

"여기 보세요. 지금은 하현달입니다. 아까는 분명히 상현달이었어요. 거울이 뭔가 이상합니다."

김민영은 가져간 의자를 들어 거울을 내리쳤다. 유리가 와장창 깨지며 거울 안쪽의 전자기기가 드러났다. 같이 달려와 본 당승표가 말했다.

"이건 거울이 아니었어요. 컴퓨터 모니터 같은 겁니다. 김 실장님 고맙습니다."

당승표는 깨진 유리를 보며 혼잣말했다.

"거울이 원래 컴퓨터 모니터였고, 달의 모양으로 보건대 키스 장면을 녹화해서 그 영상을 튼 건데……"

당승표는 손가락을 튕겨 딱 소리를 냈다.

"자, 이제 진범이 밝혀졌습니다. 이건 최준영을 살해하기 위해 명백히 알리바이를 만든 겁니다. 키스 장면을 녹화하여 다시 그 장면을 재생한 거지요. 구민기에게 전체 시나리오를 받았으니 이런 전자기기도 당연히 사용할 수 있었을 겁니다. 영상을 녹화한 심혜인 씨나 지영민 씨 둘 중 한 명이 진범입니다."

범인으로 지목하자 두 사람의 얼굴이 변했다. 지영민은 검붉게, 심혜인은 백지장처럼 하얗게 변했다. 심혜인은 은근슬쩍 일어서 당승표 뒤로 왔다.

"진범과 키스를 했다니 목숨 건 키스였네요. 당승표 씨, 내가 키스한 것은 어제였어요. 오늘이 아니에요."

지영민은 식탁 자리에 계속 앉아 있었다. 얼굴색이 시시각각 변화하였다. 어깨를 떨기도 하고 주먹을 쥐었다 폈다 하는 등 불안한 모습이었다. 한채린도 슬그머니 의자에서 일어섰다. 그리고는 자신의 미션지를 꺼냈다.

> **✔ 한채린 씨의 미션**
>
> • 무슨 일이 있어도 해결하면 약속된 돈을 지급합니다.
>
> • 당승표를 꼬셔서 김민영과 떨어뜨려라.
>
> • 지영민을 2차 테스트에서 봤다고 거짓말해라.

"여기 제 미션지입니다. 저는 1억을 포기하겠습니다. 저는 지난 실전추리퀴즈게임에서 지영민 씨를 본 적이 없어요."

모든 증거가 지영민이 범인임을 알려 주었다. 역시 구민기는 대단한 시나리오를 꾸몄다. 구민기의 마리오네트는 지영민이다. 거울트릭을 만들기 위해 키스하라는 심혜인의 미션지를 만들고, 한채린에게는 실전추리퀴즈게임에서 봤다는 거짓말을 하게 했다.

"자, 모든 증거가 지영민 씨가 범인임을 알려 주고 있습니다. 이제 포기하시죠?"

당승표는 식탁으로 걸어갔다.

"우리는 단순한 미션지를 받았지만, 당신은 이 모든 것을 조종할 수 있는 능력을 받았습니다. 뭔가 불공평하죠. 당신이 주범이 확실합니다."

모든 것을 들켜서 그런지 오히려 지영민은 안정되어 갔다.

"후후후, 탐정이라더니 똑똑하군."

"대단한 시나리오였지만 구민기가 간과한 것이 있네요. 바로 과학교사 출신 우리 김민영 실장이에요. 달 모양을 보고 트릭을 알아냈으니까요. 아니, 거울상을 몰랐던 구민기의 실수였네요."

"자꾸 구민기, 구민기 하는데 난 그 사람하고 관계없어."

"맞아요. 당신은 구민기가 보낸 사람이 아니에요."

"뭔 소리지?"

"구민기 성격상 CCTV로 이 상황을 지켜보고만 있지 않을 겁니다. 실전추리게임도 1, 2차를 참가했고, 정선폐교에도 직접 참가해서 상황을 만들어 갔죠. 그런 성격의 구민기입니다. 최후의 대결을 하기 위해 시나리오를 짜고, 직접 해결하러 여기 들어온 것이죠. 바로 당신이 구민기입니다. 저와의 대결을 위해서 일부러 살을 찌워 몸을 바꾼 것이죠."

"무슨 소린지 모르겠군. 아무튼 당신은 살인자를 찾아내라는 미션을 성공했어. 하지만 난 아니라고!"

"구민기, 당신이 졌어. 어서 패배를 인정하고 나승만 경감님을 풀어 줘."

"아직 미션은 끝나지 않았어."

지영민은 작게 말하고 의자에서 일어섰다. 뒤쪽 싱크대로 가더니 무언가 찾았다. 잠시 후 지영민이 꺼낸 것은 총이었다. 입구가 아주 큰 권총이었다. 당승표는 총구가 어디로 갈지 알고 있다. 바로 세 번째 타깃인 김민영을 향할 것이다. 당승표는 반사적으로 김민영을 몸으로 막았다.

탕!

당승표의 가슴에 강한 충격이 왔다. 숨이 턱 막히며 자리에서 주저앉았다. 자기 의지로 횡격막과 늑골을 움직일 수 없어 숨을 쉴 수가 없었다. 김민영이 놀라 당승표의 머리를 받쳤다.

"탐정님! 당승표 탐정님."

지영민은 총을 다시 쏘려 했지만 총알은 한 발뿐이었다. 싱크대로 가서 식칼을 가지고 다시 달려들었다.

"죽여 버리겠어."

탕!

다시 총소리가 들렸다. 하지만 이번에 쓰러지는 사람은 지영민이었다. 지영민은 절명했는지 움직이지 않았고, 심장에서 나온 피가 옷을 붉게 적시고 있었다. 총은 지하층에서 올라오는 계단에서 발사되었다. 거기에는 임설송과 총을 들고 있는 검은 장승이 있었다. 임설송은 박수를 치며 다가왔다.

"당승표 탐정. 역시 내 눈은 틀리지 않았어. 당신이 이겼네."

당승표는 눈을 떴다. 후 하고 호흡을 시작했다. 가슴에서 울리는 통증으로 호흡이 힘들었지만 점점 나아졌다.

"이, 이게 어떻게 된 거죠?"

"자네의 승리라고. 자네의 추리가 정확했어. 저 쓰러진 사람은 구민기가 맞아. 자네와 게임을 위해 살을 찌웠다네. 구민기의 필살기였지. 그것을 정확하게 파악한 자네의 승리야."

당승표는 가슴을 움켜쥐며 자리에서 일어섰다. 가슴에서 오는 통증으로 비틀거리자 김민영이 재빨리 어깨로 받쳐 주었다. 김민영은 울었는지 뺨이 젖어 있었다.

"탐정님, 저를 구하기 위해 목숨을 던지다니 고맙습니다. 탐정님 죽은 줄 알고 깜짝 놀랐어요."

당승표는 자신의 미션지를 주머니에서 꺼내 보여주었다.

"김 실장님이 세 번째 타깃이었죠. 구해야겠다는 생각에 본능적으로 뛰어든 겁니다."

"어쨌든 고마워요."

당승표는 김민영의 눈물을 손으로 닦아준 후 임설송을 보며 말했다.

"이건 무슨 총이죠? 갈비뼈가 부러진 것 같아요."

"고무탄이네. 시위대에 쏘는 고무탄이지. 충격은 크겠지만 생명에는 지장이 없어.”

“왜 이런…… 아니 그보다도 당신이 구민기를 죽이다니 당신은 구민기와 한 편이 아니었나요?”

“난 누구의 편도 아니야. 구민기도 자신의 목숨을 걸기로 했어. 그래서 내가 큰돈을 들여 이런 준비를 해 준 것이고. 구민기는 진짜 총인 줄 알았겠지만 난 공정한 게임을 원한다고.”

무서운 사람이다. 임설송도 위험한 사람이 분명했다. 장승이 검은색 가방 두 개를 가지고 왔다.

“자, 난 약속을 잘 지키는 사람이야. 심혜인 씨는 미션을 정확히 지켰으므로 상금을 받을 자격이 있어. 그리고 한채린 씨는 ‘지영민을 2차 테스트에서 봤다고 거짓말해라.’라는 미션을 지키지 못했으므로 상금은 없네. 이의 없지?”

한채린의 표정 변화는 없었고, 심혜인은 기뻐하며 가방을 받아 갔다.

“당승표 당신은 미션을 해결했으니 이 가방을 받을 자격이 있네.”

“저는 필요 없습니다. 한채린 씨에게 주세요. 한채린 씨가 미션지를 보여주셔서 이긴 거나 마찬가지니까요.”

“허허허. 돈에 욕심이 없다고? 볼수록 재미있는 캐릭터야. 자, 한채린 씨 받으라고. 당승표가 주는 돈이네.”

한채린의 표정이 복잡 미묘하게 변했다.

"그럴 수 없습니다. 정 그렇다면 반반으로 나누기로 하죠."

"저는 돈 받을 약속은 하지 않았어요. 동료를 구하러 왔을 뿐이에요."

당승표는 다시 임설송을 보았다.

"나승만 경감님은 어디 있죠?"

"전화 통화를 해 보겠나?"

임설송 옆의 장승이 어딘가 전화를 걸더니 건네줬다.

"경감님?"

[당 탐정인가?]

"네, 몸은 괜찮으세요? 납치당하셨죠?"

[그래, 갇혀 있어. 힘들긴 하지만 몸은 괜찮네.]

"그렇게 운동만 하면 뭐합니까? 쉽게 잡히기나 하고."

[총을 들이미는데 어떡하나? 이 사람들 무서운 사람이라고. 총 앞에서는 말을 잘 들어야 해.]

"알겠습니다. 탐정사무소에서 만나죠."

[잠깐! 자네가 구민기와 최후의 대결을 한다던데 이긴 건가?]

"그러니까 이렇게 통화를 하겠죠."

[김 실장도 괜찮고?]

"네. 저는 갈비뼈를 다쳤지만요."

[구민기라면 여태까지처럼 많은 돈을 썼을 텐데. 전화기로 돈

냄새가 전해지는군. 사무소 유지하려면 돈이 필요한 거 잊지 말게.]

정말 돈 냄새는 귀신같이 맡는다. 본인이 납치된 상황에서도 돈을 생각하다니…….

"못 말리겠군요. 이따 봐요."

당승표는 전화를 끊고 장승에게 건넸다. 그리고 한채린을 보며 말했다.

"죄송합니다. 갈비뼈가 부러진 것 같아요. 치료도 해야하니 돈을 반반으로 나누기로 하죠. 그나저나 지영민, 아니 구민기 자신도 미션지가 있었나요?"

당승표는 비틀거리며 구민기의 시체로 다가가 주머니를 뒤졌다. 거기에 꼬깃하게 접은 미션지가 있었다.

> **✔ 지영민 씨의 미션**
>
> • 무슨 일이 있어도 해결하면 약속된 돈을 지급합니다.
>
> • 누가 죽으면 최준영을 책상 속에 있는 칼로 찔러 죽여라.
>
> • 극적인 상황이 발생하면 책상 속에 있는 총으로 김민영을 쏘아라.

김민영이 미션지를 보며 말했다.

"저 사람이 구민기라면 이상하네요. 자신의 미션지도 만들다니요."

"뭐, 모두의 미션지를 공개해야 하는 상황이 나온다면 보여주려고 했겠죠. 아무렴 어떻습니까? 이제 우리 사무실로 가시죠."

당승표는 임설송에게 말했다.

"이제 우리는 집으로 가는 건가요?"

"그렇다네."

"여기서 일어난 살인사건들은 어떻게 되는 거지요?"

"자네가 걱정할 일은 아니라네. 곧 알게 될 거야. 하하하"

7

나당 탐정사무소의 주인공들이 다시 뭉쳤다. 당승표는 고무탄에 맞아 갈비뼈 한 개가 금이 가서 입원했지만 특별히 불편한 게 없어 3일 만에 퇴원하기로 하였다.

오늘 당승표의 퇴원 기념으로 나승만이 파티를 주최했다. 물론 파티라고 해 봤자 주문한 치킨과 맥주지만 말이다.

"역시 당승표 탐정이야. 내 그동안 김 실장에게 다 들었네. 곤지암 정신병원에서도 멋지게 추리했다지?"

"뭐, 큰 어려움은 없었다고 봅니다. 오히려 실장님이 달 모양으로 범인을 찾아낸 것이 유효했죠."

"겸손 떨 필요 없어. 설마 구민기가 직접 들어올 줄 어느 누가 알았겠나? 그걸 파악한 자네가 최고인 거야."

"전 구민기의 성격상 직접 눈으로 확인하지 않고는 못 배 긴다고 생각했습니다. 남자 중에서 최준영은 김 실장님이 실전추리퀴즈에서 보았다고 했으니 유력한 용의자는 지영 민밖에 없었어요. 지영민을 범인으로 가정하고 하나하나 풀 었을 뿐입니다."

"구민기는 아이큐 160의 천재라고. 그걸 이겼으니 당승 표 자네는 대한민국 최고네. 최고의 탐정! 역시 당승표 탐 정이야."

나승만은 당승표를 한껏 치켜세우고는 캔맥주 세 개를 땄다.

"그리고 뭐니 뭐니 해도 머니를 벌었잖아. 자신의 불리한 상황을 극복하고 오천만 원이나 벌어오니, 역시 자네는 대 한민국 최고의 탐정이네."

당승표는 뒤통수가 간지러워 머리를 긁었다. 일억 이천 만 원을 받았는데 오천만 원을 한채린에게 주고, 심혜인에 게 이천만 원으로 미션지를 샀다고 하면, 길길이 날뛸 것이 분명하기 때문이다. 마침 김민영과 눈이 마주쳐 손가락으로 원을 만들어 돈 모양을 만들고 고개를 살짝 흔들었다. 김민영도 알아들었는지 살짝 고개를 끄덕였다.

"그럼 살아 돌아온 기념으로 한잔 하자고."

당승표가 맥주캔을 집으려는데 김민영이 빠르게 낚아챘다.

"환자가 무슨 술이에요? 물이나 드시죠."

김민영은 생수통을 건넸다.

"한 캔도 안 되나요?"

"그래, 김 실장. 당 탐정이 그만큼 활약을 했는데 한 캔만 허락해 줘."

둘이 간절한 표정을 지었지만 김민영도 철벽이었다.

"누가 저 생각해서인가요? 병원에서는 완치될 때까지 분명히 술은 금지라고 말했다고요."

당승표는 잠시 뜸들이더니 결심한 듯 말했다.

"맞아요. 술은 몸에 좋지 않겠죠? 건배하기에 맹물은 그러니 그럼 오렌지 주스를 마시겠습니다. 실장님, 냉장고에 오렌지 주스가 있을 테니 그걸 갖다 주시겠어요? 그건 괜찮죠?"

"기다리세요."

김민영이 일어나 탕비실로 갔을 때, 당승표는 재빨리 맥주캔을 들었다.

"자, 나 경감님 김 실장 오기 전에 빨리 한잔하시죠?"

"허허, 역시. 빨리 한잔 쭉 들이키라고."

당승표와 나승만은 맥주캔을 들고 논스톱으로 마셨다. 탕비실에서 나온 김민영이 당승표를 보고 다가와 당승표의 등짝을 때렸다.

"미쳤어요?"

"으악!"

등에서 전해 온 충격이 금이 간 갈비뼈를 찔렀다. 김민영도 놀랐는지 토끼눈이 되었다.

"괘, 괜찮아요?"

"술보다 김 실장님 때문에 회복이 더 늦어지겠어요."

나승만이 둘을 보며 껄껄 웃었다. 그때, 텔레비전에서 곤지암 정신병원에 대한 뉴스가 나왔다. 혐오감을 주고, 주민에게 피해만 주는 곤지암 정신병원을 철거했다는 뉴스였다. 그런 거였다. 임설송은 병원 철거를 통해 아무도 모르게 흔적을 지워 버린 것이다.

"임설송이란 사람도 참 대단하네요."

"아무리 대단한들 우리 당승표 탐정에게는 안 되지 않는가?"

"구민기도 임설송도 참 대단하네요."

그렇게 축배를 다시 시작했다. 당승표는 김민영 때문에 오렌지 주스를 마셔야 했지만 역시 셋이 있을 때 가장 즐겁고 행복했다. 나승만과 김민영이 한참 물이 올랐을 때, 당승표는 일어서서 창가로 갔다. 깊은 생각을 할 때, 강남대로를 지나가는 차들을 보면 좋은 생각이 떠올랐기 때문이었다.

당승표는 병원에 있을 때부터 계속 찜찜했다. 오줌을 다 누었는데도 시원하지가 않은 그런 기분이었다.

역시 가장 큰 의문은 첫 희생자인 김연자의 죽음이다. 인터넷 검색으로 알아낸 사실은 벌에 최초로 쏘였을 때는 쉽게 아나필락시스 쇼크에 도달하기 어렵다는 것이다. 과민반응은 전에 벌에 쏘인 후 그 기억이 세포에 저장되기 때문에 두 번째는 히스타민이 과하게 분비되는 것이다. 히스타민은 혈관을 확장시켜 두드러기처럼 붓게 만드는 물질이었다.

이런저런 생각을 하고 있을 때, 김민영이 다가와 옆에 섰다.

"무슨 생각을 그렇게 하세요?"

"술은 다 드셨어요?"

"저길 보세요."

나승만을 보자 소파에서 꾸벅꾸벅 졸고 있었다.

"하하, 근육 할아버지가 졸고 있군요."

"그나저나 사건이 모두 해결되었는데 무슨 생각을 그리 곰곰이 하세요?"

"곤지암에서 뭔가 놓친 것이 있는 것 같아서요. 첫 번째 희생자인 김연자 씨는 정말 벌에 쏘여 죽었을까요?"

"그때 김연자 씨 상태를 보건대 과민반응이 맞아요. 히스타민의 과다분비 때문이죠."

"그렇다면 말이죠. 그 히스타민을 주사기로 주사해도 그렇게 될 수 있을까요?"

"당연히 그렇게 되겠죠. 왜 그런 생각을 하시는데요?"

"마지막 지영민, 그러니까 구민기가 가지고 있던 미션지에는 '누군가 죽으면 최준영을 살해하라'라고 적혀 있었어요. 누군가 죽으면이라니, 만약 벌에 쏘여도 죽지 않았다면 어떻게 되는 걸까요?"

"뭐, 지영민이 구민기이니 상관없지 않을까요? 본인이 짠 시나리오대로 그냥 최준영을 죽였겠죠."

"그렇겠죠. 하지만 완벽을 추구하는 구민기가 그런 우연에 가까운 시나리오를 만들었을까요? 왠지 지영민은 실제로 미션을 해결하려고 노력하는 것 같았어요."

"그럼 탐정님은 지영민이 구민기가 아니라는 거예요?"

"지영민의 미션지에는 누군가 죽으면 최준영을 살해하고, 김 실장님을 쏘라고 했어요. 어쩐지 모두의 미션지대로 상황이 흘러갔어요. 그리고 마지막 구민기의 말도 걸려요. 제가 마지막에 '지영민에게 당신이 구민기야.'라고 했을 때, 뭐라고 대답했는지 기억나세요?"

"글쎄요. 하도 정신이 없어서. 뭐라 그랬는데요?"

"무슨 소린지 모르겠군. 그래, 당신은 미션을 성공했어. 하지만 난 아니라고! 하고 소리치면서 총을 꺼내 쏘았죠. 마지막 말과 행동을 종합해 보면 지영민은 미션을 해결하지 못했으니 김민영에게 총을 쏘라는 미션을 수행했다고 봐야 합니다. 즉, 1억을 받아내기 위해 미션을 수행한다고 볼 수밖에 없어요."

"지영민이 구민기가 아니라면 왜 임설송이 나와서 지영민을 죽였을까요? 분명 임설송도 지영민이 구민기라고 했잖아요."

"제가 보기에 임설송의 등장도 모두 시나리오가 아닐까 합니다. 구민기는 그렇게 꾸민 거예요. 지영민에게 심혜인과 키스하는 영상을 만들어 알리바이를 만들라고 구체적 지시가 있었던 것이죠. 구민기는 그 트릭을 제가 알아낼 것을 예상했죠. 그리고 그 트릭을 파헤친 제가 지영민이 구민기가 아닐까 의심했을 때, 지영민에게 총을 쏩니다. 임설송은 불공평하다며 지영민을 죽였지만 증인인 지영민을 살려 둘 생각이 없었겠죠."

"그렇다 치면 구민기에게 뭐가 남죠? 게임에서 지게 되는 거잖아요."

"아닙니다. 제가 자신의 시나리오대로 헛손질하고 이겼다고 자만하는 모습을 보며 자신이 진정한 승리자라고 즐거워

했을 겁니다."

"구민기가 뭐하러 그런 모습을 즐기겠어요?"

"하지만 구민기 손에 놀아난 걸 생각하면 실제로 저는 약 올라 죽겠거든요. 그러면 구민기의 승리가 되는 것이죠."

김민영은 고개를 절레절레 흔들었다.

"어찌 되었건 탐정님은 나승만 경감님을 구했으니 구민기 와의 전투에서 승리한 거예요."

당승표는 강남대로를 지나가는 차를 내려다보았다.

"근데 탐정님, 한채린 씨가 그렇게 좋았나요?"

"뭔 소린지?"

김민영은 머뭇거리다 말했다.

"사실, 첫날밤에 방으로 내려갔다가 늦은 밤에 다시 식당 으로 올라갔어요. 그때 탐정님과 그 여자가 키스하는 모습 을 보았어요."

당승표는 머리를 긁적였다.

"아, 죄송해요. 술이 오르다 보니 저도 모르게 유혹에 넘 어갔네요. 하지만 한채린의 미션지 기억하죠? 한채린도 자 신의 미션을 수행하는 것이었으니 큰 의미를 두지 마세요. 그리고 저는 넘어가지 않았답니다. 그 한채린이란 여자는 큰 결점이 있었어요."

"결점이요?"

"네, 글쎄 귓구멍에 미세한 머리카락 같은 털이 나 있지 뭐예요."

"네? 한채린의 귓구멍에 머리카락이 있다고요? 잘못 본 것이 아니에요? 그냥 묻은 머리카락이던지 말이에요."

"아니에요. 계속 신경 쓰여 귓구멍을 자주 보았는데 그때마다 털이 있었다고요."

김민영은 고개를 갸웃거렸다.

"이상하다. 귓속에서 털이 나는 것은 이모과다증으로 Y염색체 위에 있어서 남자에게만 나타나는 유전형질인데."

"네?! 뭐라고요?! 유전이요?"

당승표의 머릿속으로 곤지암에서 사건들이 빠르게 지나갔다. 지영민의 미션지에는 누군가 죽으면 최준영을 죽이라는 지시가 있었지만 누가 죽으면이란 우연은 없다. 완벽을 추구하는 구민기가 그런 우연에 가까운 시나리오를 작성했을 리 없다. 김연자는 벌에 쏘인 것처럼 행동하라고 했는데 진짜 벌에 쏘였다. 바닥에 있던 두 마리의 말벌. 벌 두 마리가 그렇게 쉽게 김연자의 손에 맞아 죽을 수 있을까?

"실장님, 말벌도 침을 쏘면 쉽게 죽나요?"

"아니요. 꿀벌은 침을 쏘면 내장까지 딸려 나와 죽는다고 하지만 말벌은 그렇지 않아 몇 번이고 쏜다고 했어요."

상황을 다시 정확히 떠올려 보자. 김연자는 벌에 쏘인 연기를 했을 때, 옆자리의 한채린이 식탁 밑을 보았다. 이런 가정을 해 보자. 한채린은 그때 죽은 말벌을 떨어뜨리고 김연자의 허벅지에 주삿바늘을 꽂아 히스타민을 주사한 것이다. 어쩐지 김연자가 두 번째 쏘였을 때, 진짜 벌에 쏘였다며 난리 친 모습이 눈앞에 지나갔다. 한 가지 결론에 도달할 수밖에 없다. 그 결론에 도달하니 갑자기 구역질이 올라왔다.

당승표는 화장실로 달려가 위에 있는 것을 모두 게워냈다. 그리고 분노의 양치질을 했다. 당승표의 갑작스런 행동에 김민영이 물었다.

"왜 그러세요?"

개운하지 않았지만 몇 번의 양치질 후 수건으로 입을 닦으며 나왔다.

"김 실장님 말대로 전투에는 이겼지만 전쟁에는 졌네요."

"도대체 무슨 소리를 하는 거예요?"

"구민기는 우연히 벌에 쏘여 사망하는 시나리오를 짜지 않았어요. 김연자가 벌에 쏘였다고 했을 때, 한채린이 상체를 식탁 밑으로 넣어 확인했어요. 한채린이 죽은 말벌을 바닥에 놓고 주사기로 히스타민을 허벅지에 넣은 겁니다. 그러면 첫 번째 희생자가 만들어지고 다음은 시나리오대로 지영민이 활동하는 것이죠."

"그럼 한채린이 진범이라고요?"

"그렇게 되는 겁니다."

"어쩐지 한채린이 방에 와서 10시에 탐정님과 키스를 한다고 말해 주더라고요."

"그래요? 한채린이 진범이니 거울 트릭을 보라고 실장님께 말한 것이네요."

"진범은 한채린이었군요. 근데 왜 양치질을 하고 난리예요?"

"구민기의 성격상 직접 들어와서 확인해야만 직성이 풀리죠. 그리고 남자만 귓속에 털이 난다면서요? 한채린이 구민기입니다."

"네!?"

"모든 것이 시나리오예요. 지영민이 구민기인 것처럼 꾸미고 임설송이 나서서 죽이는 것까지요. 사실 한채린은 남자고, 구민기가 여성 호르몬제를 투여하든지 해서 여성의 모습을 만든 거지요. 짙은 화장도 한몫을 했을 겁니다."

"어쩐지 키가 크다 했네요."

"큰 그림을 그린 것이죠. 저를 초대하는 영상 속에서 다소 지치고 야윈 모습을 보였는데 아마 그때부터 여성호르몬제를 맞았기 때문일 겁니다. 그리고 한채린이 실전추리퀴즈게임 테이블 모양이나 의자 색깔을 맞힌 것도 직접 참여했었기 때문에 알 수 있었던 것이죠."

갑자기 김민영의 표정이 밝아졌다.

"흥, 이제야 억울함이 조금 풀리네요."

"억울하다니요? 뭐가?"

"호호, 탐정님이 예쁜 여자와 키스한 모습이 자꾸 상상이
되어 억울했는데 남자였다니 쌤통이네요."

김민영은 혀를 낼름 내밀었다.

"놀리기예요? 전 목숨을 걸고 실장님을 구했는데……."

"그래도 우, 웃음이 나오는 것을 어떡해요. 하하하……"

김민영은 아예 바닥에 드러누워 웃기 시작했다. 그 소리
에 소파에서 영감처럼 졸고 있던 나승만이 눈을 떴다.

"김 실장, 왜 그래? 술 마시다 왜 바닥을 뒹굴고 있어? 어
서 한잔 더 하자고?"

"알겠어요. 하하하, 경감님, 글쎄 말이죠. 탐정님이 글
쎄, 하하하……"

당승표는 다시 창가에 섰다. 지나가는 자동차들을 보았
다. 구민기에게 완패했다. 패배를 인정한다. 자신의 신체까
지 개조하다니 이번에는 분명히 패배다. 하지만 구민기, 과
연 이번 승리로 나와의 악연을 끊을까? 아무렴 어때, 다음
번에 다시 덤비면 그때는 진짜로 혼내 주겠어. 당승표는 주
먹을 쥐었다.